AF144876

BEAUTIFUL MONSTERS

VERLANGEN IST TÖDLICH

Katy Rose

Erstausgabe Juli 2024
Alle Rechte vorbehalten!

Impressum:
Katy Raze
c/o JENBACHMEDIA
Grünthal 109
83064 Raubling

Cover: Marie Graßhoff
Korrektorat: Holly O'Rilley

katyraze@web.de
Verlag: BoD · Books on Demand GmbH, In de Tarpen 42, 22848 Norderstedt
Druck: Libri Plureos GmbH, Friedensallee 273, 22763 Hamburg
ISBN: 9783759767134

PROLOG

EMILIO

»Ernsthaft, schon wieder blond?«

Auf Kilians abfälligen Kommentar hin neige ich den Kopf und starre auf den hellen Haarschopf herab. Der Kleine schmiegt sich an meine Seite und jede Stelle, die er berührt, summt und kribbelt vor Energie.

Das erinnert mich daran, wie ausgehungert ich bin.

»Ist mir nicht aufgefallen«, lüge ich. Ehrlich gesagt, war die Haarfarbe das ausschlaggebende dafür, ihn mitzunehmen.

Es war nicht viel los im *Roxas* und ich habe schon befürchtet, mit leeren Händen zu den Jungs zu stoßen, als mir auf dem Weg nach draußen dieser süße Kerl im wahrsten Sinne des Wortes in die Arme gelaufen ist. Ich habe bereits vergessen, wie sein Gesicht aussieht, aber mein Körper hat sofort auf ihn reagiert. Ein gutes Zeichen.

»Er ist attraktiv genug«, beharre ich und beuge den Kopf, um die Lippen über seinen Hals gleiten zu lassen.

Der Kleine stöhnt abgehackt und schmiegt sich schaudernd enger an mich. Ich spüre, wie etwas in mir zum Leben erwacht, als Energie von seinem Körper in meinen fließt.

Einige Menschen werden von unserem Charme vom ersten Moment an eingenommen und es ist einfach, sie in einen Zustand aus Ekstase und Delirium zu bringen. So wie jetzt.

»Wie ist sein Name?«, will Damien wissen und vergräbt die Finger in seinem Haar, um seinen Kopf tiefer in den Nacken zu legen. Ich lecke über seinen Adamsapfel und brumme zufrieden.

»Spielt das eine Rolle?«, erwidert Kilian gelangweilt.

»Ich stöhne eben gerne ihre Namen.«

»Landon«, erkläre ich und lasse von ihm ab. Es wäre verführerisch, an dieser Stelle weiterzumachen, ihn tiefer in die Gasse zu ziehen und gegen die raue Hauswand zu drücken. Seine Lebensenergie ist süß und voll, doch wir sind ein Rudel. Wir müssen teilen.

»Komm her, Landon«, schnurrt Damien und dreht ihn zu sich. Ich sehe dabei zu, wie sie einen heißen, intensiven Kuss tauschen, während der Kleine sich hilflos an Damiens Hemd klammert. Wir müssen aufpassen, damit er nicht ohnmächtig wird, bevor wir alle zum Zug gekommen sind.

Hungrig lecke ich mir die Lippen, schmecke ihn dort und trete ungeduldig von einem Fuß auf den anderen. Kilian wirft mir einen abschätzigen Blick zu. Nun, nicht jeder kann seine eiserne Selbstbeherrschung haben. Ich bin ausgehungert und verzehre mich nach Leidenschaft und Zuneigung.

»Du wirst niemals ein erfolgreicher Jäger, wenn du weiterhin so viel Verzweiflung verströmst«, lässt er mich wissen.

Unwillig knurre ich. »Ich habe *ihn* bekommen, oder?«, sage ich mit einem Kopfnicken auf Landon, der sich immer noch in Damiens Armen windet.

»Er ist leichte Beute«, behauptet Kilian, greift nach seinem Arm und zieht ihn zu sich. Mit einer Hand umfasst er Landons Wange, hebt sein Kinn und lächelt ihn beruhigend an. Ich bin der festen Überzeugung, dass Kilian ein Soziopath ist, der jegliche positive, sanfte Regung nur spielt, ohne sie jemals wirklich zu fühlen. Ihm dabei zuzusehen jagt mir einen Schauer über den Rücken.

»Hey, Kleiner«, murmelt er. »Lust, uns zu begleiten?«

Landon nickt hilflos und schlingt die Arme bereitwillig um seinen Hals, als Kilian ihn mit einem Ruck näher zieht.

»Ja, das habe ich mir gedacht. Leichte Beute. Wie ein humpelndes Häschen.« Er spricht immer noch mit rauer, verführerischer Stimme und küsst Landons Hals, saugt an derselben Stelle, an der ich vorhin meine Lippen platziert habe.

Eine unangebrachte Welle der Eifersucht spült über mich hinweg. Ich balle die Hände zu Fäusten und kämpfe das Gefühl herunter.

Damien tritt näher an mich heran, umfasst ungeniert meinen Nacken und drängt mich zu Landon. »Versuch, ebenfalls seine Energie abzuzapfen«, befiehlt er. »Nur langsam. Geh behutsam vor, damit ihr ihn nicht auszehrt.«

Unwillen flutet meinen Kreislauf, aber ich überwinde mich und trete näher an Kilian und Landon.

Ich platziere meine Hände an dessen Hüften, senke die Lippen und fahre seinen Nacken entlang. Knisternde Energie flammt auf, der Blondschopf zuckt und wirft den Kopf zurück. Ich spüre, wie ihn eine Welle der Ekstase überkommt und mich ansteckt, mitreißt und wegspült.

Noch mehr Erregung und mehr von Landons Lust fließen auf mich über. Automatisch dränge ich mich enger an ihn, spüre ihn in ganzer Länge an meinem Körper.

Über seinen Kopf hinweg schiele ich zu Kilian, dessen grüne Augen funkeln. Seine Lippen an Landons Hals verziehen sich zu einem Grinsen.

»Keine schlechte Wahl«, gesteht er mir ein. »Aber zu leicht, Mio. Du machst es dir zu leicht.«

»Fick dich«, knurre ich und konzentriere mich wieder auf Landon vor uns.

Die Nacht wird vergehen und danach muss ich die Männer für ein oder zwei Wochen nicht mehr wiedersehen. Die Pausen, die wir zwischen den Jagden haben, fühlen sich an wie Urlaub und ich brauche ihn jedes Mal dringender.

»Komm schon, Landon«, flüstere ich dem Kleinen zu und ziehe ihn tiefer in die Gasse.

Bringen wir es einfach hinter uns.

KAPITEL 1

EMILIO

Träge werde ich wach, die diffuse Traumwelt hält mich noch halb gefangen und lässt mich nur schwer gehen.

Ich träume intensiver, seit ich mich verändert habe. Besser, lebhafter und grausamer als jemals zuvor. Träume sind eine Sucht, die mich jedes Mal ins Verderben reißt, schlimmer noch als Alkohol und Kokain.

Dieses Mal ist es anders, das spüre ich bereits, als ich die Augen endgültig öffne. Und dann trifft mich die bittere Erkenntnis mit voller Wucht.

Was zur Hölle ist passiert? Wo bin ich? *Lebe ich noch?*

Panisch fasse ich mir an die Brust, will meinen Herzschlag fühlen, als mir bewusst wird, dass etwas auf meiner Brust liegt. Jemand. Weiche Haare kitzeln meine Haut. Automatisch werde ich ruhiger, fahre mit den Fingern hinein und durchwühle den blonden Haarschopf.

Landon ...

Blinzelnd realisiere ich, dass es nicht der süße Twink von gestern Abend ist. Er ist nicht blond. Er ist schwarzhaarig und düster und schaut mich genauso verwirrt an, wie ich ihn.

Kilian liegt in meinem Bett. Auf meiner Brust.

Mit einem Mal muss ich nicht mehr überprüfen, ob ich noch lebe, da mein Herz einen heftigen Satz macht und beginnt, laut und schnell zu schlagen.

Aus Reflex schiebe ich ihn weg, richte mich auf und rutsche bis an die Bettkante. Mein Bett, wie ich jetzt realisiere. Wie zur Hölle sind wir in meiner Wohnung gelandet?

Kilian stöhnt rau, schließt die Augen und fährt sich mit einer Hand übers Gesicht. »Was ist passiert?«, fragt er mit kratziger Stimme. Er klingt, als hätte er gestern eine Schachtel Marlboro geraucht. Das ist seine Marke, er hinterlässt halboffene Packungen, überall wo er sich aufhält, wie ein reicher Snob.

»Ich habe einen Filmriss«, erkläre ich stammelnd und fahre mit den Fingern durch mein Haar. Es fühlt sich rau und kratzig an, als hätte jemand Bier über mir ausgekippt.

»Du blutest«, stellt Kilian unbeeindruckt fest. Er liegt noch bäuchlings auf den weißen Laken, den Kopf erhoben, die Hände links und rechts auf der Matratze abgestützt. Scheint, als wolle er sich jeden Moment aufrichten, aber vermutlich ist ihm genauso schwindelig wie mir.

»Oh«, mache ich verwirrt. Technisch gesehen *habe* ich geblutet, es ist getrocknet und verklebt meine Haare.

Kilian stößt einen flachen Atemzug aus und hievt sich endgültig hoch. »Scheiße, wo ist Damien? *Damien*?!«, ruft er mit etwas in der Stimme, dass ich nicht so recht deuten kann. Ist es Panik? Bisher kam es mir immer so vor, als wäre Kilian alles und jeder egal.

Ich will ebenfalls aufstehen und nach Damien suchen – *gottverdammt, was ist gestern Nacht passiert?!* – aber ich stocke, da mein Blick an Kilians Körper hängenbleibt. Bei den gemeinsamen Jagden habe ich ihn oft nackt gesehen, das ist nichts Besonderes, warum kann ich mich trotzdem nicht abwenden?

Sein Körper ist ein Kunstwerk, auch wenn er im Gegensatz zu mir keine Tattoos hat. Dafür Muskeln an Stellen, die ich manchmal in meinen Träumen mit den Fingern nachfahre. In diesen lebhaften Albträumen, die mich jedes Mal schweißgebadet aufwachen lassen. Diejenigen, die mich süchtig machen und wegen denen ich gleichzeitig Angst habe, die Augen zuzumachen.

»Wieso starrst du mich so an?«, fragt Kilian mit diesem arroganten Tonfall, der jedes Mal wie eine Eisdusche auf meine Sinne wirkt. Wie auch jetzt.

Kopfschüttelnd zwinge ich mich auf die Füße. »Ich checke nur, ob du ebenfalls verletzt bist«, lüge ich. »Wir müssen Damien finden. Vielleicht ...«

»Ich bin hier.«

Die Tür links von uns geht mit einem Quietschen auf und Damien tritt torkelnd heraus. Er sieht genauso beschissen aus, wie ich mich fühle. Ungewohnt für ihn, wo er sonst zu jeder Tages- und Nachtzeit pure Kraft und Selbstsicherheit ausstrahlt. Ihn jetzt so blass und mit blutunterlaufenen Augen zu sehen, jagt mir eine Heidenangst ein.

Er sucht mit der Hand nach dem Türrahmen und stützt sich daran ab. »Ihr seid wach«, stellt er mit rauer Stimme fest.

»Du offenbar auch«, bemerkt Kilian. Er ist zurückgekehrt zu seiner kühlen, halb desinteressierten Tonlage. Wahrscheinlich habe ich mir seine Panik zuvor nur eingebildet.

»Ich bin zwei Minuten vor euch aufgestanden und habe mir gerade die Seele aus dem Leib gekotzt«, erklärt Damien und wischt sich mit dem Handrücken über den Mund. Vermutlich schmeckt er noch den bitteren Nachgeschmack von Galle an seinen Lippen.

»Bist du verletzt?«, frage ich ihn.

»Nein, nicht, dass ich wüsste.« Damien tastet mit einer Hand seinen Oberkörper entlang, als müsste er sich vergewissern. Er kneift die Augen zusammen und mustert mich mit schief gelegtem Kopf. Dann macht er zwei Schritte auf mich zu, greift in meinen Nacken und dreht mich so, dass er die Platzwunde begutachten kann.

»Shit, Emilio, tut das weh? Das ist eine Menge Blut.«

Barsch schüttele ich den Kopf und winde mich stolpernd aus seinem Griff.

»Mir geht es gut. Ich bin nur …« Tief atme ich durch, schmecke Rauch und etwas anderes, das ich nicht zuordnen kann. »Verwirrt.«

Damien taumelt und sucht erneut nach Halt, findet ihn an meiner Schulter und stützt sich halb auf mich. »Was zur Hölle ist passiert?«

Wir beide schauen hilfesuchend zu Kilian, als habe er eine Antwort, aber er starrt uns nur mit mörderischem Blick und geballten Fäusten entgegen.

»Irgendetwas ist verdammt schiefgelaufen gestern Nacht«, stellt er nüchtern fest.

Also, es stellt sich heraus, dass es nicht normal ist, nach einer Jagd mit einem Filmriss und einer Platzwunde am Kopf aufzuwachen.

Für mich ist das alles ziemlich neu, aber die Art, wie Kilian und Damien deswegen ausflippen, gibt mir guten Aufschluss darüber, wie abgefuckt das ist.

Das beunruhigt mich sogar mehr als die ersten Tage nach meiner Veränderung. Mehr noch, als ich dem Teufel höchstpersönlich gegenüberstand und er mir ein Angebot unterbreitet hat, das ich nicht ablehnen konnte.

Damals hatte ich zumindest Damien und Kilian, die mich aufgenommen und mir alles erklärt haben. Jetzt wissen nicht einmal sie, was los ist.

Aber die Sache ist, dass die Zeit nicht anhält, nur weil es sich für einen so anfühlt. Der Alltag geht weiter, es wird Montag und ich muss zurück zur Uni.

»Sei vorsichtig, okay?« Ich höre noch Damiens eindringliche Worte in meinen Ohren klingen. Das gibt er mir jedes Mal mit auf den Weg, wenn wir uns nach den Jagden trennen, aber gestern war es anders. Gestern klang es wirklich so, als mache er sich Sorgen um mich.

»Ja, sei vorsichtig, *mijo*«, hat Kilian mit spottendem Unterton wiederholt und mir die Wange getätschelt, weil er weiß, dass ich das hasse. »Lass dich nicht umbringen, bis wir uns wiedersehen.«

Wirklich, manchmal erwäge ich, mich *tatsächlich* umbringen zu lassen, um ihm den Tag zu versauen.

Nun, zumindest heute steht das nicht auf meiner Agenda. Ich habe – mal wieder – verschlafen und komme zu spät zur Vorlesung. *Verschlafen* ist vielleicht das falsche Wort dafür, dass ich kotzend über der Kloschüssel hing und nicht aufhören konnte, zu spucken. Mir wird wieder schlecht, wenn ich daran denke.

Normalerweise kümmern sich die Professoren nicht, ob ich oder irgendein Student zu ihren Vorlesungen kommt, aber bei Mr. Peddle ist das anders. Und ich muss seinen Kurs bestehen. Ich muss einfach.

»Wie schön, dass Sie uns mit Ihrer Anwesenheit beehrten, Mr. Diaz«, hallt Peddles strenge Stimme durch den Saal, als ich möglichst unauffällig durch die Tür husche und mich auf die hintere Sitzbank fallen lasse.

Fest presse ich die Lippen zusammen, um darauf nicht zu antworten. Gott, ich hasse ihn. Aber er ist so klug und hat die Verbindungen, die man braucht, um als Künstler bekannt zu werden.

Er war der Erste, der meine Kunst gesehen und wertgeschätzt hat. Damals, vor etwa einem Jahr. Das war lange vor der Veränderung.

Die Stunde geht wie in Trance an mir vorbei, ich bekomme kaum mit, was er sagt und was überhaupt das Thema ist. In mir echot die Vergangenheit, wirbelt zusammen mit den Ereignissen vom Wochenende in meinem Kopf herum und macht es mir unmöglich, im Hier und Jetzt zu bleiben.

Erst, als die Doppelstunde sich dem Ende neigt und meine Kommilitonen sich nach und nach aus dem Saal verabschieden, werde ich blinzelnd zurück in die Realität katapultiert.

Ich greife nach meinen Sachen, will mich abwenden, entscheide mich jedoch anders. Einem Impuls folgend wechsele ich die Richtung und steige stattdessen die Stufen herunter. Mr. Peddle beachtet mich gar nicht, sein Blick klebt auf dem iPad, auf dem er etwas herumtippt.

»Mr. Peddle?«, spreche ich ihn an. Er sieht nicht einmal auf. Unruhig balle ich die Hand zur Faust und zwinge mich, sie wieder zu lösen. Gott, ich vermisse den Rausch von Adrenalin und Lebensenergie. Letzte Woche war schon schlimm, aber heute, nach den Ereignissen des Wochenendes …

»Ja, Mr. Diaz?«, fragt Peddle und hebt den Kopf, um mich zu mustern.

Ich umfasse den Riemen meines Rucksacks und reiße mich zusammen. »Ich wollte mich für mein Zuspätkommen entschuldigen.«

»Mh-hm«, macht er und blickt wieder auf sein i-Pad. *Arschloch.*

Mit zusammengebissenen Zähnen mache ich auf dem Absatz kehrt, doch Peddles Stimme hält mich zurück.

»Emilio.«

Meine Muskeln versteifen sich, ich halte die Luft an und sehe ihn wieder an. Mein Atem geht flacher. Wut und Verzweiflung und Erschöpfung explodieren in einem wilden Mix in meinem Bauch und ich spüre Funken fliegen.

Normalerweise habe ich mich bestens unter Kontrolle. Früher, vor meiner Veränderung, war ich womöglich ein klein bisschen in Professor Peddle verknallt. Und jetzt ... so ausgehungert wie ich bin, kann ich nur daran denken, ihn gegen seine dämliche digitale Tafel zu drängen und ihm diesen dämlichen, arroganten Ausdruck aus dem Gesicht zu küssen.

Wie seine Energie wohl schmeckt? Wahrscheinlich kalt und deliziös. Nach blauer Farbe mit gelben Sprenkeln. Hmh, verdammt, ich kann es mir bereits bildlich vorstellen.

»Du bist nicht in der Schule, niemand wird sich darum kümmern, ob du dieses Studium bestehst oder Erfolg hast«, sagt er im ernsten, nüchternen Tonfall. »Aber ich weise dich trotzdem darauf hin, dass du gerade in einer Abwärtsspirale bist.«

Das weiß ich, verdammt. Die Wirtschaftskurse besuche ich so gut wie gar nicht mehr und mein Kunststudium ... sagen wir einfach, dass ich seit

Monaten nichts Gutes auf die Leinwand gebracht habe. Abgesehen von meiner letzten Pflichtarbeit, die mechanisch und lehrbuchhaft war. Nichts, was auch nur den Hauch von Talent bezeugt.

»Okay«, erwidere ich, gegen den Kloß in meinem Hals schluckend.

Peddle seufzt leise und legt sein iPad zur Seite, wendet sich mir mit dem ganzen Körper zu und verschränkt locker die Arme vor der Brust. Ich kann nicht anders, als auf seinen hübschen Adamsapfel zu gucken, wie er sich beim Schlucken bewegt. Wie gerne würde ich …

»In der Bibliothek findet jeden Montagabend eine kreative Lernrunde statt. Du solltest daran teilnehmen. Sie wird von einem meiner besten Schüler geleitet. Er kann dir sicherlich helfen, wieder auf Kurs zu kommen.«

»Ist das ein Vorschlag oder eine Anweisung?«, bekomme ich mühsam heraus. Montagabend habe ich normalerweise die Schicht hinter der Bar und ich brauche das Geld.

»Es ist ein dringender Rat, den Sie besser annehmen sollten, Mr. Diaz«, erwidert mein Professor.

Ich stoße heiße Luft aus und zwinge mich, einen Schritt zurückzutreten. Wenn ich länger bleibe, tue ich etwas Dummes, das ich später bereuen werde.

Peddle hat ja recht. Ich habe alles schleifen lassen. Mein Studium und mein ganzes Leben, weil sich alles nur noch um die Jagden, um Adrenalin, um Kilian und Damien gedreht hat.

Das muss ich dringend ändern.

Es ist Montagabend und ich schwänze meine Schicht bei Randy. Nicht wirklich, weil ich zu verantwortungsbewusst bin und sie stattdessen mit Rina getauscht habe, aber das Geld für heute wird mir trotzdem am Ende des Monats fehlen.

Ich rede mir ein, dass es ohnehin nicht gut wäre, in meinem jetzigen Zustand an einen Ort zu gehen, an dem sich attraktive Menschen volllaufen lassen und ihre Hemmungen verlieren.

Da ich schon mal frei habe, kann ich der Lerngruppe einen Besuch abstatten, die mein Professor vorgeschlagen hat. Ich kann es mir zumindest anschauen und mir seinen *Lieblingsschüler* ansehen. Kann ja nicht schaden.

Ein seltsames, nervöses Gefühl kribbelt in meinem Nacken, als ich die Bibliothek betrete. Wer besucht so einen Ort überhaupt noch, wo es doch alles online gibt? Ich zumindest war in den letzten zwei Jahren kein einziges Mal hier.

Eine hübsche Frau mit blondem Bob und hellen blauen Augen drängt sich an mir vorbei, als ich im Türrahmen stehen bleibe. Sie lächelt mich entschuldigend an und ich erwidere den Blick. Ich könnte zur Seite treten und ihr Platz machen, aber ich tue es nicht, sodass sie sich förmlich an mir vorbeiquetschen muss.

Energie knistert in meinen Venen und auf meiner Haut und ich bin so kurz davor, sie zu packen und zu küssen. Dabei stehe ich gar nicht so sehr auf Frauen. Aber in meinem jetzigen Zustand ...

Tief atme ich durch, lasse sie passieren und schlendere durch die Buchreihen. Gedämpfte Stimmen und leises Gelächter bringen mich zu dem hinteren Teil, in dem mehrere Sitzecken und Computer bereitstehen. Eine Gruppe Menschen sitzt dort zusammen, sie haben ihre eigenen Laptops mitgebracht, die auf dem runden, niedrigen Tisch abgestellt wurden. Eine junge Frau, etwa in meinem Alter, hievt gerade einen Stapel schwerer Bücher daneben, während die anderen noch damit beschäftigt sind, sich zu unterhalten und zu scherzen.

Ein charismatisches, tiefes Lachen erklingt und vibriert wie ein Echo durch meinen Körper. Wie eine Erinnerung.

Ich entdecke verwuschelte blonde Haare, dann seinen markanten Kiefer, als er sich mehr in meine Richtung dreht. Ein Muttermal direkt an seinem Mundwinkel, das sich gemeinsam mit seinem Lächeln verzieht.

Landon. Sein Name ist präsent, noch bevor ich ihn mit den verschwommenen Erinnerungen von Samstagnacht in Verbindung bringe.

Fuck.

Gottverdammt.

Das kann doch nicht wahr sein.

KAPITEL 2
EMILIO

Ich war noch nie unter der Woche bei Damien zuhause.

Komisch, dass es das Einzige ist, woran ich denken kann, als ich in seiner modernen Küche hocke und in mein Glas schaue. Es ist nur Wasser mit einem Spritzer Zitrone, aber ich sehe darin dickflüssiges Blut, das meine Kehle verklebt und mich erstickt.

Hart schluckend schiebe ich das Glas zurück und schiele zu Damien. Der betrachtet mich besorgt von der anderen Seite der Küchenzeile aus. Wenn wir gemeinsam auf die Jagd gehen, trägt er schicke Hemden, die meistens so weit aufgeknöpft sind, dass man seine muskulöse, tätowierte Brust sehen kann.

Polohemd und Anzughose passen nicht so wirklich in das Bild der lockeren, verspielten Variante von ihm. Er hat sogar seine Haare, die ihm sonst immer wild in die Stirn fallen, nach hinten gekämmt und mit Gel gebändigt. Das ist wohl seine offizielle, seriöse Version.

Er hat mir mal erzählt, dass er gemeinsam mit einem Freund ein Start-up für umweltfreundliche Verpackung und Versand für andere kleinere Unternehmen gegründet hat. Angesichts dieser Wohngegend und seiner Einrichtung scheint das sehr erfolgreich zu laufen.

»Du hast also ...«, setzt er an, doch wird von der aufgehenden Tür unterbrochen. Eine Erschütterung geht durch das Penthouse oder auch nur durch mein Innerstes, als Kilian hereingestürmt kommt.

»Der Schlüssel war nur für Notfälle«, lässt Damien ihn genervt wissen und richtet sich unwillkürlich weiter auf.

Ich kann meinen Blick nicht von Kilian nehmen. Er zumindest sieht genauso wild und unbändig aus wie seine Party-Version, die ich schon allzu oft zu Gesicht bekommen habe.

Da ist aber noch etwas anderes als seine natürliche Attraktivität, das komische Sachen mit meinem Magen macht. Er sprüht, pulsiert, *vibriert* gerade von Lebensenergie. Seine Augen leuchten, alles an ihm glänzt und schimmert.

Gottverdammt, ich bin so *hungrig*.

»Gibt es einen guten Grund, warum ihr mich aus meinem wichtigen Meeting reißt?«, fragt er gut gelaunt und schlendert an mir vorbei Richtung Kühlschrank. Er riecht nach fremden Männern und ich hätte beinahe aufgestöhnt.

Reiß dich zusammen.

»Hast du etwa eine Orgie gefeiert?«, fragt Damien, die linke Augenbraue missbilligend hochgezogen.

»Na und? Ich muss irgendwie zu Kräften kommen und ein paar nette Menschen haben sich großzügigerweise angeboten.« Kilian reißt den Kühlschrank auf, schnappt sich kalten Orangensaft und wirbelt herum. Mit einem Kopfnicken deutet er zu mir. »Was ist mit ihm? Stirbt er?«

Automatisch richte ich mich weiter in meinem Stuhl auf und fahre mir über das müde Gesicht.

Damien rollt seufzend mit den Augen, nickt mir dann aber aufmunternd zu. Scheinbar muss ich meine Geschichte noch einmal erzählen.

»Also, es sieht so aus, als ob Landon auf meine Uni geht.«

Unbeeindruckt hebt Kilian die Augenbrauen. »Wer? Sollte ich ihn kennen?«

»Der Typ von Samstag«, hilft Damien ihm auf die Sprünge und Kilians Miene gefriert sofort zu Eis. Er knallt die Flasche Orangensaft so fest auf die Küchenanrichte, dass das Glas birst und in tausend Teile zerspringt. Damien, der rechts daneben steht, hebt schützend den Arm, um nicht von Glassplittern getroffen zu werden. Er presst die Lippen zusammen, wohl um einen Fluch zu unterdrücken.

Kilian ignoriert das Chaos, das er angerichtet hat, und stapft auf mich zu. »Wo ist er?«, will er wissen. »Ich werde diesen kleinen Bastard so tief unter die Erde befördern, dass nicht einmal die Hölle ihn findet.«

»Beruhig dich, du Psycho«, fahre ich ihn gereizt an. Ich verliere nicht oft die Beherrschung, besonders nicht vor Kilian, aber heute ist einfach alles zu viel.

Kilian stößt ein humorloses Lachen aus und platziert die Finger bedächtig auf die Küchenanrichte vor mir.

Mit einem kalten Glitzern in den Augen beugt er sich zu mir. So nah, dass ich die grauen Sprenkel in seiner Iris erkennen kann. »Ich finde ihn auch allein, *mijo*. Uni hast du gesagt, huh? Dann sehen wir uns morgen bei deiner Vorlesung, schätze ich.«

Ein kalter Schauer fährt über meinen Rücken. Alles, was ich zusammenhalten kann, droht mir endgültig zu entgleiten. Fuck. So darf das nicht laufen. Mein normales Leben sollte niemals mit dem dämonischen durcheinandergeraten.

»Was glaubst du, hat Landon getan, Kian?«, fragt Damien nüchtern. Kilian versteift sich sichtlich und wirft einen Blick zu ihm.

Kian. So hat er ihn noch nie genannt.

»Was?«, bellt der zurück.

Damien, kontrolliert wie immer, zuckt mit einer Schulter. »Na ja, er ist ein Mensch. Was glaubst du, hat er getan, um drei ausgewachsene Dämonen zu betäuben? Alkohol hat keine Wirkung auf uns. Drogen genauso wenig. Meinst du, er hat ein Wundermittel erschaffen?«

Ein kleines Siegesgefühl durchflutet mich, als Kilian bei Damiens Logik ins Straucheln gerät.

»Landon hat keine Erinnerung an Samstagabend«, werfe ich ein. »Er wirkte auch schon etwas benommen, als ich ihn aus der Bar nach draußen geführt habe.«

Ich dachte, dass er ein bisschen zu tief ins Glas geschaut und sich von der dämonischen Aura hat beeinflussen lassen, aber vielleicht nicht.

»Er hat mich nicht erkannt«, teile ich ihm mit. Als ich ihn vorhin in der Bibliothek so unhöflich angestarrt habe, dass irgendwann die ganze Aufmerksamkeit auf mir lag, hat Landon offen zurückgeschaut. Keinerlei Anzeichen von Erkenntnis oder sonst was. Bestenfalls war er ein wenig verwirrt darüber, dass ich wortlos dastand wie ein Creep. Ich habe seine Stimme noch im Ohr.

»Kommst du wegen der Lerngruppe?«

In dem Moment ist ein Feuer in meinem Magen entfacht und ich wusste, dass ich schleunigst da raus muss.

»Nein«, habe ich geantwortet, bin aus der Bibliothek gestürmt und schließlich bei Damien gelandet.

Und hier sind wir.

»Hast du mit ihm geredet?«, fragt Kilian, deutlich ruhiger als zuvor.

»Nein.«

»Ihn beobachtet? Weißt du, wo er wohnt?«

Unruhig rutsche ich auf dem Barhocker umher. »Nein.«

»Fuck, Mio, was kannst du überhaupt?!«

Seine Worte versetzen mir einen Dämpfer. »Ich konnte nicht in seiner Nähe bleiben«, gebe ich barsch zurück. »Ich musste weg von all den Menschen.«

»Hast du deine Energie nicht aufgeladen?«, will Kilian in demselben genervten Tonfall wissen. Als würde er mit einem dummen Kind reden.

»Sollte ich?«, frage ich zurück und schiele unsicher zu Damien. Eigentlich habe ich gedacht, dass wir das nur während den gemeinsamen Jagden tun. Aber Kilian hat offensichtlich gerade eine Orgie gefeiert und Damien ... er sieht zumindest nicht so fertig aus wie ich.

»Oh mein Gott«, brummt Kilian. »Du wurdest verletzt und kannst dich kaum auf den Beinen halten. In deinem Zustand solltest du dich natürlich um Energie kümmern, bevor du ein Massaker startest.«

Wenn er das so sagt, klingt es logisch, aber seine Tonlage ist so angriffslustig und arschlochmäßig, dass ich sofort auf Abwehr schalte.

»Hey, wir haben keine Ahnung, was am Samstag passiert ist. Entschuldige, dass ich eben vorsichtig bin«, blaffe ich zurück. »Ganz im Gegensatz zu dir, offensichtlich.«

»Ich komme sehr gut klar«, behauptet Kilian selbstgefällig.

»Ja, bis du wieder orientierungslos und ohne Erinnerungen aufwachst.«

Es verschafft mir mehr Genugtuung, als gesund ist, dass ich – zum ersten Mal, seit wir uns kennen – Kilian zum Verstummen bringe. Er presst sogar kurz frustriert die Lippen zusammen, bevor er sie zu einem Grinsen verformt und in sein übliches Schema verfällt.

»Machst du dir etwa Sorgen um mich, *mijo*? Ich bin gerührt.«

Fick dich.

»Schluss damit«, mischt Damien sich ein. »Ihr habt beide recht. Das ist eine heikle Situation, wir werden mit etwas Unbekanntem konfrontiert und müssen das Beste daraus machen. Es gelten ab sofort neue Regeln.«

»Wir müssen vor allem mit *Landon* sprechen«, meint Kilian.

»Richtig. Vielleicht hat er damit nichts zu tun, aber er war definitiv ein Köder«, stimmt Damien zu.

»Das mache ich«, werfe ich ein. »Wir besuchen dieselbe Uni, ich kann mich unauffällig an ihn ranhängen.«

»Sicher?«, fragt Damien mit einem sanften Unterton, der mich noch mehr aufregt als Kilians Machogehabe.

Wahrscheinlich liegt es nur an meiner versiegenden Energiequelle und der schlaflosen Nacht. Normalerweise genieße ich Damiens Welpenschutz.

»Geh und besorg dir Energie«, blafft Kilian mich an. »Willst du beim Gruppensex einsteigen? Während wir unnötige Gespräche führen, sind die meisten bestimmt schon zum Abschluss gekommen, aber wenn wir Glück haben, können wir uns an den Resten bedienen.«

Ich bin so verzweifelt, dass ich dieses – sicherlich ironisch gemeinte – Angebot angenommen hätte. Aber wie immer springt Damien ein und bietet mir einen Ausweg.

»Ich kümmere mich darum.« Er greift nach seinem Handy. »Kyle wird dich in einer Stunde in deinem Apartment erwarten.«

»Ein Stricher?«, frage ich unsicher.

»Mach dir keinen Kopf. Er wird dir gefallen.«

Damien hat recht – wie immer. Mir gefällt Kyle, sogar so gut, dass ich ihn bis zum Morgen bei mir behalte. Mit neuer Energie und weniger mörderischen Gedanken kann ich es mir am Dienstag zur Aufgabe machen, Landon zu stalken.

Am Nachmittag nach meinen Vorlesungen suche ich in der Cafeteria, in dem kleinen Park auf dem Campus und finde ihn schließlich in der Bibliothek an einem der Computer.

»Hey.« Mein Schatten fällt auf ihn, als ich direkt vor seinem Schreibtisch stehen bleibe. Er hält in seiner Bewegung inne, hebt den Kopf und schaut zu mir auf. Seine Haare sind zerzaust, ein Bleistift klemmt hinter seinem Ohr und auf seiner Wange finden sich Spuren von Kohle. Es juckt mich plötzlich in den Fingern, die Hand auszustrecken und ihn sauber zu machen.

Gott, die Session mit Kyle hätte mich eigentlich gegen seine Attraktivität wappnen sollen, aber er übt noch dieselbe Faszination auf mich aus.

»Bist du gekommen, um mich wieder anzustarren und dann wortlos abzuzischen?«, fragt er geradeheraus mit einem Schmunzeln auf den Lippen.

»Uhm«, entfährt es mir. »Das war schräg gestern.«

»Was du nicht sagst.«

Ich fahre mit einer Hand über meinen Hinterkopf. »Sorry. Eigentlich bin ich für eure Lerngruppe gekommen. Mr. Peddle hat euch empfohlen. Aber dann ... na ja, mir ist eingefallen, dass ich eine

Verabredung hatte. Außerdem bin ich nicht wortlos abgezischt.«

Landon hebt, immer noch sichtlich amüsiert, eine Augenbraue. »Stimmt, du hast ‚Nein‘ gesagt. Wie originell.«

»Nicht wahr?« Ich zwinge mich zu einem hoffentlich unverfänglichen, charmanten Lächeln. »Darf ich mich zu dir setzen?«

Bevor er protestieren kann, laufe ich um den Tisch herum, schnappe mir einen Stuhl und hocke mich neben ihn. Landon dreht sich so, dass er mich ansehen kann, einen Arm lässig um die Lehne geworfen. Ehrliches Interesse und Neugier spiegeln sich in seinem Blick wider.

»Also willst du dich unserer Gruppe anschließen?«, hakt er nach.

»Die Sache ist, dass ich montags normalerweise eine Schicht in der Bar habe«, erwidere ich. »Trefft ihr euch auch wann anders?«

»Montags und donnerstags. Es wäre aber gut, wenn du zu beiden Treffen kommst. Was studierst du überhaupt?«

»Kunst und Wirtschaft.«

Ein Schmunzeln kräuselt seine Lippen. Mein Blick bleibt an dem kleinen Muttermal hängen. »Ah, die klassische Kombination. Was für die Passion und etwas für den Geldbeutel.«

»Sozusagen. Ich hinke in beidem gerade mächtig hinterher.«

»Verstehe. Und was erhoffst du dir von meiner Gruppe?«

Ich beiße mir auf die Unterlippe und zwinge mich, ihm in die Augen zu sehen. Sie sind so blau. »Sag mal.« Ich räuspere mich. »Kennen wir uns von irgendwo?«

»Ähm.« Landon beißt sich auf die Innenseite der Wange, eine plötzliche Unsicherheit flutet seine Gesichtszüge. »Wir gehen beide in Peddles Kurs. Du bist mir schon öfter mal auf den Fluren begegnet.«

Tatsächlich? Warum ist er mir nie zuvor aufgefallen? Unruhe kribbelt in meinem Magen. Landon ist zwar mein Typ, alles in allem aber recht unscheinbar und ich achte normalerweise nicht auf meine Kommilitonen.

Unwillkürlich frage ich mich, ob er mir deswegen am Samstagabend in die Arme gelaufen ist. Weil er mich kennt und mich wiedererkannt hat.

»Was jetzt?«, fragt Landon, als die Stille zwischen uns sich ausbreitet. Bevor ich antworten kann, unterbricht mein Handyklingeln uns. Ich werfe einen Blick darauf. Es ist nur ein Alarm, der mich daran erinnert, dass ich gleich Ritas Nachmittagsschicht in der Bar antreten muss.

»Shit, ich muss weg«, lasse ich ihn wissen und erhebe mich.

»Alles klar«, erwidert er ein bisschen verwirrt. »Bis bald, schätze ich?«

»Ich adde dich auf Instagram«, sage ich beiläufig. »Landon ...?«

»Grayson. Langrayson01, um genau zu sein«, antwortet er schnell, als ich schon meinen Stuhl zurückstelle und um seinen Tisch herumlaufe.

»Gut, Lan Grayson.« Fest sehe ich ihm in die Augen und bemerke mit dämonischer Genugtuung, dass Blut in seine Wangen schießt. Er wird nervös, reibt sich den Nacken und lächelt mich an. Er ... steht auf mich. Ein Adrenalinrausch durchfährt mich. »Ich bin übrigens ...«

»Emilio Diaz, schon klar«, unterbricht er mich. Als ich eine Augenbraue hebe, wird er noch ein bisschen röter. »Wie gesagt, wir besuchen denselben Kurs. Zwei sogar.«

Oh, shit, ich sollte wirklich anfangen, besser aufzupassen.

Spielerisch zwinkere ich ihm zu, um meine Beunruhigung zu überspielen. »Nenn mich Mio. Wir sehen uns.«

KAPITEL 3

KILIAN

Damien hat neue Regeln aufgestellt.

Es ergibt Sinn, dass wir nicht mehr allein oder gleichzeitig jagen, weswegen ich dagegen nicht wirklich protestieren kann. Es kotzt mich trotzdem mächtig an, plötzlich einen Aufpasser zu haben.

Emilio ist zumindest besser als *Damien*, weshalb er das kleinere Übel ist. Außerdem macht es Spaß, ihn verrückt zu machen. Seine ruhige, kontrollierte Fassade kriegt so schnell Risse, wenn man ein paar Mal dagegen tritt.

»Du bist echt unmöglich«, brummt er genervt, als ich lachend einen Arm um seine Schulter lege und ihn spaßhaft an mich drücke.

»Was denn? Du wolltest unbedingt, dass wir in eine andere Bar gehen, *mijo*.«

»Zum einhundertsten Mal: Hör auf, mich so zu nennen! Gott.«

Er hat mich zuerst in die Bar geschleift, in der hin und wieder jobbt, ist dann aber ausgeflippt, als ich die Barkeeperin – offenbar eine Kollegin und Freundin – angemacht habe. Er kann so dramatisch sein.

Mio schüttelt meinen Arm ab und richtet verärgert seine Lederjacke. Ein tiefes, ergebendes Seufzen verlässt seine Lippen und hinterlässt eine kleine Rauchwolke in der kalten Abendluft. »Bringen wir es einfach hinter uns, okay?«

»Es gibt eine andere Bar ganz in der Nähe«, teile ich ihm mit und fummele eine Packung Zigaretten aus meiner Jackentasche. Mein Feuerzeug klickt, ich inhaliere einen tiefen Zug. »Willst du auch?«

Mio schüttelt nur den Kopf und starrt in die Nacht. Stille umfängt uns, als wir in eine schmale Gasse eintauchen. Das unbändige Kratzen unter meiner Haut wird durch das Nikotin kurzzeitig betäubt, die Zigarette zwischen den Fingern zu halten und die toxische Luft einzuatmen beruhigt meine Nerven.

Dennoch wünsche ich mir beinahe, dass irgendein Trottel uns schief anschaut, damit ich irgendwo Dampf ablassen kann. Was ist mit diesem Typen, der in unsere Richtung schielt? Will er Stress? Kann er ein paar Schläge einstecken?

»Ich, ähm, habe Kyle getroffen«, reißt Mios Stimme mich aus meinen Gewaltfantasien.

Ich erinnere mich daran, dass Damien seinen Lieblingsstricher vor ein paar Tagen zu ihm befördert hat. Mich wundert es nicht, dass er ihm gefallen hat. »Ist das so«, erwidere ich betont desinteressiert. »War er gut? Hat er sich von dir ficken lassen oder war es umgedreht?«

»Das spielt keine Rolle«, meint er. Für mich schon. Mich interessiert immer noch brennend, ob unser kleiner Mio Top oder Bottom ist. Bisher habe ich ihn dabei beobachtet, wie er Blowjobs gibt und annimmt, doch niemals mehr.

Ich tippe auf Bottom, aber was weiß ich schon.

»Wieso tun wir das nicht immer so?«

»Uns Prostituierte bestellen?«, frage ich ernsthaft amüsiert und lache laut los, als Mio zögerlich zustimmt. »Das ist Bullshit, *mijo.*«

»Na ja, als Mensch habe ich auch für meine Nahrung bezahlt. Das ist dasselbe«, verteidigt er sich.

»Es geht doch nicht um das Geld. Du bist Barkeeper, richtig? Bist du jeden Abend voller Elan, Motivation und Gefühl dabei und hast Bock, jeden deiner Kunden zu bedienen?«

Mio seufzt erneut und klingt so, als bereue er bereits, mich gefragt zu haben. »Aber es hat geklappt. Bei Kyle, meine ich.«

»Klar, weil Kyle es nicht nur wegen des Geldes macht und auf dich stand. Wir haben es versucht.« Ich werfe die Zigarette auf den Boden und drücke sie mit dem Schuh aus. »Nur Sex funktioniert nicht. Es braucht Leidenschaft und Hingabe, damit Lebensenergie fließt.«

Er will noch etwas sagen, aber ich wende mich bereits ab und betrete die Bar, vor deren Türen wir angekommen sind. Frische, aufgeladene Stimmung empfängt uns, ich inhaliere den Geruch nach Alkohol und Menschen und tauche voll und ganz ein.

Mio folgt mir auf Schritt und Tritt, als ich mich durch die Besucher zur Bar dränge. Ein sehr attraktiver Barkeeper, der geradezu vor sexueller Energie vibriert, wird auf uns aufmerksam. Er strahlt uns nicht an wie Mios Freundin vorhin, sondern schenkt uns ein träges, halbes Lächeln, das ziemlich sexy ist.

»Hey«, sagt er beiläufig. »Was darf ich euch bringen?«

»Machst du gute Cocktails oder soll ich lieber ein Bier bestellen?«, frage ich herausfordernd.

Sein Lächeln wird zu einem frechen Grinsen. »Ich mix dir was zusammen.«

Lasziv lasse ich den Blick über sein Gesicht und seinen Hals schweifen, der voller Tattoos ist. »Wie großzügig.«

»Und für deinen Freund?«

»Er ist nur der Fahrer. Bring ihm ein Wasser mit Zitrone.«

Der Barkeeper schmunzelt, nickt und macht sich ans Werk, während ich mich herumdrehe und mit dem Rücken gegen die Bar lehne, den Blick durch die Menge schweifend.

»Wasser. Danke. Vielmals«, brummt Mio, als der Barkeeper ihm das Glas vor die Nase stellt.

»Hey, ich bin nicht gekommen, um dich zu ficken, wieso sollte ich Geld für dich ausgeben?«

Abfällig schnaubt er. »Du bist doch ohnehin reich.«

»Sagt wer? Damien?«

»Sagen deine halbvollen Packungen Marlboro, du die überall liegenlässt. Damien spricht nicht viel über dich.«

Seltsamerweise versetzen seine Worte mir einen Dämpfer.

»Stör mich nicht beim Jagen, *mijo*, okay?«

31

Ich will mich von der Bar abstoßen und zu einer Gruppe laufen, als Mio von hinten nach meiner Schulter greift und mich zurückzieht.

»Fuck«, murmelt er, seine Finger bohren sich fester in meine Klamotten. Neugierig geworden folge ich seinem Blick, ein breitschultriger Typ macht das Sichtfeld frei und da ist er.

Er sitzt zusammen mit einer hübschen Brünetten in einer der Sitzecken, die blonden Haare in so einem perfekten Chaos, dass ich einfach weiß, dass er zwei Stunden vor dem Spiegel stand, um sie so aussehen zu lassen.

Landon Grayson.

»Du wusstest, dass er hier ist«, zischt Mio mir zu, als sich auf meinen Zügen keinerlei Überraschung ausbreitet.

»Wusste ich es?« Natürlich. Es ist nicht schwer, wenn der Kleine sein halbes Leben auf Social Media teilt. Wobei, er selbst nicht. Er hat nur ein paar ästhetisch schöne Bilder in seinem Instagramprofil, aber darauf hat er seine Freunde markiert und diese sind deutlich aufschlussreicher, als er es ist.

»Ich habe doch gesagt, dass ich mich um ihn kümmere«, nervt Mio weiter.

»Ja, und in einer Woche bist du nicht viel weitergekommen.«

»Kilian ...«

»Chill. Unterhalten wir uns mit ihm.«

»Nein!«

Ich entreiße mich schon aus seinem Griff und schlendere rüber zu der Sitznische.

Mio folgt mir, ich höre ihn meinen Namen zischen, reagiere aber nicht darauf.

Landon und seine Freundin sehen auf, als ich mich voller Selbstverständlichkeit auf den Sessel ihnen gegenüber fläze. »Hi«, sage ich überschwänglich. »Du bist Landon, richtig?«

Ein vorsichtiges, verwirrtes Lächeln erscheint auf seinen Zügen. »Ja?« Sein Blick huscht an mir vorbei zu Mio, der stocksteif hinter mir stehen bleibt. Sofort verschwindet die Verwirrung und macht einem Strahlen gleich. »Oh. Hey.«

»Sorry, wir wollen euch nicht stören«, meine ich. »Aber mein Kumpel hier«, blind tätschele ich Mios Brust hinter mir, »erzählt den ganzen Tag nur von dir und ich musste dich unbedingt kennenlernen.«

»Gottverdammt, Kilian«, knurrt er zwischen zusammengebissenen Zähnen, aber Landon lacht darüber.

»Das glaube ich kaum, wo er doch vor vier Tagen nicht einmal meinen Namen kannte.«

»Hattest du nicht was vor, Kilian?«, fragt Mio mit unüberhörbarer Ungeduld in der Stimme.

Ich mache eine wegwerfende Handbewegung, ohne Landon aus dem Blick zu lassen.

»Sei nicht unhöflich, *mijo*, und setz dich. Ich bin übrigens Kilian.«

»Nenn mich Lan.«

»Ely«, stellt die Brünette vor. Wusste ich natürlich. Elys Instagramstory hat mich überhaupt erst hierher geführt. Sie teilt so ziemlich alles online. Glück für uns.

»Seid ihr ein Paar?«, fragt Landon mit einem Hauch Skepsis in der Stimme, als Mio sich äußerst ungern in den Sessel neben mich fallen lässt. Landon wirkt ein wenig enttäuscht bei der Vorstellung, dass mein Kumpel vergeben sein könnte.

»Wir sind alles, außer ein Paar«, erwidere ich vage, wohlwissend, dass ich Landon damit noch mehr Fragezeichen in den Kopf zeichne. Gut. Er soll ruhig an uns denken. Er soll uns dieses Mal nicht vergessen.

Wenn er es denn überhaupt getan hat. Ich weiß nicht, ob ich diesen unschuldigen, blauen Augen wirklich trauen soll.

»Hier, der ist für dich.« Der heiße Barkeeper beugt sich über mich und stellt mir den Cocktail auf den Oberschenkel. Ich greife danach, unsere Finger berühren sich und meine Lippen streifen beinahe seine Wange. Ein Impuls geht durch meinen Körper, tief und grollend, wie ein schlafendes Raubtier, das soeben erwacht ist.

Fuck. Er ist heiß, das sind viele Menschen, aber diese intensive Energie ... Es ist fast so berauschend wie damals bei ...

»Hey, bringst du meinen neuen Freunden auch Cocktails?«, frage ich ihn, als er sich zurück auf die Füße stellt und ich klarer denken kann. Bevor er protestieren kann, halte ich ihm schon ein paar Scheine vor die Nase. »Danke!«

Schmunzelnd nimmt er sie entgegen und verzieht sich wieder. Ich kann nicht anders, als ihm nachzuschauen.

»Kein Paar also, okay«, fasst Landon bedächtig zusammen. »Aber Freunde?«

»Nein«, antwortet Mio, während ich rufe: »Die besten!«

Das bringt sowohl ihn als auch Ely zum Lachen. Sie tauschen einen Blick, den ich nicht so recht deuten kann.

»Erzähl mir was von dir, Landon«, bitte ich und greife nach meinem Cocktail, von dem ich gleich einen Schluck nehme. Scheiße, ist der gut. Die perfekte Mischung aus bitterem Alkohol und süßen Sirup. »Du kennst Emilio von der Uni, nicht wahr?«

»Ja, wir haben ein paar Kurse zusammen und Mio ist seit kurzem Teil unserer Lerngruppe.«

»Du studierst auch Kunst, nehme ich an?«

»Bildende Kunst und ästhetische Erziehung.«

Ich pfeife anerkennend durch die Zähne. »Klingt heiß.«

Landon lässt wieder ein Lachen erklingen, er fährt sich mit den Fingern durch die Haare und schielt zu Emilio, der nach wie vor angepisst dreinschaut.

»Gehts dir gut?«, fragt er sanft.

»Klar, ich will nur meinen Freund umbringen.«

»Ha! Du gibst also zu, dass wir Freunde sind!«, entfährt es mir grinsend.

»Oh, bei Gott«, seufzt er. »Lass uns gehen, Kilian.«

»Nein.«

Fest sieht er mir in die Augen. »Ernsthaft jetzt.«

»Nein«, beharre ich.

Mein neuer Lieblingsbarkeeper kommt wieder zu unserem Tisch und bringt zwei Cocktails für Ely und Landon.

»Dein Rückgeld«, meint er und drückt mir ein paar Münzen und Scheine an die Brust. Wieder berühren sich dabei unsere Hände und wieder verspüre ich Energie und eine Welle der Lust.

Mit halb geöffneten Lippen sehe ich ihm hinterher, springe auf die Füße und mache einen Schritt Richtung Bar.

»Kilian?«, fragt Mio misstrauisch. Ich spüre, wie er nach meinem Arm greift, doch ich schüttele ihn ab.

»Hey, Landon«, sage ich beiläufig, ohne mich zu ihm umzudrehen. »Wusstest du, dass Mio in Superheldenbettwäsche schläft? Darüber könnt ihr euch unterhalten. Bis gleich.«

Wie benommen schlendere ich zur Bar. Als nächstes lande ich im Getränkelager und drücke den Barkeeper, dessen Namen ich schon wieder vergessen habe, gegen die Wand und küsse ihn leidenschaftlich.

Er stöhnt an meinen Lippen, fährt mit den Fingern in mein Haar und drängt sich mir entgegen. Wellen aus Lust durchfluten mich, meine Berührungen werden drängender, ich suche nach seiner Energiequelle, schmecke seine Hingabe, doch schnell wird alles zu diffus, um es richtig greifen zu können.

Ich verliere mich in dem Gefühl, etwas haben zu wollen, das ich einfach nicht bekommen kann. Wie die fucking Ironie meines Lebens.

KAPITEL 4

EMILIO

»Geht es deinem Freund besser?«

Blinzelnd reiße ich mich aus Gedanken, drehe den Kopf und sehe zu Landon, in dessen blauen Augen echte Besorgnis schwimmt. Die Nachmittagssonne steht in seinem Rücken und lässt seine Gestalt beinahe engelsgleich schimmern. Ich räuspere mich und schenke ihm ein Lächeln.

»Ja, er hat zu viel getrunken und geraucht. Keine gute Kombi. Er hat sich erholt.«

Schätze ich zumindest. Es ist Tage her, seit ich Kilian aus der Rummachsession mit dem Barkeeper geholt und aus der Bar geschleift habe. Er war völlig neben sich, als wäre er auf Drogen. Wir können nicht high werden. Es war irgendetwas anderes, das ihn in diesen Zustand versetzt hat, und es hat mir Angst eingejagt.

Weil ich mir nicht anders zu helfen wusste, habe ich Kilian zu Damien gebracht und dort abgeliefert. Seitdem habe ich von keinem von beiden etwas gehört. Sollte ich nachfragen, wie es Kilian geht? Das habe ich nie gemacht. Bis zu diesem Vorfall mit Landon haben wir uns nur alle ein bis zwei Wochen zu den Jagden getroffen. Wir halten kein Kontakt.

»Zum Glück warst du da«, dringt Lans Stimme erneut durch die Watte in meinen Kopf. Er hockt sich neben mich auf die Bank und lehnt sich lässig zurück. »Du bist ein guter Freund.«

Tja, von wegen. Kilian und ich sind keine Freunde. Wir sind nur ... Jagdgefährten.

»Wir sind eher ... Bekannte als Freunde«, gestehe ich und sehe ihn von der Seite an. »Was ist mit dir? Hast du schon aus?«

»Nicht so richtig, ich habe um sechzehn Uhr noch einen Kurs und muss mir irgendwie die Zeit vertreiben. Und du?«

»Ich drücke mich von dem Kunstkurs.« Eigentlich habe ich gehofft, in der Natur ein bisschen Inspiration zu finden, bevor ich loslege, aber ich sitze schon seit einer Viertelstunde hier und kann mich nicht dazu aufraffen, hineinzugehen. Jetzt ist es ohnehin zu spät.

»Wieso? Der kreative Teil ist doch das beste am Kunststudium«, meint Landon.

Früher habe ich das auch so gesehen. Früher, als ich noch etwas aufs Papier – oder die Leinwand – gebracht habe. Jetzt fühlt es sich so an, als sei meine ganze Kreativität zusammen mit meiner Menschlichkeit ausgesogen worden.

Als ich darauf zu lange schweige, räuspert Landon sich. »Kommst du heute Abend zur Lerngruppe?«

»Geht nicht, ich habe eine Schicht in der Bar.«

»Okay, verstehe. Ich gehe dann besser. Ich hole mir noch etwas zu Essen.« Landon greift nach seinem Rucksack und erhebt sich.

Ein schlechtes Gewissen macht sich in mir breit. Bei meiner abwesenden Art muss er vermutlich denken, dass ich kein Interesse an ihm habe. Das

Gegenteil ist der Fall und ich habe immer noch die Mission, ihn auszufragen.

»Hey, Lan?«

Überrascht hält er inne und sieht auf mich herab. »Ja?«

»Kennst du Kilian von irgendwo? Er hat da so eine Andeutung gemacht, die ich nicht zuordnen kann.«

Landon runzelt die Stirn und schüttelt langsam den Kopf. »Nein. Zumindest nicht, dass ich wüsste. Womöglich sind wir schon mal aneinandergestoßen, falls er öfter im Lemons ist. Das ist quasi meine Stammkneipe.«

»Verstehe.«

»Wieso triggert dich das?«, fragt Landon mit einem Schmunzeln auf die Lippen. »Eifersüchtig?«

Ein Lachen entfährt mir, ich lehne mich tiefer auf die Parkbank und neige den Kopf. »Womöglich.«

Landon betrachtet mich einen Moment länger. »Hey, wenn du heute nicht kannst, können wir uns morgen zum Lernen treffen.«

»Nur wir beide?«, hake ich nach.

»Ja. Ich zeige dir mein Atelier in der Stadt. Vielleicht hilft dir das mit deinem Inspirationsproblem.«

Ein Lächeln erweicht meine Züge. »Sehr gerne.«

»Ich schreibe dir bei Instagram.«

»Geht klar.«

Das lief besser als gedacht.

Sobald Landon aus meiner Sichtweite verschwunden ist, hole ich mein Handy aus der

Tasche und klicke auf Kilians Kontakt. Ich hadere mit mir, schreibe ihm dann doch eine Nachricht.

Emilio
Geht es dir gut?

Seine Antwort lässt mich den Anflug von Sorge sofort bereuen.

Kilian

Klar, Idiot, warum auch nicht?

Das wars. Kilian und ich werden in diesem Leben garantiert keine Freunde mehr.

Ich dachte, Landon hätte übertrieben oder ein Witz gemacht, aber nein, er hat tatsächlich ein eigenes Atelier.

»Heilige Scheiße«, kommentiere ich und pfeife anerkennend durch die Zähne, als er aufschließt und die Lichter anschaltet.

»Bitte, halte mich jetzt nicht für einen verwöhnten, reichen Jungen«, erwidert er ein bisschen zerknirscht.

»Zu spät.« Über die Schulter hinweg werfe ich ihm ein amüsiertes Lächeln zu. »Wie finanzierst du das?«

»Na ja, es gehört nicht allein mir«, konkretisiert Lan. »Ich teile es mir mit zwei Freundinnen.«

Dennoch – ich kann mir die monatliche Miete für meine Wohnung gerade so leisten, ganz zu schweigen davon, noch ein zusätzliches Objekt anzumieten.

»Es ist schön hier«, meine ich. Die Fläche wird durch helle Tageslichtlampen beleuchtet, es gibt mehrere große Fenster, durch die man um diese Uhrzeit den Sternenhimmel betrachten kann. Die hohen Decken harmonieren hervorragend mit den durchsichtigen Vorhängen und Holzverzierungen an den Wänden.

Mehrere Leinwände stehen herum, genauso wie zwei große Schreibtische. Malutensilien aller Art finden sich an jeder Stelle, es gibt auch ein Bücherregal mit alten Romanen und Klassikern. Das Atelier führt in einen weiteren kleinen Raum, in dem es Waschbecken und Vorräte gibt.

»Was genau machst du neben dem Studium?«, frage ich, weil ich mir nicht vorstellen kann, dass Landon sich das alles nur mit einem Nebenjob leisten kann.

»Gar nichts, ehrlich gesagt. Meine Familie unterstützt mich finanziell.«

Ah, so ist das also. Ernüchterung macht sich in mir breit, als ich feststelle, dass Landon Grayson tatsächlich ein reicher Junge ist. Die Hemden von Ralph Lauren hätten ihn verraten sollen.

Ich dachte, er wäre mehr wie ich. Ein bisschen verloren, ein bisschen am Ertrinken.

Ich will mich schon dezent verabschieden und diesem scheißperfekten Atelier den Rücken zukehren, als ich mich umdrehe und mein Blick auf eine Leinwand fällt. Alles von meiner Aufmerksamkeit wird von dem halbfertigen Gemälde abgelenkt, als hätte jemand die Welt für einen Moment abgestellt.

Schwarz auf schwarz, dunkelgrün wie dichtes Moos und Tiefbau wie der Ozean. Die Farben vermischen sich zu einem Chaos aus Wald und Dunkelheit und darin sind die Umrisse einer gesichtslosen Person zu erkennen.

»Wer hat das gemalt?«, frage ich ehrfurchtsvoll.

»Das ist noch nicht fertig.« Landon klingt mit einem Mal nervös. »Ich habe es zum Trocknen stehen lassen.«

Ich reiße mich von dem Bild los und neige den Kopf zu ihm. »Das hast du gemacht? Es ist atemberaubend.«

Röte schießt in die obere Partie seiner Wangen, er beißt sich auf die Unterlippe und sieht an mir vorbei zu seinem Bild. »Das hat noch nie jemand über meine Kunst gesagt.«

Scheiße, das ist wirklich sein Werk. Er ist talentiert und das ist heißer als alles andere. Das lässt mich darüber hinwegsehen, dass ich normalerweise nicht auf Snobs stehe. Das lässt mich sogar vergessen, weswegen ich überhaupt hergekommen bin.

»Wirst du es beenden?«

»Ich habe es versucht.« Landons Blick gewinnt an Fokus, eine konzentrierte Falte bildet sich in seiner Stirn. »Ich weiß nicht so recht, wie. Alles, was mir in den Sinn kommt, erscheint viel zu simpel.«

Ein plötzliches Kribbeln schießt in meine Fingerknöchel, ich balle die Hand zur Faust und atme tief durch. »Darf ich?«

Lan sieht wieder zu mir und hebt überrascht eine Augenbraue. »Nur zu.«

»Ich will es dir nicht ruinieren, aber ...«

»Tob dich aus«, unterbricht Landon mich, bevor ich versuche in Worte zu fassen, was für ein Gefühl mich beschleicht. »Ich bin gespannt, was du dazu beizutragen hast.«

Ich fühle mich wie unter Strom gesetzt, als ich mir Farben und Pinsel zusammensuche. Gott, ist das aufregend. Ich habe nicht mehr auf diese Weise gemalt, seit ich zum Dämon wurde. Meine letzten Werke waren handwerklich gute, aber lieblose Zeichnungen mit Bleistift und Kohle.

Doch als ich nun loslege, ist es so, als wäre keinerlei Zeit vergangen. Während ich male, Pinselstrich für Pinselstrich setze, mich mit Farbe bekleckere und noch mehr Farbe benutze, fühle ich mich kurz wieder *wie ein Mensch*.

Das habe ich vermisst. Das Hochgefühl, der Fokus, die Leidenschaft. Ich dachte schon, ich hätte das für immer verloren.

Bedächtig trete ich zurück und sehe der Farbe beim Trocknen zu, als ich realisiere, dass Landon von hinten an mich tritt. Er hat mir die ganze Zeit zugeschaut.

»Wow«, murmelt er. »Es passt perfekt.«

44

Tief atme ich durch und drehe mich vollends zu ihm herum. Er blinzelt, das Blau seiner Augen wirkt in dem Licht genauso dunkel wie die Farbe auf der Leinwand. Er lächelt nicht, kein Grübchen auf seiner Wange, aber seine Lippen üben dennoch eine unwiderstehliche Anziehungskraft auf mich aus. Sie sind perfekt geschwungen.

Einem Impuls folgend strecke ich die Hand aus und lege sie auf seine Wange, mein Daumen hinterlässt eine Spur Farbe auf seinem Kinn, als ich es anhebe. Ich bemerke, wie er schluckt, sehe, wie er sich über die Lippen leckt, schmecke ihn beinahe schon auf meiner Zunge, als knisternde Energie zwischen uns zu Leben erwacht.

Fuck, ist das intensiv. Ich muss ihn einfach küssen. Ich *muss*.

Lan kommt mir entgegen, richtet sich weiter auf und seufzt leise, bevor unsere Lippen zueinanderfinden. Ich nehme mir keine Zeit, da ist zu viel Ungeduld in meinem Inneren, weswegen ich gleich aufs Ganze gehe und mit der Zunge in seinen Mund tauche.

Seine Lebensenergie ist eine Explosion aus Farben, sie fließt bereitwillig wie ein kristallklarer Bach, wird zu einem reißenden Fluss, als er die Finger in mein Haar schiebt und mich näher zieht.

Wir drängen uns aneinander, er stößt mit dem Rücken gegen eine der Leinwände, doch keiner von uns kümmert sich darum, als sie umkippt. Meine Hände fahren von seiner Wange über seinen Hals, sein Schlüsselbein entlang.

»Emilio«, flüstert er, als unsere Münder sich keuchend voneinander trennen. Er blinzelt zu mir hoch. »Ich mag dich wirklich gerne und ... ich will nichts überstürzen.«

Ich bin noch nicht in der Lage, zu sprechen, weil der Schwall frischer Energie in meinem Kreislauf mich zu sehr einnimmt. Es fühlt sich an, als sei ich einen Marathon gerannt und habe soeben die Ziellinie überschritten. Befreiend und herrlich und voller Euphorie.

Jetzt verstehe ich, was Kilian gemeint hat. Die Nummer mit Kyle hat meine Energie aufgeladen und war überaus angenehm, aber er ist kein Vergleich zu Landon und wir haben uns bisher nur geküsst.

»Wäre das, uhm, okay?«, hakt Landon unsicher nach und mir wird bewusst, dass ich ihn nur anstarre.

»Natürlich«, sage ich und lache befreit auf. »Ich hatte nicht vor, es zu überstürzen. Sorry, ich hab mich mitreißen lassen.«

Ein sanftes Lächeln erweicht seine Züge und lässt eine tiefe Sehnsucht in meinem Magen aufflattern. Er sieht *so* schön aus.

»Wollten wir nicht eigentlich lernen?«, fragt er lachend.

»Stimmt, da war was.« Ich grinse und lasse ihn endgültig los, woraufhin er einen Schritt zurückstolpert. »Oder willst du mir noch mehr von deinen Werken zeigen?« Das wäre zumindest spannender als *Kunstgeschichte*.

»Aber nur, wenn du donnerstags zur Lerngruppe kommst.«

»Abgemacht.«

Als ich später sein Atelier verlasse und durch die Nacht zu meinem Apartment laufe, fällt mir wieder ein, dass ich meine eigentliche Aufgabe ziemlich vernachlässigt habe.

Kilian hatte Recht damit, mir in dieser Hinsicht nicht zu vertrauen.

Aber Lan ist harmlos, oder? Er hat weder mich noch Kilian erkannt und außerdem schmeckt seine Lebensenergie genauso gut wie jede andere. Daran war nichts Auffälliges.

Nein, Landon ist nicht das Problem. Wenn überhaupt ist er nur ein Opfer, so wie wir.

An diesem Abend noch schreibe ich Damien eine Nachricht.

Emilio
Landon ist unauffällig. Er macht keine Probleme. Alles ruhig soweit.

KAPITEL 5

LANDON

»Verzeih mir Vater, ich habe gesündigt.«

Es ist kalt im Beichtstuhl, kälter noch als ich es in Erinnerung habe. Mein Atem geht flach und regelmäßig, weil ich mich zwinge, einen Zug nach dem anderen zu nehmen. Nur allzu gut erinnere ich mich daran, wie ich in diesem kleinen Raum des Öfteren hyperventiliert bin.

Tja, die guten alten Zeiten.

»Sprich, mein Sohn«, erklingt die vertraute Stimme von der anderen Seite. Mein Kopf ruckt und ich sehe durch das Gitter die Konturen eines männlichen Gesichtes, das weiße Kollar des Pfarrers.

Noch ein tiefer Atemzug, ich lehne den Hinterkopf gegen das Holz und schließe die Augen. »Ich habe einen anderen Mann geküsst.«

»Ich verstehe.« Keine Wertung in seiner Stimme, nur Mitgefühl.

»Ich bereue und bekenne meine Sünden und bitte Gott um Vergebung«, spreche ich die altbekannten Worte, die sich heute säuerlich auf meiner Zunge anfühlen.

»Durch das Opfer Jesu Christis wird Gott dir vergeben, mein Sohn. Der Herr wird dich von deinem Irrweg zurück auf den Weg der Wahrheit und des Lebens führen, wenn du dein Vertrauen in ihn baust.«

Die übliche Erleichterung und die Wärme eines reinen Gewissens bleiben diesmal aus.

Ich spüre Emilios Lippen noch auf meinen, seinen heißen Atem, das ziehende, zerrende Gefühl in meinen Eingeweiden. Ich hätte zumindest vierundzwanzig Stunden warten können bis zur Beichte. Bis sein Geruch aus meinen Klamotten – und von meiner Haut – verschwunden ist.

»Danke, Pater«, murmele ich und verlasse den Beichtstuhl ohne ein weiteres Wort. Es ist unhöflich, ich sollte zumindest noch bei den Aufräumarbeiten für die kommende Messe helfen, aber ich halte es heute nicht aus, unter den mahnenden Augen der Engelsstatuen und der heiligen Maria zu verweilen.

Ich ziehe mein Handy heraus, ignoriere die anderen Benachrichtigungen und checke mein Instagram-Postfach. Keine neue Nachricht von Mio. Sollte ich ihm schreiben? Wir treffen uns vermutlich später bei Peddles Vorlesung. Ob er mich genauso ignoriert wie früher? Das wäre ziemlich deprimierend.

Wenn ich blinzele, sehe ich ihn wieder vor mir, wie er in vollkommener Trance an meinem Bild malt, ein Pinselstrich nach dem anderen setzt, präzise und voller Konzentration und doch mit Leidenschaft. Er hat eine handwerklich gute Arbeit geleistet, die voller Gefühl steckt. Darum beneide ich ihn. Ich kriege immer nur eins von beidem hin.

Meine Gedanken sind noch bei Emilio und wandern ungewollt zu dem Kuss gestern Abend, als ich gepackt und grob in eine Gasse gezerrt werde. Überrascht japse ich auf, werde hart gegen Beton gepresst und blinzele als Nächstes in grau-grüne Augen.

»Was zur Hölle ...«

»Oh, hallo, Landon«, säuselt Kilian. Er hat die Finger in meinen Klamotten vergraben und drückt mich schmerzhaft fest gegen die Wand, während sich in seinem Gesicht selbstgefällige Gelassenheit spiegelt.

»Ähm, was?«, frage ich verwirrt. »Bist du nicht Kilian? Mios Kumpel von der Bar?«

»Tu nicht so, als würdest du mich nicht erkennen«, knurrt er.

»Ich erkenne dich«, erwidere ich trocken. »Wie ich gerade sagte. Was willst du von mir? Lass mich bitte los.«

Kilian neigt den Kopf und grinst mich an. So kalt, dass mir ein Schauer über den Rücken fährt. »Jetzt willst du, dass ich dich loslasse, ja?«

»Was soll das denn heißen?!«, schnappe ich. »Ernsthaft. Lass mich los oder ich trete dir in die Eier.«

»Versuchs doch.«

Kilians Blick schnellt zu meinen Lippen, er beugt sich vor und ich ... ich trete ihm nicht in die Eier, sondern verpasse ihm eine Kopfnuss, die sich gewaschen hat. Das lässt selbst mich Sterne sehen, bringt Kilian aber dazu, mich loszulassen und fluchend zurückzuweichen. Gut so.

»Du bist ja krank«, werfe ich ihm vor und stapfe an ihm vorbei aus der Gasse heraus. »Komm ja nicht mehr in meine Nähe.«

»Weiß Mio, dass er einen Pfarrerssohn datet?«, ruft er mir hinterher.

Das veranlasst mich dazu, abrupt innezuhalten und einen Blick zurückzuwerfen.

»Wenn du eifersüchtig bist, solltest du ihm deine Gefühle gestehen, weißt du?«, schlage ich vor. »Das zwischen Mio und mir ist nicht so ernst. Du hast noch eine Chance bei ihm, kein Grund für Tiefschläge.«

»Pass besser auf, Lan«, flötet Kilian mir in demselben provozierenden Tonfall hinterher. »Wenn du ihm wehtust, haben wir ein Problem miteinander.«

Ehrlich amüsiert lache ich auf und drehe mich nochmal vollständig zu ihm herum. »Du betreibst ganz schön viel Aufwand für jemanden, den Mio nicht einmal als *Freund* betitelt.«

»Nein, wir sind keine Freunde.« Kilian grinst immer noch kalt. »Wir sind ein Rudel.«

»Du bist echt schräg«, werfe ich ihm vor, schüttele den Kopf und wende mich endgültig ab.

Die kalte Gänsehaut in meinem Nacken bleibt den ganzen restlichen Tag über.

»Hey, Hübscher.«

Ich zucke zusammen, als Emilios raue Stimme hinter mir erklingt. Abrupt fahre ich herum und starre zu ihm hoch. Es ist inzwischen Mittag, ich sitze mit einem Podcast im Ohr in der Mensa und habe nicht mehr damit gerechnet, ihn heute nochmal zu sehen.

Mio grinst und gibt mir den Airpod zurück, den er mir soeben aus dem Ohr gezogen hat. Er schnappt sich den Stuhl mir gegenüber und setzt sich falsch herum darauf, die Arme auf der Lehne abgestützt.

»Oh. Hi«, sage ich und stoppe die Folge, da meine Aufmerksamkeit ohnehin nur noch auf dem Mann vor mir liegt. Anders als erwartet hat er mich heute in Peddles Vorlesung doch ignoriert. Er hat sich nicht einmal zu mir gesetzt, obwohl ich ihm den Platz freigehalten habe. Enttäuschend.

»Ist was?«, fragt Emilio, dessen Lächeln bei meinem Tonfall langsam verblasst.

»Ähm, also, dein Freund hat mich heute abgefangen.«

Er wird blass bei den Worten, dann verhärtet sich seine Miene. »Welcher Freund?«

»Kilian. Der Typ, mit dem du im Lemons warst.«

Sofort richtet Mio sich weiter auf, die Anspannung ist ihm deutlich anzusehen. »Was wollte er von dir? Hat er dir wehgetan?«

Automatisch fasse ich mir an die Stirn. »Ich habe eher ihm wehgetan. Er war ein bisschen ... aufdringlich.«

»Fuck.« Mio fährt sich durch die schwarzen Haare. »Er ist so ein ...«

»Arsch?«, helfe ich ihm auf die Sprünge.

»*Wichser* wollte ich sagen«, erwidert er trocken. Sein Gesichtsausdruck wird milder. »Tut mir leid, Lan. Ich werde dafür sorgen, dass er dich nicht mehr belästigt.«

»Schon gut. Ich kann selbst auf mich aufpassen. Ich will nur nicht bei euch reingrätschen, wenn da was läuft.«

»Zwischen Kilian und mir?« Mio lacht ehrlich amüsiert auf. »Nein, garantiert nicht. Er mischt sich nur gerne in die Angelegenheiten fremder Leute ein.«

»Okay.« Ich zwinge mich zu einem Lächeln. »Magst du dir auch etwas zu Essen holen? Wir könnten ...«

»Nein, ich habe schon gegessen und muss eigentlich gleich weiter«, unterbricht er mich und erhebt sich bereits. »Sehen wir uns später?«

»Klar, gerne.«

»Ich schreibe dir.« Mio schultert seinen Rucksack. Ich glaube, er wird sich herabbeugen und mich küssen, aber er tätschelt mir beim Vorbeigehen nur den Kopf wie einem Hund.

Ein unpassendes Grinsen zupft an meinen Mundwinkeln. Wieso finde ich nur alles, was er macht, so unglaublich anziehend?

KAPITEL 6

KILIAN

Offenbar ist Mio sauer und hat nicht vor, mich auf meinem nächsten Jagdausflug zu begleiten. Er hat seine eigenen Reserven sicherlich bei Landon aufgeladen. Süß, irgendwie. Er wird früher oder später von allein herausfinden, dass es nicht klug ist, sich ständig nur von einem Menschen zu ernähren, den man mag. Das geht immer nach hinten los.

Das hätte ich ihm auch persönlich sagen können, wäre er meiner Einladung gefolgt.

Kilian

Treffen uns um zwanzig Uhr im Lemons zur Jagd. Sei pünktlich und bring ruhig deinen neuen Freund mit. Wird lustig.

Wie kann man dazu schon Nein sagen? Er hat meine Nachricht einfach ignoriert, dieser Snob.

Ich schnappe mir meinen Cocktail und nippe daran, während ich den Blick schweifen lasse. Heute ist die Auswahl nicht besonders attraktiv. Niemand erweckt meine Aufmerksamkeit.

Bis jemand Neues die Bar betritt und einen Schwall frischer Luft mit sich bringt. Er lenkt meinen Blick sofort auf sich und ich hasse meinen Körper ein bisschen für die heftige Reaktion. Nein, okay. Ich hasse ihn *sehr* dafür.

Betont desinteressiert nehme ich noch ein Schluck von meinem Cocktail und sehe Damien entgegen, der lässig auf mich zu schlendert. Er sieht wie immer aus wie die pure Versuchung, eben wie die Verkörperung eines Sexdämons in Menschengestalt.

»Hey.« Er lächelt nicht, als er sich auf den Barhocker neben mir schwingt.

Ich schlucke meine Verärgerung über sein Auftreten herunter, lasse sie mir zumindest nicht anmerken. »Du hier?«

»Mio hat mir geschrieben und mich gebeten, einzuspringen.«

»Ach, tatsächlich?« Was für ein kleiner Bastard. Erst ignoriert er mich und dann schickt er Damien. Ganz große Klasse. Das werde ich ihm niemals verzeihen.

Ich exe meinen Drink, knalle das Glas heftiger als beabsichtigt zurück auf die Bar und entferne mich in Richtung der Sitzecken. Eine hübsche Brünette sitzt dort allein mit ihrer Wasserflasche, während ihre Freundin neben ihr mit einem Kerl flirtet.

Normalerweise stehe ich nicht auf Frauen, aber ich war die meiste Zeit meines Lebens hetero, bin ihnen also nicht ganz abgeneigt. Außerdem weiß ich, dass es Damien aufregt, wenn ich Frauen statt Männer auswähle, deshalb wird es heute die Brünette.

Ihre Augen weiten sich überrascht, als ich mich neben sie gleiten lasse. »Hey«, sage ich und beuge mich verschwörerisch vor. »Spielst du auch die Notfallkarte?«

»Was?«, fragt sie verwirrt.

»Deine Freundin nimmt dich zu ihrem Date mit, falls es nicht gut läuft. Aber wenn es gut läuft«, vielsagend deute ich auf ihre Freundin, die inzwischen dazu übergegangen ist, mit ihrem neuen Freund zu knutschen, »dann bist du erstmal abgeschrieben. Ich bin übrigens Kilian.«

Sie lächelt darüber und schüttelt meine Hand. »Thea.«

Mein Blick huscht zu Damien an der Bar, der uns mit versteinerter Miene anstarrt, ohne zu blinzeln. Jetzt sieht er nicht mehr charismatisch aus, sondern mordlustig wie ein Killer. Das gefällt mir fast noch besser an ihm. »Du kannst mich Kian nennen.«

»Kian, okay. Freut mich«, sagt Thea und lenkt meine Aufmerksamkeit zurück auf sich. Ich schenke ihr ein unechtes Lächeln.

»Bist du öfters hier?«, stelle ich die übliche Standard-Frage, um ein Gespräch zum Laufen zu bringen.

»Nein, ehrlich gesagt finde ich es hier total lahm.«

»Dito. Wollen wir abhauen?«

Sie lacht leise und deutet auf ihre Freundin. »Sorry, ich kann sie nicht allein lassen. Girlcode.«

»Ah, verstehe. Eine gute Freundin. Finde ich heiß.«

Aus dem Augenwinkel sehe ich, wie Damien sich von der Bar abstößt. Für einen beflügelten Moment glaube ich, dass er zu uns rüberkommt, aber er wendet sich ab und verschwindet in der Menge.

Ich ignoriere ihn, versuche es zumindest, versuche es wirklich, doch ich höre gar nicht mehr, was Thea zu mir sagt. Sie ist trotzdem von mir hingerissen, lässt sich von mir zwei Drinks ausgeben und schlingt nach dem zweiten einen Arm um meine Mitte und schmiegt sich an mich.

Sacht hebe ich ihr Kinn, küsse sie und lasse die Zunge in ihren Mund gleiten. Ihre Lebensenergie fließt auf mich über, nur träge und zäh wie bitterer Honig, weil ich nicht ganz bei der Sache bin. Das ist okay. Das reicht für heute Abend.

Zumindest so lange, bis ein scharfer Stich durch mein Innerstes fährt. Sofort lasse ich von ihr ab, ein schaler Geschmack breitet sich auf meiner Zunge und in meiner Kehle aus. Etwas ist passiert. Etwas passiert *jetzt gerade*.

Abrupt lasse ich von der Frau ab, deren Namen ich in diesem Moment wieder vergesse, und springe auf die Beine. Ich ignoriere ihren fragenden Ruf, stürme nach draußen und sehe mich hektisch rechts und links um.

Wohin ist Damien verschwunden?

»Dami?!«, rufe ich in die kühle Nacht, gefolgt von einem animalischen Knurren, das meinen Brustkorb verlässt. Ich stürme nach links, kehre um und laufe in die entgegengesetzte Richtung. Meine Sinne sind bis aufs Äußerste geschärft, mein Sichtfeld verändert sich. Der Dämon übernimmt Stück für Stück die Kontrolle.

Anders als vorhin bei der Brünetten bin ich nicht drauf aus, Lebensenergie zu stehlen. Mein inneres Monster erwacht, um zu töten.

Ich finde Damien in einer Seitengasse, er steht gekrümmt gegen die Wand gelehnt da, ein schmerzerfülltes Stöhnen verlässt seine Lippen. Sofort registriere ich das viele Blut, das aus seinem Bauch strömt, und die Klinge des Messers, die aufblitzt.

Ich sehe nur rot, rot, rot. Wut vermischt sich mit dem Blut, mit dem Schmerz, dem Frust. Adrenalin und Schwärze peitschen durch meinen Blutkreislauf, in Sekundenbruchteil überbrücke ich die Distanz und schubse den Angreifer mit dem Messer zur Seite. Die Wucht ist so heftig, dass er wie eine Puppe durch die Luft fliegt und gegen die nächste Wand klatscht.

Mit einem weiteren Satz bin ich bei ihm, nehme das Messer weg und ramme es in seine Kehle. Blut spritzt heiß in mein Gesicht und befriedigt einen tiefschwarzen, verdorbenen Teil in mir. Ich schmecke es auf meinen Lippen, spüre, wie es warm über mein Kinn und meinen Nacken fließt. Ich ziehe das Messer heraus und steche noch einmal in sein Herz, warte, bis seine Augen kalt und leer sind.

Erst danach realisiere ich, dass es der Barkeeper ist, der mich letzte Woche verführt hat. Und dann fällt mir wieder ein, dass Damien verletzt ist.

Ich lasse von der Leiche ab und stürme zu ihm, knie mich zu Damien und schlage ihm nicht sehr sanft gegen die blasse Wange.

Das rot verschwindet allmählich aus meinem Blickfeld und ich kehre zurück in meine Haut.

»Hey, du dummer Bastard«, knurre ich. »Du kannst nicht gönnerhaft in der Bar auftauchen, mich dann allein lassen und jetzt einfach verbluten.«

»Sorry«, murmelt er und spuckt Blut.

»Verdammte Scheiße, halt die Klappe.« Ich fahre mit dem Handballen über seinen Mund, um ihn das Blut abzuwischen. »Es ist so widerlich, dass ich das gerade ein bisschen heiß finde. Na ja. Jeder hat einen Fetisch, oder?«

Er röchelt, was ein wenig wie ein verzweifeltes Lachen klingt.

»Wehe, du stirbst jetzt. Ich meine es ernst.«

Er nickt abgehackt.

»Erst kümmere ich mich um die Leiche, dann um dich«, beschließe ich, erhebe mich und mache eine Drehung um die eigene Achse, als ich meine Meinung ändere. »Nope, okay, zuerst um dich.« Tief seufze ich auf. »Wo ist unser Frischling, wenn mal ihn mal braucht?!«

KAPITEL 7

EMILIO

»Der Barkeeper vom Lemons?«, frage ich ungläubig. »Wo ist er jetzt?«

»Tot.« Kilian ist ganz ausdruckslos, sein Blick auf Damien gerichtet. Dieser ist noch blass, doch allmählich kehrt Leben in seine Augen zurück.

»Das habe ich schon verstanden, aber was habt ihr mit ihm getan?« Hilfesuchend sehe ich zu Damien, der nur mit den Schultern zuckt.

»Kilian hat sich darum gekümmert. Ich war damit beschäftigt, nicht zu sterben.«

Wie ungewohnt sarkastisch von ihm. Überfordert fahre ich mit den Fingern durchs Haar und weiche seinem Blick aus. Das macht mich nervös. Das alles. Was ist nur in letzter Zeit los?

»Das wäre nicht passiert, hättest du dich einfach an den Plan gehalten und nicht Damien geschickt«, wirft Kilian mir vor.

»Das war kein Plan, das war ein dummer Befehl von dir«, erwidere ich nüchtern. »Und ich hätte dich nicht gemieden, wenn du meinen Freund nicht auf offener Straße belästigt hättest.«

»Deinen *Freund*?« Kilian lacht kalt auf. »Ich bitte dich, *mijo*. Mach dich nicht lächerlich.«

»Hört auf«, herrscht Damien uns an. »Irgendjemand hat es auf uns abgesehen und wir müssen jetzt zusammenhalten, statt uns zu streiten.«

Er hat ja recht. Kilian ist nur so selbstgefällig und nervig.

»Ich will dich nur beschützen, kleiner Dummkopf«, behauptet Kilian besänftigt. »Halte dich von Landon fern.«

»Erst soll ich ihn im Blick behalten und mich jetzt von ihm fernhalten?«

»Ja.« Es ist Damien, der antwortet. »Vielleicht hat Landon damit nichts zu tun und ist selbst ein Opfer, aber wir wissen es nicht. Es ist gefährlich da draußen.«

»Das ist doch nicht euer Ernst.«

»Hier, fang.« Kilian greift in seine Tasche und wirft mir etwas zu. Aus Reflex greife ich danach und bereue es sofort. Die Klinge des Messers schneidet in meine Handfläche, aber das ist nicht der Grund. Sobald ich es berühre, verglüht es regelrecht meine Haut, und ein explosionsartiger Schmerz breitet sich von der Stelle aus.

Sofort lasse ich das Messer wieder los, es fällt scheppernd zu Boden.

»Was zur Hölle soll das?«

»Damit wurde Damien verletzt«, erklärt Kilian.

»Normale Klingen können uns nicht schaden«, stelle ich fest. Zumindest nicht auf Dauer. Kilian hat mir das kurz nach meiner Veränderung mit anschaulichen Beispielen verdeutlicht. Die Wunden verschließen sich im Normalfall sofort wieder.

»Wir haben keine Ahnung, was das ist und wer es angefertigt hat«, fügt Damien hinzu und starrt stirnrunzelnd zu dem Messer.

»Wäre gut, wenn wir den Barkeeper befragen könnten«, merke ich mit einem vorwurfsvollen Seitenblick zu Kilian an. Dieser kneift die Augen zusammen.

»Warst du schon mal im Blutrausch, *mijo*? Nein? Dann halte mir keinen Vortrag.«

»Jungs, Schluss jetzt«, sagt Damien erneut verärgert und bringt uns beide damit zum Schweigen.

Für einen Moment herrscht nichts als angespannte Stille zwischen uns, bis Kilian sich mit einem Seufzen erhebt.

»Bleib bei ihm und sorg dafür, dass er nicht verblutet«, befiehlt er in meine Richtung. Nervös schiele ich zu Damien, der Kilian mit einem undefinierbaren Blick ansieht.

»Wohin gehst du?«, will er wissen.

»Weg.«

»Kannst du mir bitte normal antworten?«

»Ich habe was zu tun, okay?«, antwortet Kilian gereizt, schnappt sich seinen blutdurchtränkten Hoodie von der Sofalehne und im nächsten Moment fällt die Tür hinter ihm zu.

Damiens schweres Seufzen durchbricht die Stille. Er fährt sich mit einer Hand über die Augen und schließt die Lider. Ich starre für eine Weile auf meine tätowierten Fingerknöchel, bevor ich mir einen Ruck gebe und zu ihm herüberlaufe.

Damien sieht räuspernd auf, als ich mich zu ihm auf die Couch setze – an die Stelle, an der Kilian eben noch saß.

»Sollten wir uns Sorgen machen?«, frage ich ironisch mit einem Kopfnicken zur Tür, zu der Kilian soeben herausstolziert ist.

»Wir sollten uns immer Sorgen darum machen, was dieser Idiot tut«, schnaubt Damien. Dann, ernster: »Ja.«

»Und wie geht es dir?«

Er verzieht das Gesicht bei der Frage und fasst sich automatisch an den Bauch. »Es ist ungewohnt, verletzbar zu sein«, gesteht er. »Kein gutes Gefühl.«

»Kann ich irgendetwas für dich tun?«, hake ich weiter nach.

»Ich brauche nur ein bisschen Energie, um wieder auf Kurs zu kommen.«

»Soll ich Kyle anrufen?«

Damien ächzt. »Nein, er wird mir heute nicht weiterhelfen, fürchte ich.«

»Wen dann?«

Damien dreht leicht den Kopf in meine Richtung und schielt zu mir. Seine Augen wirken in dem schummrigen Licht dunkel wie Obsidian, unterstrichen durch die Schatten darunter. Selten habe ich ihn so müde erlebt. Er sieht mich an, als wolle er etwas in meinem Gesicht, in mir, lesen.

»Ich bin noch nicht bereit für eine Jagd«, sagt er mit leiser Stimme.

Ich befürchte, in seinem jetzigen Zustand wäre er auch nicht sehr erfolgreich, das spreche ich aber lieber nicht laut aus. Von seinem üblichen Charisma ist nicht mehr viel übrig.

»Okay, und was machen wir dann?«, frage ich weiter.

Damien starrt mich einen Moment länger an, sein Blick gleitet über mein Gesicht und verliert sich schließlich im Nichts.

»Hey.« Ich stoße ihn sacht an. »Wie geht es jetzt weiter?«

»Hör auf, mir Fragen zu stellen, Emilio«, sagt Damien genervt und wendet sich von mir ab, um sich rücklings tiefer ins Polster fallen zu lassen. Schuldbewusst ziehe ich die Schultern hoch und schweige.

Irgendwann wirft er mir einen milden Seitenblick zu.

»Ich weiß es nicht«, gesteht er. »Vielleicht müssen wir Lucifer darüber informieren.«

»Ernsthaft? Du willst mit dem *Teufel* höchstpersönlich sprechen?« Ein kalter Schauer fährt mir über den Rücken bei dem Gedanken. Eine Begegnung im Leben hat mir eindeutig gereicht.

»Vielleicht. Wenn es plötzlich Waffen gibt, die uns verletzen und Menschen, die sie gegen uns richten, brauchen wir seine Hilfe.«

Ich bezweifele, dass er uns eine helfende Hand reichen wird, schweige dazu jedoch lieber.

»Aber darüber muss ich erst einmal mit Kilian sprechen«, lautet sein Fazit, seine Stimme klingt besänftigend, als wolle er mir keine Angst machen.

Ich fühle mich wie ein fünfjähriger Junge, der von seinem Vater getröstet werden muss, weil er mitten in der Nacht einen Alptraum hatte.

Keine Sorge, Kleiner, die Monster unter deinem Bett sind nicht echt.

Nur, dass sie es doch sind.

»Du und Landon also, hm?«

Dieser abrupte Themenwechsel überrascht mich so sehr, dass ich verwirrt auflache. »Darüber willst du jetzt sprechen?«

»Wieso nicht?« Damien zuckt mit den Schultern und grinst ein wenig. »Erzähl mir etwas Spannendes, woran ich mich aufwärmen kann.«

»Das zwischen uns ist nicht so superernst«, fange ich an und sehe gedankenverloren durch Damiens Wohnzimmer. Merkwürdig, dass ich schon das zweite Mal innerhalb kürzester Zeit in seinem Zuhause bin. »Eigentlich habe ich mich ihm nur angenähert, weil ich ihn ausfragen wollte, aber dann hat er mir sein Atelier gezeigt und wir haben ein bisschen rumgemacht.«

Damien schließt die Augen und brummt zufrieden. »Er ist ein guter Küsser, nicht wahr?«

Irgendwie behagt es mir nicht, dass sowohl Damien als auch Kilian dasselbe mit ihm getan haben wie ich. Womöglich viel mehr, an das ich mich nicht erinnere.

»Er ist okay«, sage ich deshalb.

Blinzelnd öffnet Damien die Augen, dreht den Kopf und sieht zu mir auf. Sein Blick ist so furchtbar intensiv, dass mir ganz heiß wird. Wenn ich ihn so ansehe, muss ich meine Wahrnehmung von vorhin korrigieren.

Sein üblicher Charme ist nicht vorhanden, aber dieser hungrige, düstere Ausdruck auf seinem Gesicht hat auch etwas für sich. Womöglich könnte er doch auf Jagd gehen, wenn ich ihn begleite. Gebrauchen könnte er es zumindest.

»Was kann ich für dich tun?«, frage ich erneut.

Damien scheint mir sich zu ringen, schüttelt dann aber den Kopf. »Vergiss es. Ich lege mich hin und versuche zu schlafen. Weck mich in zwei Stunden, okay?«

Schlaf wird seine Energiequellen nicht aufladen, das weiß ich aus eigener Erfahrung. Ohne regelmäßig Lebensenergie von Menschen zu zapfen füllt sich der ganze Körper irgendwann mit bleierner Müdigkeit, die nicht durch Ruhe und Schlaf weggeht.

Bleibt nur zu hoffen, dass zumindest seine Verletzung heilen wird.

KAPITEL 8

LANDON

»Ich kann nicht glauben, dass er wirklich tot ist.« In Elys Augen schwimmen Tränen, die sie schnell wegblinzelt, aber selbst das viele Make-up kann nicht darüber hinwegtäuschen, dass sie die ganze Nacht geweint hat.

»Es ist furchtbar«, pflichte ich ihr bei und umfasse den Riemen meiner Tasche fester. Es kostet mich Mühe, nicht an die Berichte zu denken, doch es ist zwecklos. Sie haben sich zusammen mit den Bildern in meine Netzhaut gebrannt.

Hart schluckend schiele ich zu dem Altar, der vor den Türen unserer Universität für Grant erstellt wurde. Irgendjemand hat damit angefangen, als sich vor drei Tagen die Nachricht wie ein Lauffeuer verbreitet hat, und seitdem hört er nicht auf, zu wachsen.

Ely hat soeben einen kleinen Teddybären abgestellt und ich beuge mich jetzt vor, um die Kerzen anzuzünden.

»Lan.«

Bei der vertrauten Stimme richte ich mich sofort wieder auf und drehe mich zu Emilio herum, der mit düsterer Miene vor mir steht, die Hände in den Hosentaschen vergraben.

»Hi«, sage ich verhalten. Er hat seit unserer letzten Begegnung in der Mensa nicht mehr geantwortet, obwohl er eigentlich derjenige war, der mir schreiben wollte. Keine Ahnung, wie ich das interpretieren soll.

»Kanntest du ihn?«, fragt Mio mit einem Kopfnicken zu dem Altar. Mein Blick fällt zu dem gerahmten Foto, welches Grant mit einem breiten Lächeln und strahlenden Augen zeigt. Alles in mir wird schwer bei dem Anblick.

»Ja, wenn auch nicht so gut. Wir gingen auf dieselbe Uni, er hat im Lemons gearbeitet, wir sind uns ständig über den Weg gelaufen.« Hin und wieder haben wir gequatscht, Witze gemacht oder albern geflirtet, aber niemals tiefergehende Gespräche geführt.

»Ich habe ihn an diesem Abend im Lemons das erste Mal gesehen«, murmelt Mio, wobei er das Foto weiterhin gedankenverloren anstarrt. »Ich wusste gar nicht, dass er auf unsere Uni ging.«

Ein beinahe ironisches Lächeln zupft an meinem Mundwinkel. Dieser Kerl schaut wirklich nicht nach links und rechts. Er wusste ja auch nicht, dass ich auf seine Uni gehe, obwohl wir teilweise dieselben Kurse besuchen. Ich verkneife es mir, ihn darauf hinzuweisen.

»Und du studierst hier auch?«, fragt Mio an Ely gewandt, die noch in Erinnerungen versunken auf die flackernden Kerzen starrt.

»Nein, sie geht an die Blackwood am anderen Ende der Stadt«, antworte ich an ihrer Stelle. »Aber sie kannte Grant besser als ich. Sie waren ... Freunde.« Bettgefährten, manchmal.

»Verstehe. Das tut mir leid.«

Ely reißt sich von dem Anblick los und hakt sich bei mir unter. »Am Samstag findet seine Beerdigung statt«, erklärt sie an Mio gewandt. »Sehen wir uns da?«

Ich glaube kaum, dass Mio auf die Beerdigung eines quasi Fremden geht, aber er nickt. »Wo und wann findet sie statt?«

»Ich schicke dir die Anzeige, in der alles steht«, schlage ich vor, woraufhin er einen Dank murmelt und sich zum Gehen abwendet.

»Emilio?«

Er versteift sich bei der Erwähnung seines Namens, sein Gesicht wird ganz ausdruckslos, als er sich wieder zu mir herumdreht. »Hm?«

»Gehst du einen Kaffee mit uns trinken?«, frage ich spontan, auch wenn ich nicht weiß, ob Ely damit einverstanden ist. Irrelevant, da Mio ohnehin nicht zusagt.

»Nein«, antwortet er schlicht und verschwindet ohne eine weitere Erklärung.

Zugegeben, das kränkt ein wenig mein Ego.

»Wow«, kommentiert Ely trocken und zieht mich in die entgegengesetzte Richtung. »Das war ein ziemlich eindeutiger Korb.«

Ich schnaube und rolle mit den Augen. »Ich wollte nur nett sein.«

»Du willst ihn ins Bett bekommen«, behauptet meine Freundin.

»Nein!« *Doch.*

Zumindest entschuldigt Mio sein Arschloch-Verhalten fünfzehn Minuten später per Textnachricht.

Mio

Sorry, ich hatte noch eine Vorlesung. Kam vielleicht etwas unhöflich rüber.

Landon

Etwas ist gut.

Mio

Wir können uns wann anders treffen.

Landon

Schlag was vor.

Darauf bekomme ich keine Antwort mehr.

Als ich später am Abend in meinem Bett liege und durch unsere Nachrichten scrolle, ärgere ich mich darüber, dass ich so viele Gedanken an ihn verschwende. Das war so überhaupt nicht geplant.

Ich werde abgelenkt, als eine neue Benachrichtigung aufploppt. Ely hat mich in einem neuen Beitrag markiert. Es gibt wieder Neuigkeiten zu Grants Tod, in dem Artikel werden Details zu seinem Tod und dem Auffindungsort seiner Leiche enthüllt.

Es hat sich bereits herumgesprochen, dass sein fast blutleerer Körper an einen Pfosten genagelt in der Nähe unserer Kirche gefunden wurde. Ein kalter Schauer durchfährt mich bei dem Gedanken und hinterlässt einen schalen Beigeschmack.

Seufzend lege ich das Telefon zur Seite und schließe die Augen. Wie grausam. Warum passiert das ausgerechnet jetzt?

Wieder vibriert mein Handy, eine neue Nachricht von Ely.

Ely

War er zur falschen Zeit am falschen Ort?

Landon
Kann schon sein.

Ely

Oder ...

Sie formuliert ihren Gedanken nicht aus und auch ich antworte darauf nicht mehr. Wir denken wohl beide dasselbe.

Oder Grants Tod hat eine Bedeutung und die Platzierung seiner Leiche ist eine eindeutige Botschaft.

KAPITEL 9

EMILIO

Ich hatte schon geplant, zu Grants Beerdigung zu gehen, bevor Lans Freundin mich darauf angesprochen hat, doch mir war nicht bewusst, dass sie in einer Kirche stattfindet.

Mit der Friedhofskapelle hätte ich weniger Probleme, aber der Eingang zu dieser Kirche, der große Bogen, das Holzkreuz, das ganz oben thront, die Kälte, die aus dem Inneren strömt – das alles kommt vor wie aus einem Horrorfilm.

Ich bin kein Fan von Kirchen. Mom hat mich glücklicherweise nie in eine mitgenommen, meine Tante hatte mich mit zehn eine Zeit lang zu ihren *Gemeindetreffen* geschleppt, aber ich wurde nie zum großen Kirchengänger.

Die Angst davor entwickelt sich erst, als ich zum Dämon wurde. Kilian hat mir erzählt, dass es uns verboten ist, das Haus Gottes zu betreten, weil wir sonst bei lebendigem Leib verbrennen. Kilian hat mir eine Menge Geschichten aufgetischt und sich darüber amüsiert, wenn ich sie geglaubt habe. Aber manche davon waren wahr und echte Warnungen.

Es besteht also die fünfzigprozentige Chance, dass ich diesen Ausflug in die Kirche nicht überlebe.

»Willst du nicht reingehen?«, ertönte eine sanfte, tiefe Stimme hinter mir. Ich fahre herum und erstarre, als ich einem Pfarrer gegenüberstehe.

Mit Kollar, Robe und großem Kreuz um die Brust gebunden.

»Ähm ...«, mache ich sehr klug und schlucke angestrengt. »Ich weiß nicht.«

Er ist attraktiv, schießt es mir unpassenderweise durch den Kopf. Unter dieser Robe verstecken sich bestimmt ein paar feste Muskeln ...

Okay, *nein*. Er ist sicher zwanzig Jahre älter als ich. Und ein Pfarrer! Keine Chance für unangebrachte Fantasien.

»Die Zeremonie beginnt gleich«, lässt er mich gutmütig wissen und faltet die Hände. »Wir können aber auch noch fünf Minuten warten, wenn du mit dir ringst. War Grant ein guter Freund von dir?«

»Ein Kommilitone«, erkläre ich.

»Ah, verstehe. Es ist sicher erschreckend, wenn jemand in deinem Alter plötzlich aus dem Leben gerissen wird.«

Das ist es nicht, aber ich kann ihm schlecht sagen, dass ich Angst habe, dass mein dämonisches Blut überkocht, wenn ich einen Schritt in seine Kirche mache.

»Ich hoffe, dir und allen anderen ein wenig Trost spenden zu können«, fährt der Pfarrer fort. »Wenn du mir gestattest, ...?«

»Emilio«, sage ich rasch.

»Emilio«, wiederholt er bedächtig. »Möchtest du mich ins Innere begleiten?«

»Okay«, stimme ich spontan zu und folge ihm. Er macht eine große Handbewegung und leitet mich hinein, ohne mich zu berühren. Ich halte den Atem an, als ich einen Schritt über die Schwelle mache.

»Ich bin übrigens Pater Grayson«, stellt er sich vor. Diese Information lässt die Sorgen und Angst mit einem Schlag vergessen.

Grayson wie ... Lan Grayson?

Scheiße, ist das Landons *Vater*?

Also, ich sterbe nicht. Ich verbrenne nicht. Mein Blut kocht nicht über.

Verdammter Kilian.

Eigentlich wollte ich mich unauffällig allein in die letzte Reihe setzen, doch die ganze Kirche ist voll, sodass ich mich notgedrungen zwischen die Menschen drängen muss.

Aus offensichtlichen Gründen, Kilians Gemetzel, gibt es einen geschlossenen Sarg, der vorne beim Altar platziert wurde. Darauf steht ein Foto von Grant, es zeigt ihn strahlend und unbeschwert. Etliche Blumenkränze und Gestecke sind um die Trauerstätte aufgestellt.

In der ersten Reihe sitzt Grants Familie, eine zierliche Frau mittleren Alters weint unaufhörlich, ich sehe von hinten ihre Schultern beben, ein großer Mann hockt stocksteif neben ihr. Mein Blick wandert weiter auf der Suche nach Landon, als Pater Grayson an das Rednerpult tritt und anfängt zu sprechen.

Er liefert eine rührselige Beschreibung von Grant und lässt ein sentimentales Lied laufen, anschließend folgt Grants Biografie und die Highlights seines kurzen Lebens. Ich höre allem nur mit halbem Ohr zu, sehe mich immer wieder nach Lan um, bis mir die Polizisten in Zivil auffallen, die am Ende des Saales stehen und sich Notizen machen. Manchmal flüstert der eine dem anderen etwas ins Ohr.

Unwohlsein kriecht in jeden Winkel meines Körpers. Natürlich, sie sind auf der Suche nach seinem Mörder und vermuten, dass er seiner Beerdigung beiwohnt.

Kilian ist nicht da. Aber es ist nur eine Frage der Zeit, bis sie ihn finden, oder? Bei all den heutigen Möglichkeiten von DNA-Untersuchungen bis Überwachungskameras und Handydatenauswertungen ... Gott, warum habe ich nicht früher darüber nachgedacht?

Mir wird heiß und kalt zugleich bei der Vorstellung und jetzt habe ich doch ein bisschen das Gefühl, zu verglühen. Ich muss hier raus – dringend. Aber wenn ich mitten in der Predigt verschwinde, mache ich mich nur verdächtig.

Mit Mühe bringe ich die nächste Stunde hinter mich, bis das letzte Gebet gesprochen ist und ich endlich die Kirche verlassen kann. Ich achte darauf, nicht als Erster zu gehen und mich einer Traube Menschen anzuschließen, dennoch habe ich das Gefühl, dass die Blicke der Polizisten mich verfolgen.

Gott, es war keine gute Idee, herzukommen. Ich will Kilian schreiben und verwerfe den Gedanken wieder. Das lässt sich doch alles nachverfolgen.

Ich kann schlecht: »*Hey, übrigens, hast du einen Plan, wie du den Mord vertuschen willst, nachdem du seine Leiche in unmittelbarer Nähe einer verdammten Kirche gebunden hast?!*« in mein Handy tippen.

Okay, ich werde ein bisschen paranoid und definitiv panisch.

Die Trauernden beschreiten Grants letzten Weg zum Friedhof, der nur wenige Gehminuten entfernt ist, und ich folge ihnen notgedrungen. Gerade frage ich mich, wie ich unbemerkt verschwinden kann, als sich eine bekannte Gestalt an meine Seite drängt.

»Hey. Du bist gekommen«, stellt Landon fest.

Sofort werde ich ruhiger, als ich nachspüre, an welchen Stellen sein warmer Körper meinen berührt. Ein Knistern entfacht zwischen uns, all meine Sinne richten sich nach ihm aus, ich rieche ihn intensiver, schmecke ihn fast auf meinen Lippen, meiner Zunge.

Mein Körper sehnt sich nach seiner Lebensenergie, die Erinnerung an den Abend in seinem Atelier sind wieder präsent und so greifbar, dass ich fast schwach geworden wäre. Inmitten eines Trauermarsches.

Gott, reiß dich zusammen.

»Geht es dir gut?«, fragt Lan besorgt, als ich nicht auf seine Aussage eingehe. »Oder ignorierst du mich weiterhin?«

Der letzte Teil ist nur gemurmelt und veranlasst mich dazu, mich halb zu ihm herumzudrehen.

»Ich ignoriere dich nicht.« Ganz im Gegenteil. Jede Faser meines Körpers ist sich seiner Anziehungskraft mehr als bewusst. Meine Fingerspitzen kribbeln erwartungsvoll.

Fuck. Niemand hat mir gesagt, dass sich Verlangen so intensiv anfühlen kann. Außerhalb der Jagd und namenloser One-Night-Stands.

»Klar, aber du hörst mir offensichtlich auch nicht zu«, reißt Landons leise Stimme mich erneut aus Gedanken. Schuldbewusst beiße ich mir auf die Wange und schüttele kaum merklich den Kopf.

»Sorry, können wir später sprechen?« Wenn ich nicht mehr daran denke, dass die Polizisten mich jeden Moment abführen und befragen, oder darüber fantasiere, ihn gegen die nächste Wand zu drängen und zu küssen.

Ich habe Damien angelogen. Landon ist ein fantastischer Küsser und ich denke jetzt in diesem Moment daran, wie seine Zunge meine umspielt.

Lan erwidert nichts mehr, aber er weicht auch nicht von meiner Seite, bis wir den Friedhof erreichen. In stiller Übereinkunft gesellen wir uns an den äußeren Rand und sehen dabei zu, wie die Familie sich von Grant verabschiedet, bevor sein Sarg in die Erde eingelassen wird. Es folgt eine Schweigeminute, bis leises Gemurmel erklingt und die ersten Beileidsbekunden ausgesprochen werden. Landon macht keine Anstalten, von meiner Seite zu weichen.

Ich will etwas zu ihm sagen, als die beiden Cops in Zivil geradewegs auf uns zu laufen. Alles in mir versteift sich, ich halte den Atem an.

»Hallo«, sagt der Linke von ihnen höflich. »Mein Name ist Andreas Greyhound, ich bin Detective von der örtlichen Polizei. Wir erstellen eine Liste von allen Teilnehmenden. Können Sie mir Ihren Namen nennen?«

»Emilio Diaz«, sage ich, bevor ich darüber nachdenken kann, ob es so klug ist. Was bleibt mir auch für eine Wahl?

Sein Kollege notiert meinen Namen schweigend.

»In welcher Beziehung standen Sie zu Grant Everett?«, fragt der höfliche Cop weiter.

Mein Mund öffnet sich, aber zum Glück kommt Landon mir zur Hilfe. »Er begleitet mich«, sagt er und umfasst mit einer Hand meinen Unterarm. Die unerwartete Berührung geht wie ein Stoß durch meinen Körper.

»Ich kannte Grant nur flüchtig aus der Uni«, füge ich hinzu.

Die Polizisten nicken dankbar und verziehen sich zu der nächsten Gruppe Menschen. Ich warte, bis sie außer Hörweite sind, bevor ich mich zu Landon umwende. Meine fragend in die Höhe gezogene Augenbraue veranlasst ihn dazu, leise zu seufzen.

»Hey, du bist ein mexikanischer Einwanderer mit Tattoos und Piercings. Du bist sicher schon auf ihrer Verdächtigen-Liste.«

Er lässt es wie ein Scherz klingen, aber es verursacht dennoch ein flaues Gefühl in meinem Magen.

»Ich frage mich nur, woher du von meinen Piercings weißt«, erwidere ich spielerisch. »Sie liegen unterhalb meiner Klamotten.«

Landon wird tatsächlich rot, senkt den Blick und schabt auf dem Kies. »Du hast im Sommer auf dem Campus mal dein Shirt ausgezogen und … na ja …«

Daran erinnere ich mich. Letzten Sommer, als ich noch kein Dämon und alles so furchtbar unbeschwert war. Das ganze Leben stand mir offen.

»Du kleiner Stalker«, necke ich ihn.

Er lächelt ein wenig darüber, das vergeht jedoch schlagartig, als sich uns jemand nähert. Er lässt meinen Arm los und entfernt sich einen winzigen Schritt von mir.

»Emilio, nicht wahr?«, fragt Pater Grayson und streckt mir die Hand hin. Ich schüttele sie pflichtbewusst. »Ich wusste nicht, dass ihr befreundet seid«, merkt er mit einem Seitenblick zu Landon an.

»Wir kennen uns aus der Uni«, erklärt dieser knapp.

Der Pfarrer nickt und lächelt mich dann an. »Ich hoffe, du hast deine Entscheidung nicht bereut, die Kirche betreten zu haben«, sagt er gutmütig, aber mit einem Unterton, der mir einen kalten Schauer über den Rücken fahren lässt.

»Nein, habe ich nicht«, sage ich bedächtig und erwidere seinen Blick fest. Was genau versucht er, anzudeuten?

»Komm gerne zur Sonntagsmesse morgen«, schlägt er vor. »Dann finden wir bestimmt ein paar

Minuten, um uns zu unterhalten. Ich würde mich freuen.« Er schielt zu Lan. *Seinem Sohn?* »Und Landon sicherlich auch.«

Wieder dieser Unterton. Bilde ich mir das nur ein oder droht dieser Pfarrer mir gerade?

KAPITEL 10

EMILIO

Auch wenn ich es das erste Mal überstanden habe, ist mir ein bisschen mulmig zumute, als ich einen Tag später erneut die Kirche betrete.

Eigentlich hatte ich vor, mich mit Damien und Kilian zu treffen und die Lage mit ihnen zu besprechen, ich war schon auf dem Weg zu Damiens Haus, als ich eine andere Route eingeschlagen habe. Hierher.

Ich muss herausfinden, ob dieses komische Gefühl in meinem Inneren, die böse Vorahnung, um genau zu sein, sich bewahrheitet oder ich wegen alldem wirklich paranoid werde.

»Was tust du hier?« Landon ist alles andere als begeistert, als wir uns vor dem imposanten Eingang der Kirche treffen.

»Hallo Lan«, grüße ich übertrieben höflich. »Freut mich auch, dich zu sehen.«

Er sieht irgendwie heiß aus in seinem Kirchenoutfit. Das brave Hemd, das ordentlich in die Hose gestopft ist, die blaue Fliege, die zu seinen Augen passt. Sogar seine Haare sind nach hinten gekämmt.

Verärgert zieht er die Stirn kraus und leckt sich über die Unterlippe, was meinen Blick unwillkürlich darauf lenkt. Wie gerne würde ich die Hand ausstrecken und mit dem Daumen ...

»Du bist nicht Teil unserer Gemeinde«, sagt Landon steif und macht einen winzigen Schritt rückwärts. »Du solltest gehen.«

»Der Pfarrer hat mich eingeladen«, erwidere ich, schweige kurz, sehe ihm in die Augen. »Dein Vater, nicht wahr?«

Unwohl reibt Landon die Hände aneinander. »Ja, und?«

»Du hast nicht erwähnt, dass du religiös bist.«

»Weil es keine Rolle spielt«, sagt er defensiv und schüttelt dann den Kopf, um eine weitere Diskussion zu vermeiden. »Wie auch immer. Mach doch, was du willst.«

»Begrüßt man so alle, die konvertieren wollen?«, rufe ich ihm ironisch hinterher, als er auf dem Absatz kehrtmacht. Er ignoriert mich eisern und ich warte noch fünf Sekunden, bevor ich ihm ins Innere folge.

Heute sieht die Kirche anders aus als gestern, was hauptsächlich daran liegt, dass viel weniger Leute da sind. Orgelmusik spielt leise im Hintergrund, während Gläubige durch die Gänge laufen, um einander die Hand zu schütteln und sich zu unterhalten, bevor die Messe startet.

Ich schiebe mich auf einen freien Platz in der letzten Reihe und lehne mich zurück, bemüht um eine lässige Haltung. Dabei bin alles andere als entspannt. Mein Blick gleitet nach vorne zu Landon, der ebenfalls stocksteif dasitzt. Neben ihm entdecke ich den dunkelbraunen Schopf von Ely. Einen Moment frage ich mich, ob das auffällig ist, aber vermutlich nicht. Sie sind Freunde und Mitbewohner, da ist es nicht ungewöhnlich, dass sie denselben Glauben teilen, oder?

Die Messe startet pünktlich, Pater Grayson hält eine Predigt, es wird gesungen, gebetet und belehrt. Die Stunden gehen nur mühsam an mir vorbei und ich bin froh, als der Gottesdienst endet und die ersten Menschen sich einen Weg nach draußen bahnen. Landon nicht. Er verabschiedet sich von Ely und verschwindet dann in den hinteren Räumlichkeiten. Was er dort wohl macht? Hilft er seinem Vater beim Aufräumen?

Ich warte geduldig, bis die Kirche sich geleert hat, bevor ich nach vorne zu dem Pfarrer laufe, der gerade noch etwas in seiner Bibel studiert. Hinter ihm schweben kleine Engel aus Stein, ein riesiges Bild von der heiligen Maria prangt an der Wand und wird durch das hereinfallende Sonnenlicht beleuchtet. Der Pater blickt auf, als ich näherkomme, und schenkt mir ein Lächeln. Es wirkt seltsam gefährlich.

»Hallo, Emilio. Schön, dass du es einrichten konntest.«

»Sie haben mich eingeladen«, erwidere ich bedächtig und neige den Kopf. »Warum ausgerechnet mich und nicht die anderen, die auf der Beerdigung waren?«

»Es steht jedem frei, unsere Gottesdienste zu besuchen.« Über der Bibel faltet er die Hände und neigt leicht den Kopf, während er mich mustert. »Als ich dich gestern vor der Kirche getroffen habe, schienst du mit dir zu ringen. Wie ein Schäfchen, das seine Herde verloren hat. Ich will dir auf den rechten Weg zurückhelfen.«

Ich mache noch einen Schritt näher, die Hände hinter dem Rücken verschränkt. Mir entgeht nicht, wie Pater Grayson instinktiv zurückweicht. Nur minimal, aber doch spürbar.

Die meisten Menschen fühlen sich eher zu uns hingezogen, ihre Instinkte trügen sie, was uns leichtes Spiel macht, sie zu verführen und ihre Lebensenergie zu stehlen. Sein Verhalten ist also auffällig.

»Was ist Ihrer Meinung nach der rechte Weg?«, hake ich nach.

Es ist still um uns geworden, nachdem auch der letzte Anhänger die Kirche verlassen und die Tür hinter sich zugezogen hat. Zurück bleiben Kälte und das Echo meiner Stimme an den hohen Decken. Wo ist Landon? Belauscht er uns von irgendwo oder ist er durch den Hinterausgang verschwunden?

»Der Weg des Herrn«, sagt der Pater sogleich. »Wir sollten Satan und all seinen Verführungen den Rücken kehren und uns der Heiligen Schrift zuwenden, die für jede Lebenslage einen Ratschlag parat hält. Womit hast du zu kämpfen, Emilio?«

Er spricht zu schwammig, um daraus tatsächlich etwas lesen zu können. »Was, wenn man den Weg Satans schon beschritten hat?«, frage ich weiter, konkreter. »Was, wenn man bereits zu weit gegangen ist?«

»Es gibt kein *zu weit*«, erwidert er, weiterhin ausweichend. Ich könnte dieses Gespräch an dieser Stelle beendet und Damien von meinem Verdacht erzählen, aber ich will nicht nur mit Vermutungen zu ihm kommen. Ich brauche Beweise, etwas Handfestes.

Und so mache ich noch einen Schritt näher zum Altar, spüre plötzlich ein Kribbeln in jedem Winkel meines Körpers. Unwillkürlich fällt mein Blick zu dem schweren Holzkreuz, dass Pater Grayson um den Hals trägt. Meine Sinne summen unangenehm. Ich höre, *spüre* seinen Herzschlag, seinen schneller werdenden Puls. Er atmet flach, während ich gar nicht mehr atme und voll auf ihn konzentriert bin.

»Kannten Sie Grant persönlich?«, frage ich direkt. »War er einer Ihrer Anhänger?«

»Tritt zurück«, sagt er mit fester Stimme.

Das ist es. Dieser Befehl, gesprochen mit Autorität und ganz ohne Höflichkeit, verrät mir mehr als eine Antwort auf meine Frage.

Er hat Angst vor mir, nicht, weil seine Instinkte ihm dazu raten, sondern weil er *weiß*, was ich bin.

»Wo liegt das Problem, Pater?«, frage ich scheinheilig. »Fühlen Sie sich nicht gut? Sie sehen ein wenig erhitzt aus.«

Der Pater fährt abrupt herum und greift nach dem eisernen Kelch hinter ihm. Ich glaube, er wird ihn packen und nach mir werfen, doch er tunkt seine Finger in das Weihwasser und spritzt es in meine Richtung.

Einzelne Wassertropfen landen auf meiner Wange und meinem Hals und sie verglühen regelrecht meine Haut. Es fühlt sich an wie pures, giftiges Feuer.

Ich zische auf, stolpere zurück und fahre mit dem Ärmel über meine Wange, doch die Berührung macht den Schmerz nur schlimmer. Es weckt etwas in mir, laut und grollend, das bisher tief in meinem Inneren verborgen war. In Ketten gelegt und gezähmt, aber jetzt bricht es aus.

Mein Sichtfeld flackert und vibriert rot, ich weiche noch weiter zurück, bis ich mit dem Rücken gegen die holzvertäfelte Wand stoße.

»Ich wusste es«, höhnt Pater Grayson. »Weiche von mir, Dämon.«

Hektisch blinzele ich und erkenne zuerst seine Umrisse, bevor alles wieder klarer wird. Der Pfarrer kommt auf mich zu, eine Hand erhoben, mit der er eine Art Holzdolch fest umklammert hält. Aus Reflex hebe ich den Arm, um ihn abzuwehren, aber das ist gar nicht nötig.

Eine Gestalt taucht hinter ihm wie aus dem Nichts auf, packt seinen Arm und greift im selben Moment nach seinem Kreuz. Gerade als er es dem Pfarrer vom Hals reißt und achtlos zu Boden wirft, erkenne ich, um wen es sich handelt. Kilian.

Fuck. Ich war noch nie so froh, diesen Idioten zu sehen.

»Ich bitte Sie, Vater«, höhnt er und schnalzt mit der Zunge. »Sie werden doch niemanden damit verletzten wollen?« Mit Leichtigkeit nimmt er ihm den Dolch ab und wirft ihn zu den hinteren Sitzreihen.

Pater Grayson keucht, befreit sich mühsam aus dem Griff und fährt zu Kilian herum. Sein Atem geht schwerer, er sagt etwas, doch meine Aufmerksamkeit ist abgelenkt.

Ich starre zu dem Durchgang, in dem Landon nach der Messe verschwunden ist, stoße mich von der Wand ab und laufe los. Ich muss einfach wissen, ob er noch dort ist und alles mitbekommen hat. Ob ich mich in ihm getäuscht habe und Kilian von Anfang an Recht damit hatte, ihm nicht zu vertrauen.

Atemlos komme ich in dem Nebenraum an, sehe mich hektisch um, ohne meine Umgebung wirklich wahrzunehmen. All meine dämonisch geschärften Sinne sind auf Landon fixiert, ich folge seinem Geruch, der mich an den Beichtstühlen vorbei zu einem Hinterausgang führt.

Ich reiße ihn auf und starre in einen Hinterhof. Von Landon ist keine Spur mehr zu sehen. Er ist verschwunden. Die Frage ist nur, wie viel von unserem Gespräch eben er mitgehört hat.

KAPITEL 11

KILIAN

Mio stürmt wie ein Irrer davon, aber ich habe keine Zeit, ihm nachzusehen oder zu befehlen, stehenzubleiben, da meine Aufmerksamkeit voll und ganz auf dem Pfarrer liegt.

Ich wusste, dass Landon Grayson da mit drinsteckt. Und sein Vater, der Pfarrer, ist natürlich der Anführer. Was für eine Ironie.

»Was tun Sie jetzt?«, frage ich spielerisch, als der Pater sich hektisch nach rechts und links umsieht. Erst zu seinem Kreuz, dann zu dem Dolch. Vermutlich fragt er sich, was von beidem ihm gerade mehr weiterhilft.

Ich mache einen Schritt auf ihn zu, woraufhin er sofort zurückweicht und Abstand zwischen uns bringt.

»Vielleicht sollte ich mich erstmal vorstellen«, schlage ich vor. »Ich bin Kilian. «

»Dein Name ist nicht von Bedeutung, Dämon«, spuckt er mir entgegen und hebt abwehrend die Hände, als ich noch näher trete. »Keinen Schritt weiter!«

»Sie werden sich gerne an meinen Namen erinnern, wenn Sie ihn später stöhnen wollen«, necke ich und mustere seine Gestalt.

Okay, er ist *alt*, schätzungsweise Mitte vierzig, aber das hat ihm nichts von seiner Attraktivität genommen. Ganz im Gegenteil. Ich stehe irgendwie auf diese Autorität und diese väterliche Reife.

»Du dürfest nicht hier sein.«

»Oh, einer ihrer Anhänger hat mir glücklicherweise den Weg ins Innere geleitet. Sie sind hier alle so nett und hilfsbereit, Pater.«

»Im Namen des Herrn …«

Ich lasse ihn seinen Satz nicht beenden, überbrücke die letzte Distanz und dränge ihn gegen dieselbe Wand, an der Mio gerade noch verzweifelt gekauert hat. Der Stoß ist so hart, dass er sich an seinen Worten verschluckt und erschrocken aufkeucht. Ich beiße mir auf die Unterlippe und sehe in sein Gesicht.

»Oh, hallo«, murmele ich. »Wollen wir das auf die horizontale Ebene verlegen?«

»Du …«

»Nah, kein Problem«, unterbreche ich ihn erneut. »So geht es auch ganz gut.« Grob packe ich sein Kinn, beuge mich vor und lecke über seinen Hals. Er erzittert, versteift sich, versucht aber nicht mehr, mich von sich zu schieben.

Sehr gut.

Meine Lippen fahren die sehnigen Muskeln seines Halses nach, während ich mit einer Hand unter seine Robe greife und über seinen muskulösen Oberkörper streichele. Hmh, sieh mal an. Der Pfarrer verbringt seine Abende offenbar im Fitnessstudio.

Der Funken erwacht und Energie strömt auf mich über. Sie schmeckt bittersüß, wie ein unerwarteter Sieg.

»Wissen Sie«, murmele ich in sein Ohr. »Ich kann Ihre Lebensenergie nur abzweigen, weil Sie Lust empfinden.« Leise lache ich. »Ich vermute, Sie haben gleich eine Beichte abzulegen, *Vater*.«

»Weiche von mir«, sagt er mit heiserer Stimme, es kommt wieder Leben in ihn, als er mich mit voller Kraft von sich schiebt. Ich lasse es zu, denn ich habe meinen Standpunkt bereits verdeutlicht.

In dem Moment kommt Emilio von seiner Mission zurück. Abrupt bleibt er stehen, als der das Bild auf sich wirken lässt.

»Wir sollten gehen«, sagt er heiser.

»Oh, *mijo*, du unterbrichst mich immer an der spannendsten Stelle«, höhne ich und weiche noch weiter zurück.

Mio wirft ihm einen abschätzigen Blick zu, als er Richtung Ausgang joggt. Ich folge ihm, wobei ich mich auf halber Strecke nach dem Dolch bücke und ihn einpacke. Kann ja nicht schaden.

Kurz bevor wir die Tür erreichen, sehe ich nochmal zurück. Der Pater starrt uns mit geweiteten Augen an, immer noch schwer atmend. Er muss vermutlich erst einmal verdauen, was soeben passiert ist. Kalt grinse ich ihn an. »Wenn wir uns das nächste Mal sehen, machen wir entweder an dieser Stelle weiter oder ich ramme Ihnen mein Messer in die Kehle. Mal schauen, in welcher Stimmung ich bin.«

Mio ist mit seinem Auto da, ich schnappe mir die Schlüssel und schwinge mich auf den Fahrersitz des alten Fieros. Ausnahmsweise protestiert er nicht und lässt mich seine Schrottkarre fahren, auf die er sonst so viel Wert legt.

»Hast du echt mit Landons Dad rumgemacht?«, fragt er fassungslos, als die Kirche allmählich im Rückspiegel verblasst.

»Er ist heiß.« Ich werfe ihm einen raschen Seitenblick zu. »Oder ist das nur mein krankes Hirn?«

Unwohl rutscht er auf seinem Sitz herum. »Er ist heiß«, gesteht er. »Irgendwie. Auf eine *alte* Weise.«

Ich pruste los und schlage ihm spielerisch gegen den Oberarm. »Sieh mal an. Wir entwickeln doch noch einen ähnlichen Männergeschmack.«

Mio findet das alles nicht so lustig, er schnaubt und fährt sich mit beiden Händen übers Gesicht. »Wie kannst du jetzt Witze machen? Hast du eine Ahnung, was gerade passiert ist?«

»Wir sind ins Visier von fanatischen Dämonenjägern geraten«, stelle ich nüchtern fest. »Dieser Grant war definitiv ein Teil davon und der heiße Vater deines neuen Freundes ist offenbar der Anführer.«

»Dämonenjäger«, wiederholt Mio ungläubig. Ich kann es ihm nicht verübeln. Darüber hat er vermutlich bisher nicht nachgedacht. »Meinst du, Landon weiß von alldem?«

Trocken lache ich auf. Er muss Blondie ganz schön verfallen sein, wenn er sich zuerst darum sorgt, was sein neuer Freund davon hält.

»Sicher.«

»Aber wir haben Zeit miteinander verbracht. Allein. Weswegen hätte er es tun sollen, wenn er weiß, was ich bin?«

Es ist fast ein bisschen süß, wie hoffnungsvoll seine Stimme klingt. Ich brettere über eine rote Ampel und Mio protestiert nicht, sondern wartet gespannt auf meine Antwort.

»Du bist harmlos, *mijo*«, teile ich ihm mit und drücke auf die Bremse, um Damiens Ausfahrt nicht zu verpassen. »Wovor sollte er Angst haben?«

Emilio murmelt etwas, das sich wie »*Wichser*« anhört. Er räuspert sich. »Vielleicht hat sein Vater ihn nicht eingeweiht«, meint er.

»Aber er kannte diesen Grant ebenfalls.«

»Nur flüchtig.«

»Das hat er zumindest gesagt, nicht wahr?« Ich schnalze mit der Zunge. »Wir müssen klug vorgehen und unsere nächsten Schritte gut durchdenken.«

»Bist du mir gefolgt?«, fragt Mio abrupt, als sei ihm der Gedanke jetzt erst gekommen.

»Nein.« *Lüge.* »Ich habe den Pfarrer im Blick behalten.« *Und Emilio.* »Er erschien mir schon auf der Beerdigung seltsam.«

»Du warst auf Grants Beerdigung? Ich habe dich da aber nicht gesehen.«

»Anfängerfehler. Du gehst doch nicht unbedeckt zur Trauerfeier deines Opfers.«

»Wie oft hast du das schon getan?« Mio schnaubt abfällig. »Weißt du was? Ich will es gar nicht wissen. Wir sollten am besten mit Damien sprechen.«

Als habe ich das nicht ohnehin vor.

»Guter Plan«, sage ich ironisch, als ich den Fiero auf den Parkplatz direkt vor Damis Gebäudekomplex abstelle.

Als ich aussteigen will, greift Mio abrupt nach meiner Schulter und drückt mich zurück in den Sitz. Überrascht sehe ich auf seine Hand und dann in sein Gesicht. Angespannt starrt er in den Seitenspiegel, ich folge seinem Blick und bemerke den Polizeiwagen, der die Straße passiert.

»Was, Angst vor den Cops?«, frage ich neckend. Ich spüre Mios Wärme, die durch seine Hand unter meine Klamotten strahlt. Ein kleiner Energiestoß flutet mein Innerstes, doch er erstirbt schnell, als Emilio seinen Arm zurückzieht. Schade.

»Du bist derjenige, der Angst haben sollte«, zischt er flüsternd, als könnte uns jemand hören. »Die ganze Polizeiwache ist auf der Suche nach Grants Mörder, vielleicht sogar das FBI. Auf der Beerdigung haben sie meine Daten notiert.«

»Echt jetzt? Krass!«, erwidere ich gespielt schockiert und fasse mir an die Brust. »Hoffentlich finden sie seinen Mörder schnell. Unglaublich, dass so ein Psychopath frei herumläuft.«

»Du bist so ein Arsch«, knurrt er und schnallt sich endlich ab. »Mit dir kann man keine normale Unterhaltung führen.«

»Warum? Hey, Liebling, sei nicht sauer!«, rufe ich ihm hinterher, als er aus dem Wagen steigt.

Er ignoriert mich, als wir Seite an Seite zu Damiens Penthouse laufen. Der Herr des Hauses erwartet uns schon im Türrahmen, nur mit Boxershorts und einem offenen Hemd bekleidet. Den Fiero hört man von einer Meile Entfernung, also nicht unbedingt verwunderlich. Sein Auftreten macht mir mehr zu schaffen.

Normalerweise ist er doch ein Frühaufsteher. Hat er jemanden da? Ich ignoriere, wie unangenehm sich mein Magen zusammenzieht.

»Schick dein Betthäschen nach Hause, wir haben etwas Wichtiges zu besprechen«, sage ich, dränge mich an ihm vorbei und schlendere in die Küche, um mir ein Bier aus dem Kühlschrank zu fischen. Der Alkohol zeigt kaum Wirkung, aber zumindest lenkt mich der herbe Geschmack ab.

Unauffällig lausche ich in die Stille der Wohnung hinein, doch es scheint keiner mehr da zu sein. Aber Damien sieht eindeutig besser und ausgeruht aus, als er mit Emilio im Schlepptau in die Küche kommt. Irgendwo hat er seine Energiequellen aufgeladen, bei irgend*wem*, und eigentlich sollte mir das vollkommen egal sein. Das ist normal. Notwendig sogar.

»Geht es euch gut, Jungs?«, fragt Damien besorgt und sieht von mir zu Emilio.

Ich zwinge mich, nicht auf seine tätowierte Brust zu starren. Kann er das Hemd nicht einfach zuknöpfen? Statt zu antworten, greife ich in die Innentasche meiner Lederjacke und werfe ihm den Holzdolch zu.

»Hier, hab dir ein Souvenir von unserem Ausflug mitgebracht.«

Natürlich fängt er es mit Leichtigkeit auf – *Angeber* – und sieht ihn sich von allen Seiten an. »Da ist ein Bibelspruch eingraviert«, murmelt er. »Gehörte der Grant?«

»Nein, seinem Anführer«, erkläre ich und sehe zu Mio, der ernst dreinschaut. »Pater Grayson.«

»Oh, gottverdammt«, murmelt Damien und fährt sich mit der freien Hand durchs Haar. Für einen Moment sieht er so jung, so überfordert mit allem aus, dass mein Herz ganz schwer wird. Mhm, wusste gar nicht, dass es dazu in der Lage ist. Manchmal glaube ich, nur noch Rausch und Adrenalin spüren zu können.

Ich spüle das Gefühl mit herbem Bier herunter.

Damien blinzelt zweimal und reißt sich zusammen. Seine Maske sitzt wieder perfekt, als er erst Emilio und dann mir fest in die Augen sieht. »Wir haben einiges zu besprechen.«

KAPITEL 12

EMILIO

Dröhnende Musik schlägt mir wie eine Wand entgegen, als ich die Pforten des Clubs passiere. Meine geschärften Sinne sind zu empfindlich für diesen Scheiß. Leider greift Landon schon nach meiner Hand und zieht mich tiefer in die Menge, bevor ich ihn zurück nach draußen zerren kann.

Als er gesagt hat, er wolle feiern gehen, habe ich an eine Bar gedacht, etwas Gemütliches wie das *Lemons*, keinen vollen Nachtclub. Ich hätte ihn nicht für einen Clubgänger gehalten. Und doch sind wir hier.

»Hey, da sind Ely und die anderen«, ruft Lan mir über die Schulter zu und bahnt sich weiter einen Weg durch die Menge. Er hält immer noch mein Handgelenk umschlungen, damit wir uns nicht verlieren, und ich bin versucht, die Finger tiefer zu schieben, um sie mit meinen zu verschränken.

Noch während ich darüber nachdenke, erreichen wir Landons Freundesgruppe und werden aufgeregt empfangen. Sie sind insgesamt zu sechst und ich vergesse die Hälfte der Namen wieder. Nur einen anderen Typen, Sam, der ebenfalls in der Lerngruppe war, kenne ich.

Nachdem sich alle begrüßt haben, wirbelt Lan zu mir herum, die Hände auf meine Brust gelegt, und blinzelt zu mir auf.

»Willst du was trinken?«, fragt er mich. Ich beuge mich ein Stück vor, um ihn besser zu verstehen, und spüre sogleich Energie zwischen uns knistern. Mein Blick bleibt an seinem hängen.

Es war nicht unbedingt klug, meinem Rudel von diesem Treffen nichts zu erzählen. Aber Damien würde mir davon abraten und Kilian würde mich stalken und alles nur schlimmer machen. Ich habe das schon unter Kontrolle.

Lan ein bisschen abzufüllen und ihm auf den Zahn zu fühlen ist meine eigentliche Mission, aber wenn er mich so ansieht, geraten meine guten Vorsätze, vorsichtig zu sein, ziemlich ins Wanken.

Die Wahrheit ist, dass ich einfach nur schwach bin. Schwach und ein wenig bedürftig.

»Klar, ich hole uns was«, schlage ich vor. »Bier?«

»Mach Wodka draus.«

Überrascht hebe ich eine Augenbraue. »Gleich die harten Sachen, was?«

Lan grinst süffisant. »Ich mag es hart.«

Fast verschlucke ich mich an meiner eigenen Spucke. Hat er das gerade wirklich gesagt oder war das nur Einbildung? Ich habe keine Gelegenheit, seine Aussage zu verifizieren, da Ely ihn in diesem Moment in Beschlag nimmt.

Kopfschüttelnd schiebe ich mich an den Freunden vorbei zur Bar und winke die Barkeeperin heran. Es war nicht schwer, zu lernen, wie man seine dämonischen Vorzüge am besten einsetzt. Damien hat mir alles darüber beigebracht und es ist nicht nur nützlich bei der Jagd, sondern auch in Momenten wie diesem. Die Menschen sind empfänglich für unsere Aufmerksamkeit und Nähe.

Die Barkeeperin lässt alle anderen Kunden einfach warten und wendet sich mit einem koketten Lächeln direkt mir zu. Ich bestelle drei Drinks und gebe ihr ein gutes Trinkgeld, bevor ich zurück zu Landon und Ely schlendere.

Lan schmiegt sich sogleich an meine Seite und ext die Wodka-Cranberry-Mischung in wenigen Zügen. Er greift direkt nach dem nächsten Drink, den ich eigentlich für Ely mitgebracht habe.

»Hey, mach mal langsam«, warne ich ihn, obwohl es mir in die Karten spielt, wenn der Alkohol seine Zunge lockert. Aber er soll sich nicht gleich total abschießen.

»Pscht, Emilio. Trink lieber was.« Lan greift nach meiner Hand und führt mein Getränk zu meinen Lippen. »Ja, das ist der richtige Weg. Jetzt musst du nur noch den Mund aufmachen und schlucken.«

Amüsiert über den schlechten Witz schmunzele ich und trinke ihm zuliebe ebenfalls. Da er sich immer noch an meine Seite schmiegt, lege ich locker einen Arm um seine Mitte, um ihn ein Stück näher zu ziehen.

»Willst du rauchen gehen?«, fragt Landon dicht an meinem Ohr. Ich nicke sofort, weil das bedeutet, dass wir kurz mal die dröhnende Hölle hinter uns lassen können. Lan schiebt mich voran. Mir entgeht nicht, wie er bei Sam innehält und die beiden flüstern. Über die Schulter sehe ich dabei zu, wie Sam Landon etwas zusteckt, bevor dieser sich mit einem unschuldigen Lächeln zu mir herumdreht und mich weiter nach vorne drängt.

Sämtliche Alarmglocken schrillen in meinem Inneren auf. Was war das? Ist Sam ebenfalls ein Teil von ... was auch immer? Was hat er in Lans Tasche geschoben?

Bisher haben wir ein merkwürdiges Messer und einen Holzdolch als Waffen der Dämonenjäger identifiziert, und, ach ja, Weihwasser ist nicht unbedingt empfehlenswert. Welche Waffen gibt es noch, die uns außer Gefecht setzen können? Es muss ein ziemlich kleiner Gegenstand gewesen sein, nicht größer als eine Faust.

Meine Gedanken rattern wild hin und her, als wir an die frische Luft treten. Lan führt mich zu einer abgelegenen Ecke, die nur schummrig beleuchtet wird.

»Was ist da zwischen dir und Sam gelaufen?«, frage ich unvermittelt. Misstrauen fließt immer schneller wie schwarze Tinte durch meinen Blutkreislauf und macht mich unruhig und wütend. Keine gute Kombination.

»Wovon redest du?«, fragt Landon und schiebt eine Hand in seine Jackentasche. »Zwischen Sam und mir läuft nichts. Wir sind nur Freunde.«

»Ich meinte das eben«, sage ich. Er lacht auf, aber ich bleibe ganz ernst. Meine Muskeln sind angespannt, jederzeit bereit für einen Angriff.

»Was ist denn los?«, frag Lan, dessen Lachen erstirbt. »Du wirkst nervös.«

»Ich verstehe dich nicht, okay? Letzten Sonntag verhältst du dich wie ein Arsch und jetzt lädst du mich zum Feiern ein und tust so, als wäre nichts passiert.«

Er presst die Kiefer zusammen, senkt kurz den Blick und blinzelt dann wieder zu mir auf. Mit der freien Hand massiert er sich den Nacken. Sofort bekomme ich ein schlechtes Gewissen, weil ich ihn so angefahren habe. Meine Paranoia geht nur mit mir durch.

»Es tut mir leid«, setzt Landon an. »Ich habe dich hergebracht, weil ich nicht will, dass du mich für einen braven Pfarrerssohn hältst, der jeden Sonntag in die Kirche geht und seine Abende mit Beten verbringt. Das bin nicht ich. Nicht nur, zumindest.«

Immer noch misstrauisch runzele ich die Stirn. »Wieso ist dir so wichtig, was ich über dich denke?«

Ungläubig lacht Lan auf, tritt einen Schritt zurück und schüttelt den Kopf. »Fragst du mich das ernsthaft?«

»Ja.«

»Weil ich auf dich stehe! Man, Mio, wie verblendet kann man sein?«

Seine Worte stoßen mich vor den Kopf. Klar, ich wusste, dass er irgendwie Interesse an mir hat, aber diese Aussage überrascht mich dennoch.

»Ich, ähm …«

»Du hast mich zwei Jahre lang so ziemlich ignoriert und jetzt will ich es nicht vermasseln«, führt er weiter aus, leiser diesmal. Wieder senkt er verlegen den Blick.

»Lan …« Ich lege eine Hand an seine Wange, umfasse sein Kinn und hebe es an. Es gibt so vieles, dass ich sagen will, aber in mir ist immer noch Kilians spöttische Stimme.

Das hat er zumindest gesagt, nicht wahr?

Aber wenn Landon nur mit mir spielt, warum klingt er dann so ehrlich? Ist er wirklich so ein guter Schauspieler und ich nur ein williges Opfer? *Harmlos*?

Als Landon erneut in seine Jackentasche greift und etwas herauszieht, mache ich mich auf alles gefasst. Mein Herz stockt sogar kurz. Doch es ist nur eine durchsichtige Tüte mit zwei bunten Pillen darin.

»Das hat Sam mir gegeben«, erklärt er. »Also, Lust ein bisschen Spaß zu haben und die Kirche und meinen Vater für eine Weile zu vergessen?«

Überrascht lache ich auf und schüttele ungläubig den Kopf. »Landon Grayson. Du bist ja ein kleiner Unruhestifter.«

Er grinst und zuckt mit einer Schulter. »Ist das was Schlechtes?«

Ich greife nach der Tüte und reiße sie für ihn auf. »Ganz und gar nicht.« Behutsam fische ich die bunten Pillen heraus, drücke mit dem Daumen gegen sein Kinn, um seinen Mund zu öffnen, und lege ihm beide auf die Zunge. Seine Augen funkeln, als meine Hand in seinen Nacken rutscht und ich ihn dichter zu mir ziehe.

Wir küssen uns, seine Zunge empfängt meine, wir teilen die Drogen und ich schlucke die Pille, bevor ich länger darüber nachdenken kann. Ecstasy hat keine nachhaltige Wirkung, aber als Landon grinsend vor mir zurückweicht, frage ich mich, ob es so klug war, Drogen von ihm anzunehmen.

Verdammt, seine Nähe und Verletzlichkeiten machen mich schwach und unvorsichtig. Vielleicht wäre es doch besser gewesen, Kilian wäre hier, um auf mich aufzupassen.

Lan drückt mir noch einen Kuss auf die Lippen, bevor er nach meiner Hand greift und mich zurück ins Innere zieht. Hitze und Adrenalin fließen durch meinen Blutkreislauf, als ich spüre, wie die Droge ihre Wirkung entfaltet. Das vergeht genauso schnell, wie es kommt, weswegen ich den kurzen, unbeschwerten Moment genieße.

Musik umfängt uns, Lichter flacken über unseren Köpfen und vor meinem Blickfeld. Wir verlieren uns in der Menge zwischen den tanzenden Menschen, ich schließe die Augen und spüre das bekannte Kribbeln auf meiner Haut. Landons Mund ist nur Millimeter von meinem entfernt, ich fühle seinen Atem, seine ganze Präsenz.

An den Stellen, an denen wir uns berühren, fließt seine Lebensenergie schneller und immer unkontrollierter auf mich über und beflügelt mich mehr als die Pillen. Nur der Funken Verstand, der noch übrig ist, veranlasst mich dazu, ihn loszulassen und zurückzuweichen. Das ist zu intensiv. Ich will nicht zu viel von ihm nehmen.

Das Ecstasy verschafft mir ganze fünfzehn Minuten Glückseligkeit, bis die Wirkung nahezu vollständig verpufft. Während ich wieder nüchtern werde, kommt Landon erst so richtig in Fahrt. Er lacht, schließt die Augen und lehnt sich an mich, Gelassenheit und Freude spiegeln sich auf seinen Zügen wider.

Erneut entfacht knisternde Energie, als ich mit einer Hand über seinen Rücken streiche. Fuck, so intensiv habe ich noch nie bei jemandem gefühlt. Ich muss mich zügeln.

Es ist schon weit nach Mitternacht, als Lan mich erneut nach draußen in den Raucherbereich zieht. Es nieselt und hat deutlich abgekühlt, sodass wir fast allein sind. Landon scheint es nicht nichts auszumachen, im Gegenteil. Er lacht und dreht sich im Regen wie ein Kind. Ich mag das. Ich mag *ihn*, muss ich gestehen.

Der Gedanke, dass das nur ein normaler Partyabend ist, zu dem Lan mich eingeladen hat, weil er mich mag und Zeit mit mir verbringen will, ist befreiend und gleichzeitig so absurd. Kann ich das wirklich glauben?

»Du wirst noch krank.« Ich fange ihn auf, bevor er stolpern kann, schlinge die Arme um ihn und presse ihn fest an meinem Körper. Sacht senke ich den Kopf und lecke warmen Regen von seiner erhitzten Haut. Er erschauert.

»Mio«, flüstert er und vergräbt die Finger in meinem Shirt. Ich spüre den Druck, erneut fließt seine Lebensenergie auf mich über. Hart reiße ich mich zusammen und schlucke angestrengt. »Nimmst du mich mit zu dir?«

Seine Frage überrascht mich, obwohl wir uns schon den ganzen Abend küssen und berühren.

»Du bist auf Drogen«, setze ich vorsichtig an.

»Na und?« Er lacht befreit. »Du doch auch.«

Theoretisch, ja und eigentlich will ich nicht den Moralapostel spielen. Im Prinzip habe ich nur Angst, mich nicht beherrschen zu können, wenn wir allein sind.

Bevor ich zu einer Antwort ansetzen kann, durchbricht ein gellender Schrei die Stille. Sofort spanne ich mich an und auch Lan ist mit einem Schlag ernst. Sein Kopf schießt nach links zu dem hohen Maschendrahtzaun, der den Raucherbereich des Clubs von den Seitengassen trennt.

»War das Ely?«, fragt er ernst.

Ohne groß nachzudenken hechte ich zu dem Zaun und mache einen Hechtsprung darüber. Landons Energie pulsiert kraftvoll durch meinen Körper und aktiviert mein dämonisches Blut, das immer schneller von meinem Herzen durch meine Venen gepumpt wird. Es ist wie Adrenalin, nur besser und intensiver.

Wachsam sehe ich mich in der Seitengasse um, lausche, während Landon umständlicher als ich über den Zaun klettert. Er keucht und flucht dabei.

»Warum zur Hölle sah das bei dir so einfach aus?!«, beschwert er sich. Immer noch angespannt wende ich mich zu ihm um und helfe ihm herunter, er stolpert ein wenig und fällt gegen mich. Aus Reflex schlinge ich einen Arm um seine Taille und halte ihn fest an mich gedrückt. Regen fließt kalt in meinen Nacken.

»Ely?!«, ruft Lan in die Stille, was eine wimmernde Antwort hervorruft.

Gleichzeitig setzen wir uns in Bewegung und hechten die schmale Gasse entlang. Dort, hinter großen Müllcontainern verborgen, kauert eine Frau, deren braune Haare wie ein Vorhang über ihr Gesicht fallen.

»Hey, was ist los?«, fragt Landon besorgt und kniet sich halb zu ihr. »Was ist passiert?«

Ely hebt den Kopf und starrt an ihm vorbei ins Leere, ihre Wangen sind blass und eingefallen, ihre Augen vor Schreck geweitet. Sie steht offenbar unter Schock, aber ich kann zumindest kein frisches Blut riechen.

»Er ist noch da«, flüstert sie. Ich versteife mich, weil ich glaube, dass sie von mir spricht, bis mir der Schatten in meinem Rücken auffällt.

Abrupt wirbele ich herum und starre in das Gesicht eines Fremden, der ein kaltes Grinsen trägt. In den fünf Sekunden, in denen wir uns ansehen, wird mir bewusst, dass ich ihn kenne.

Nein, nicht *ihn*. Ich weiß nicht, wer er ist. Aber ich weiß, *was* er ist.

Ein Dämon. Ein Incubus wie ich.

Es erschreckt mich, dass ich ihn so glasklar erkenne, ohne auch nur länger darüber nachdenken zu müssen. Es ist seine Aura, seine ganze Präsenz, die voller schwarzer Tinte ist, golden und dunkelblau durchzogen.

Ist es ebenso offensichtlich bei mir? Sehen andere Leute mich auch an und begreifen sofort, dass etwas mit mir nicht stimmt?

»Kümmerst du dich um das Mädchen oder den Typen?«, fragt er mich unvermittelt. Seine Stimme hat etwas Weiches und Herbes, wie gesalzenes Karamell. Ein Kontrast, der sich so perfekt um seine Worte schmiegt.

Ich reagiere instinktiv, mobilisiere meine dämonischen Kräfte und verpasse ihm einen heftigen Stoß. Damit hatte er nicht gerechnet, er fliegt mehrere Meter durch die Gasse, bevor er schlitternd zum Stehen kommt, eine Hand auf dem Boden abgestützt. Ein Knurren dringt aus seiner Brust und hallt an den Wänden wider.

»Weg hier!«, rufe ich über die Schulter. Mein Blick bleibt zu lange an Landon hängen, der mich schockiert anstarrt. Auch er ist jetzt blass geworden, seine Augen nicht mehr voller euphorischer Emotionen. »Lan, bring Ely hier weg!«, sage ich eindringlicher und endlich setzt er sich in Bewegung, hilft seiner Freundin auf die Beine und stolpert zurück.

Der fremde Dämon schießt auf sie zu, doch ich stelle mich ihm in den Weg und unsere Körper krachen gegeneinander. »Verräter!«, knurrt er mir zu.

»Sie gehören mir«, teile ich ihm kühl mit. »Fass sie nicht an.«

»Das sind verdammte Dämonenjäger!«, pfeffert er mir entgegen.

Ruckartig drehe ich den Kopf, will sehen, wie Landon auf diese Worte reagiert, doch die Gasse hinter mir ist verlassen. Er hat meinen Rat befolgt und ist mit Ely geflüchtet.

Der Fremde nutzt den Moment meiner Unachtsamkeit und verpasst mir so einen heftigen Schlag gegen die Wange, dass ich nur noch Sterne sehe. Ich schmecke Blut auf meiner Zunge.

Perplex stolpere ich zurück, schüttele den Kopf, um wieder klar zu kommen, und bereite mich auf den nächsten Angriff vor. Der kommt jedoch nicht, der Dämon harrt regungslos aus und scheint zu lauschen. Dann entfährt ihm ein entnervtes Knurren. »Wegen dir sind sie entkommen.«

Abwehrend hebe ich die Hände. »Das ist unser Jagdgebiet«, stelle ich klar. Ganz zu Anfang hat Damien mir erklärt, dass es in der Umgebung mehrere Incubi-Rudel gibt, die Gebiete aber entsprechend eingeteilt sind, um sich nicht in die Quere zu kommen.

Zuerst hat es mir Angst gemacht, dass es noch mehr Dämonen wie mich gibt, dann habe ich es vergessen, weil ich nie einem anderen begegnet bin. Und jetzt habe ich wieder Angst. Ich hoffe, er kann es nicht riechen.

Er lacht schnaubend. »Süßer, du hast ja keine Ahnung, wer ich bin.«

»Fick dich, ich bin nicht dein *Süßer*«, spucke ich ihm entgegen. Der Drang, ihn stehen zu lassen und nach Lan zu sehen wird immer größer, doch ich kann ihm nicht schon wieder den Rücken zukehren.

»Du bist meine kleine Bitch, wenn ich das will«, behauptet der Fremde abschätzig und macht einen Schritt rückwärts. »Dein Jägerfreund wird nicht mehr lange leben. Gib ihm und seiner Freundin noch ein Abschiedskuss. Wenn du mir das nächste Mal in die Quere kommst, werde ich dir dein verdammtes Herz aus der Brust reißen.«

Bevor ich darauf etwas erwidern kann, verschwindet der Dämon ebenso schnell in Rauch und Dunkelheit, wie er gekommen ist.

KAPITEL 13

KILIAN

Ich wusste, dass Emilio nicht gut auf sich allein gestellt klarkommt. Und Damien ist der Trottel, der
mir verboten hat, ihm zu folgen.

*Er kann schon selbst auf sich aufpassen. Mio ist
nicht dumm, er wird vorsichtig sein.*

Ja, scheiß drauf. Er hat sich mit dem verdammten Dämonen*könig* angelegt und weiß vermutlich
nicht einmal, was er da getan hat.

»Also, dein neuer Schützling verkehrt mit Dämonenjägern«, berichtet Gideon. Er hat sich in Damiens Wohnzimmer niedergelassen, als würde er hier
wohnen, die Beine auf dem teuren Couchtisch abgelegt. Seine Springerstiefel sind voller Schlamm
und jeden anderen hätte Damien deswegen hoch-
kant aus seinem Zuhause geschmissen.

Aber man schmeißt Gideon Riot nicht aus seinem Haus. Und man sagt ihm nicht, dass er sich
ficken soll.

»Was genau hat es mit den Jägern auf sich?«,
hakt Damien ernst nach. Er ist angespannt, die
Muskeln an seinen Armen sprengen fast die Sport-
jacke, die er trägt. Seine Augen verraten mir, dass
es mehr ist als das. Er ist bereit für einen Angriff,
sollte Gideon sich dazu entscheiden.

Noch wirkt der Dämon ganz ruhig, gelassen beinahe. Er fummelt eine Zigarette aus seiner Schachtel und dreht sie zwischen den Fingern. »Du hast

doch nichts dagegen, wenn ich mir eine anzünde, nicht?«

Natürlich hat er das. Damien ist so ein Snob, wenn es um seine Wohnung geht. Dennoch schüttelt den Kopf und lässt es geschehen.

»Wir beobachten sie schon eine Weile«, erzählt Gideon, nachdem er genüsslich ein paar Züge genommen hat. »Sie formieren sich zu einer Gemeinschaft und zu einem verdammten Problem.«

»Sie haben offenbar Waffen, die gegen uns ankommen«, fügt Damien hinzu und schielt zu seiner Kommode links. Vermutlich bewahrt er dort das Messer auf, mit dem er vor wenigen Tagen erst erstochen wurde. Oder ist es schon Wochen her? Mein Zeitgefühl war noch nie das Beste.

»Weihwasser ist auch so eine Sache«, bemerke ich. »Es brennt.«

»Pfarrer und ihre kleinen Spielereien«, erwidert Gideon höhnisch. Scheinbar hat er damit ebenfalls Erfahrung gemacht.

Ich will noch etwas dazu sagen, werde aber abgelenkt, als ich mitbekomme, dass Mio sich über die Treppen nähert. Damien und ich tauschen einen schnellen Blick, dann schlendere ich zur Haustür und öffne sie überschwänglich.

»Du hast dir ganz schön viel Zeit gelassen, *mijo*«, sage ich spottend und schlinge einen Arm um seine Schulter, als er eintritt. Argwöhnisch mustert er mich und versucht, mich wegzuschieben, doch ich verstärke den Griff nur.

»Weswegen sollte ich herkommen?«, fragt er. Das erübrigt sich, als wir einen Schritt ins Wohnzimmer machen und er Gideon erkennt.

»Oh«, entfährt es ihm. »Du.«

»Ich«, erwidert Gideon amüsiert. »Wie schön, dich wiederzusehen, Süßer.«

Mios Blick schießt sofort zu Damien, der zur Erklärung einspringt: »Gideon hat uns über die Ereignisse gestern Abend informiert.«

»Willst du eine Zigarette, Emilio?«, fragt Gideon höflich und hält ihm seine metallene Schachtel hin. »Komm, setz dich zu mir. Quatschen wir.«

Mein Griff um seine Schultern wird noch ein bisschen fester. »Bei mir steht er ganz gut, danke.«

»Eifersüchtig, Kilian?« Gideon lacht schnaubend.

Mio, stur und unwissend, wie er ist, windet sich verärgert aus meiner Umklammerung und stapft auf die Couch zu. Er nimmt sich eine Kippe und setzt sich dann in etwas Abstand zu Gideon.

Ganz schlecht. Davor wollte ich ihn eigentlich bewahren.

»Ich darf doch, oder?«, fragt Mio in Damiens Richtung, bevor er sich die Kippe anzündet. Damien steht wie erstarrt da. Auch er weiß, dass das, was jetzt kommt, nicht gut ausgehen wird.

»Kann mich jemand aufklären? Woher kennt ihr euch?«, will Emilio wissen, nachdem er einen Zug inhaliert hat.

»Wir sind alte Leidensgenossen«, erklärt Gideon gutmütig. »Ich bin schon länger ein Incubus als die zwei. Ich habe sie quasi eingeleitet. Damien war Teil meines Rudels, bevor er sein eigenes gegründet hat.«

»Dann tut es mir leid, dass ich dich gestern angegriffen habe«, erwidert Mio bedächtig. »Das war mir nicht klar. Ich hoffe, du hast dich nicht verletzt.«

Gideon, sich verletzen? Was zur Hölle redet er da? Entweder er ist wirklich so blauäugig oder er legt es aus irgendeinem unersichtlichen Grund darauf an, ihn zu provozieren.

»Ich verstehe das, du wolltest deinen Freund beschützen«, erwidert Gideon gutmütig. »Der Blonde war doch dein Freund, habe ich recht?«

»Nein.« Niemandem entgeht, wie Emilio bei der Frage zögert. »Es war mein Job, ihm im Blick zu behalten und mehr darüber rauszufinden, was sein Vater tut.«

»Du hättest ihn töten können, so wie Kilian es bei dem anderen Jäger getan hat.«

Das weiß er auch? Hm, ich vermute mal, er kann sich denken, dass nicht Damien oder unser Grünschnabel für diese Brutalität verantwortlich sind. Dann ist es nicht mehr schwer zu erraten.

»Nein«, erwidert Mio nach einem kurzen Moment des Nachdenkens. »Ich weiß noch nicht, ob er Teil davon ist.«

»Das ist er, ein großer sogar«, informiert Gideon ihn, weiterhin in diesem freundlichen Tonfall. »Es war nicht schlau von dir, dich von seiner Energie zu ernähren. Auch wenn er sicher gut schmeckt, nicht wahr?«

»Darauf antworte ich dir nicht«, erwidert Emilio steif.

»Keine Sorge, ich kann selbst von ihm kosten, wenn ich ihn umbringe.«

Mios Miene gefriert zu Eis, er sieht von Damien zu mir, als erwarte er, dass jemand an dieser Stelle protestiert, aber wir schweigen und warten auf das Unvermeidbare.

Gemächlich beugt Gideon sich vor und drückt den Zigarettenstummel auf dem Couchtisch aus. Er macht Anstalten, sich zu erheben, doch stattdessen packt er grob Emilios Kinn und neigt seinen Kopf. In geschmeidiger Bewegung presst er seine Lippen auf seinen Hals und beginnt, seine Energie zu stehlen.

Es tut fast körperlich weh, dabei zuzusehen. Emilio keucht überrascht, dann wehrt er sich immer heftiger. Er kratzt und stößt und tritt, doch das spornt Gideon nur an, ihn fester ins Polster zu drücken und mehr und mehr zu nehmen.

»Das reicht«, herrsche ich ihn an und mache einen Schritt auf die Couch zu, aber Damien stellt sich mir in den Weg und hält mich zurück. Sein Blick ist konzentriert auf die Szene vor uns gerichtet.

Worauf zur Hölle wartet er? Gideon wird ihn *umbringen.*

Hitze steigt in mir auf, meine Sicht verschwimmt und macht Platz für rot und rot und noch mehr rot.

Mein Dämon pulsiert heiß und wütend unter meiner Haut.

»Kian!« Es ist Damiens zischende Stimme, die mich zurück in die Realität bringt. Es fühlt sich an wie eine harte Landung auf dem Boden.

Blinzelnd sehe ich dabei zu, wie Gideon endlich von Emilio ablässt. »Ich habe dir gesagt, dass du meine Bitch bist, wenn ich das will«, säuselt er ihm zu, tätschelt ihm die blasse Wange und erhebt sich.

»Haltet euch fern von den Jägern. Ich erledige das«, ruft er uns über die Schulter zu, bevor er geräuschvoll das Haus verlässt. Wir warten regungslos, bis seine Schritte verklungen sind, dann setzen wir uns gleichzeitig in Bewegung. Damien setzt sich neben Emilio, ich knie mich vor ihn.

»Hey, alles in Ordnung«, versichert Damien beruhigend und umfasst seine blassen Wangen. »Mio, hörst du mich?« Er wirkt so, als würde er jeden Moment das Bewusstsein verlieren.

»Was zur verfickten Hölle war das?«, fragt Emilio benommen.

Gut, wenn er noch fluchen kann, wir der hoffentlich nicht sterben.

»Gideon hat deine Energie gestohlen«, informiere ich ihn.

Sein Blick fokussiert mich und etwas wie Panik flackert in seinen Augen auf. »So fühlt es sich an?«, fragt er beinahe lautlos.

Ich vergesse manchmal, dass Mio nie auf der anderen Seite stand. Er hat bisher immer nur genommen, nie gegeben.

»Nur, wenn man es sich gewaltsam holt«, erkläre ich bedächtig.

»Ich dachte, das können wir nicht.« Er fährt sich mit beiden Händen übers Gesicht und drückt die Handballen gegen die Stirn. »Du hast selbst gesagt, dass es nur funktioniert, wenn der Gegenüber Leidenschaft empfindet. Das habe ich definitiv nicht.«

»Diese Regel gilt nicht für Incubi, die schon seit Jahrhunderten als Dämonen auf der Erde wandeln«, antwortet Damien und streicht Emilio vorsichtig die Haare zurück. In meinem Magen entfacht ein merkwürdiges Gefühl, als ich dabei zusehe, wie seine langen Finger in Mios schwarzem Haar versinken. Der Anblick hypnotisiert mich beinahe.

»Hunderte von Jahren? Ich verstehe das nicht. Wir altern doch ganz normal«, stottert Emilio und schüttelt Damiens Berührung ab, bevor meine Fantasien mit mir durchgehen. Besser ist es.

»Nicht, wenn man sonst was an den Teufel verkauft, im Austausch für die Unsterblichkeit, wie Gideon es damals getan hat«, erwidere ich. Zumindest ist es das, was er erzählt. Ich weiß nicht genau, was Gideon für Lucifer im Gegenzug für seine ewige Jugend tut.

»Das ist so abgefuckt.« Er springt auf die Beine und macht ein paar Schritte vor, stolpert über den Couchtisch und fällt der Länge nach hin.

»Ruhig.« Ich richte mich auf und lockere die Schultern. »Was hast du vor, Spiderman?«

»Ich muss zu Lan«, nuschelt er, dabei hat er Mühe, wieder auf die Beine zu kommen. »Wenn Gideon weiß, wer er ist, hat er sicher kein Problem herauszufinden, wo er wohnt.«

Ich tausche einen Blick mit Damien, der ebenso beunruhigt aussieht, wie ich mich fühle.

»Willst du deinen kleinen Jägerfreund etwa beschützen?«, spotte ich. »Er ist schon längst tot, wenn Gideon ihn loswerden will. Du kannst nichts mehr machen.«

Mio, der es inzwischen geschafft hat, sich aufzurichten, fährt zu mir herum und funkelt mich bitterböse an. »Dann wollt ihr nur tatenlos zusehen, wie dieser Dämon Menschen abschlachtet?«

»Es sind Dämonenjäger«, erinnere ich ihn. »Sie hätten Damien fast umgebracht. Sie wollen auch dich und mich töten. Warum zur Hölle sollten wir ihnen helfen?«

»Weil ...« Ihm fällt kein guter Grund ein. Natürlich nicht. Weil es keinen gibt.

»Für meinen Geschmack hat Gideon uns ein bisschen zu sehr außenvor gelassen«, wirft Damien ein. Ein Blick über die Schulter verrät, dass er es sich auf seinem Sofa gemütlich gemacht hat, einen Arm um die Lehne gelegt. Es wäre verführerisch ...

Nein. Ich verbiete mir jeden Gedanken daran und fläze mich auf den Sessel, der weit entfernt von ihm steht. Mio sieht unschlüssig zwischen uns hin und her, als wüsste er nicht, ob er bleiben oder rennen soll.

Ein Seufzen verlässt seine Lippen, er schlendert rüber in die Küche und holt drei Flaschen Coke. Er reicht uns jeweils eine, hockt sich auf den Boden neben Damien und hält sich das kühle Glas gegen den blauen Fleck an seinem Hals.

»Erzählt mir mehr über diesen Gideon«, bittet er nachgebend. »Wieso ist es verwunderlich, dass er sich selbst um die Jäger kümmern will?«

»Gid lässt immer andere seine Drecksarbeit erledigen«, fängt Damien an. »Als ich noch Teil seines Rudels war, hat er uns die ganze Nacht jagen lassen, nur um sich dann die Energie von uns zu holen. Er hat sich selten mit Menschen abgegeben.«

Mio neigt den Kopf und mustert Damien. Ich kann es nicht sehen, doch ich wette darauf, dass er seinen besten, schockierten Welpenblick aufgesetzt hat. »Du musstest das jeden Tag durchmachen?«

Ich balle die Hände zu Fäusten bei der Erinnerung. Am liebsten will ich sie in Gideons dämliche Visage rammen.

»Es passt nicht zu ihm, dass er sich die Hände schmutzig macht«, übergeht Damien die rhetorische Frage. »Etwas muss passiert sein, das die Sache hat persönlich für ihn werden lassen.«

Mio mustert Damien immer noch. Vermutlich mit einer Mischung aus Schmerz und Mitleid. Genau so, wie ich ihn einst angesehen habe, als ich erfahren habe, was für eine Scheiße er durchmachen musste. Ich drücke die Fingernägel ein bisschen fester in die Handballen.

»Das bedeutet aber auch, dass die Dämonenjäger ein viel größeres Problem sind als bisher angenommen«, werfe ich ein. »Wir sind definitiv nicht die Ersten, die sich mit ihnen rumschlagen.«

»Ich muss wirklich nach Landon sehen«, beharrt Emilio und wendet den Kopf, um mich anzusehen. »Ich habe ihn seit dem Angriff gestern Abend nicht mehr gesprochen. Er ist mir eine Erklärung schuldig. Vielleicht kann ich so etwas herausfinden.«

»Zuerst musst du Energie tanken«, halte ich dagegen. Ich kann diesen Volltrottel ja doch nicht davon abhalten, eine Dummheit nach der anderen zu begehen. Zumindest sollte er dabei nicht aussehen wie eine wandelnde Leiche.

Kurz zögere ich, löse die Faust allmählich und streiche mit den Fingern über die Lehne des Sessels. Meine Fingerspitzen kribbeln. »Damien und ich könnten dir dabei helfen.«

Argwöhnisch mustert Mio mich. »Inwiefern?«

Über seinen Kopf hinweg schenkt Damien mir einen eindeutigen Blick, der mich verrät, was er von meinem Vorschlag hält.

»Emilio wird sich selbst darum kümmern«, sagt er warnend. »Du weißt, wie es geht. Sei nur vorsichtig, nicht zu viel zu nehmen. Du wirst dich jetzt wie nach einer langen Durststrecke fühlen. Geh es langsam an.«

»Mach ich.« Euphorischer als vorhin richtet er sich auf, stellt seine unangerührte Flasche Cola hin und läuft Richtung Ausgang.

Stille senkt sich über uns, sobald seine Schritte verklungen sind. Ich starre auf die Glasflasche auf dem Tisch, ein unangenehmes Ziehen macht sich in meinen Eingeweiden breit.

»Bis dann«, verabschiede ich mich und springe ebenfalls auf. Damien erwidert nichts darauf und ich sehe ihm nicht in die Augen, als ich verschwinde.

Früher einmal war er mein sicherer Hafen und heute ertrage ich es kaum, fünf Minuten allein mit ihm zu sein.

Wie erbärmlich.

KAPITEL 14

EMILIO

Nun, Kilians Vorschlag macht durchaus Sinn, aber ich bin zu ungeduldig und aufgedreht, um jetzt in eine Bar zu gehen und irgendeinen Kerl abzuschleppen. Außerdem verblasst jeder andere Mann im Gegensatz zu *ihm*.

Es ist nicht schwer, Landons Wohnort ausfindig zu machen. Er hat auf Instagram unter einem Selfie mit Ely »Roomies« geschrieben, woraus ich schließe, dass sie zusammenwohnen. Ely hingegen, die so gut wie alles aus ihrem Leben teilt, hat diverse Bilder aus der Wohnung hochgeladen, die alle einen bestimmten Stadtteil markieren. Dort gibt es mehrere Studenten-WGs und ich muss nur einmal die Straße entlangschlendern und an den Klingelschildern nachlesen, bis ich »Lohan / Grayson« lese.

Also, es ist nicht schwer. Man muss nur ein kleiner Stalker sein.

Auf mein stürmisches Klingeln hin werde ich ins Treppenhaus gelassen und von dort sprinte ich in den zweiten Stock. Über der linken Tür hängt ein großes Kreuz aus Holz, das sogleich meinen Blick auf sich lenkt.

Wie subtil. Herrlich.

Landon steht in Boxershorts und mit verwuschelten Haaren vor mir, was mir in Erinnerung ruft, wie spät es mittlerweile ist.

»Darf ich reinkommen?«

Lan umfasst die Türrahmen und sieht mir mit gerunzelter Stirn entgegen. »Was zur Hölle tust du hier?«

»Darf ein Pfarrerssohn so fluchen?« Demonstrativ sehe ich auf das Kreuz über meinem Kopf. »Vorsichtig. Gott oder so wird noch wütend.«

»Das ist keine gute Zeit, Emilio«, wehrt Landon ab und schließt schon halb die Tür. Ich will den Arm ausstrecken und ihn davon abhalten, doch es geht nicht. Es ist, als würde meine Hand gegen eine unsichtbare Barriere stoßen. Zischend ziehe ich sie zurück.

Zumindest veranlasst das Landon dazu, innezuhalten und mir wieder in die Augen zu sehen.

»Was für ein Zauber ist das?«, frage ich raunend.

Echte Emotionen flackern in seinen blauen Augen auf, er beißt sich auf die Unterlippe und scheint mit sich zu hadern. Ich neige leicht den Kopf.

»Du trittst also in die Fußstapfen deines Vaters«, bemerke ich ruhig. »Wirst du jetzt auch Pfarrer oder bleibst du lieber Dämonenjäger?«

Er zuckt bei diesen Worten zusammen, wirkt jedoch weder überrascht noch ungläubig. Das fühlt sich an wie ein Schlag in den Magen. Gestern Abend, als er lachend in meinen Armen lag, habe ich gedacht, zumindest *gehofft*, er wäre nur ein normaler Typ, der zufällig Interesse an mir hat.

»Ich will mit dir nicht darüber reden«, wehrt er ab und ist wieder drauf und dran, ins Innere zu verschwinden.

»Du kannst dich nicht ewig in deiner Wohnung verstecken«, halte ich ihn auf. Lan stockt in seiner Bewegung und starrt mir ernst entgegen.

»Drohst du mir gerade?« Sein Tonfall verursacht mir eine Gänsehaut, nicht, weil ich wirklich Angst vor ihm habe, nur, weil er irgendwie heiß ist.

Verdammt, ich sehne mich nach seiner Lebensenergie. Selbst jetzt, wo ich realisiere, dass er mir alles nur vorgespielt hat.

»Ich nicht«, versichere ich ihm. »Aber es gibt andere Dämonen, die darauf brennen, deine Freunde und dich in die Finger zu bekommen.«

»Wir können uns schon verteidigen, danke«, erwidert Landon.

Ich mache einen Schritt zurück, weil ich erwarte, dass er mir jetzt wirklich die Tür vor der Nase zuschlägt. Tut er nicht, umfasst stattdessen den Rahmen fester und zögert.

»Wieso bist du hergekommen?«, will er wissen. »Um mich zu warnen?«

»Um zu reden.« *Um dich zu beschützen.* »Was hast du dir von mir erhofft? Wolltest du Informationen oder mich einfach nur umbringen?«

Verlegen senkt Lan den Blick und beginnt wieder, auf seiner Unterlippe zu kauen. Das macht mich verrückt. Wäre diese dämliche Barriere nicht zwischen uns, hätte ich schon längst sein Kinn angehoben und seine Lippen selbst in Beschlag genommen.

»Es stimmt, was ich gesagt habe. Du bist mir gleich zu Beginn des Studiums aufgefallen, doch hast mich nie beachtet und dann ...«

»Dann wurde ich zum Dämon«, vervollständige ich seinen Satz bitter. »Woher wusstest du es?«

»Spielt das eine Rolle?«

Durchaus, da ich mir den Kopf darüber zerbreche, was mich verraten hat. Ist es tatsächlich meine Aura, meine Präsenz, oder haben die Dämonenjäger mich nur gut beschattet und all die Sünden gesehen, die ich begangen habe?

»Du weißt, welche Art Dämon ich bin«, rate ich. »Wieso hast du es dann so weit kommen lassen? Wir haben uns geküsst. Mehrmals. Ich habe deine Lebensenergie gestohlen. Mehr als einmal. Mehr als üblich.«

Jetzt schluckt Lan merklich. In seinen blauen Augen steht dieselbe Unschuld, die mich von Anfang an bei ihm angemacht hat. Er wirkt wie ein Reh im Scheinwerferlicht. Aber das ist er nicht. Er hat mit mir gespielt und mich manipuliert und trotzdem will ich ihn so dringend, dass ich bereit bin, über all das hinwegzusehen. Zumindest für diese Nacht.

»Das war alles nicht so geplant, okay?«, sagt er heiser. »Und nein, ich wollte dich nicht töten. Das würde ich niemals tun.«

Natürlich würde er das nicht. Er kann das nicht, ebenso wenig wie ich. Auch ich kann ihn nicht verletzen, obwohl Gideons Vorgehensweise durchaus Sinn ergibt. Diese Gruppe Menschen hat es sich zur

123

Aufgabe gemacht, uns zu jagen – und Landon ist Teil davon.

»Dann lass mich rein«, verlange ich heiser. Der Schwung seiner Lippen, die Linie seines Kiefers, die Art, wie er den Kopf neigt. Alles an ihm ist so gottverdammt verführerisch. Ich will ihn mit meinen Fingern und meiner Zunge erkunden, will ihn schmecken und fühlen und *atmen.*

Fuck. Kilian hatte Recht. In diesem ausgehungerten Zustand hätte ich ihm nicht gegenübertreten sollen.

»Na schön«, sagt Lan nach kurzem Zögern. »Komm rein.«

Misstrauisch versuche ich zuerst, die Hand durch die Barriere zu strecken, und es klappt. Es ist, als haben seine Worte die unsichtbare Wand durchbrochen und ich kann ungehindert eintreten.

Ich schlage die Tür hinter mir zu, umfasse seine Wangen und dränge ihn tiefer in seine Wohnung. Lan stöhnt leise und umfasst mein Shirt mit der Faust, um mich näher zu ziehen. Seine Energie fließt auf mich über die Stellen, an denen wir uns berühren. Als ich ihn küsse, wird es nur intensiver.

Stärke und Macht fluten mich, vermischt mit hellem Blau und dunklem Grün und jede Schattierung dazwischen, ich schmecke die Farben fast auf meiner Zunge. Ich dränge ihn rückwärts, ohne wirklich zu sehen, wohin es geht. Er stößt mit dem Rücken gegen ein Bücherregal, dessen Inhalt bedenklich wackelt.

Zu viel, zu schnell. Ich muss mich zügeln.

Scharf ziehe ich die Luft ein und lasse ihn los, taumele einen Schritt zurück, um Abstand zwischen uns zu bringen.

»Es tut mir leid«, presse ich hervor und lecke seinen Geschmack von meinen Lippen. »Ich wollte wirklich nur mit dir reden.«

Lan wirkt genauso verwirrt wie ich über die Heftigkeit unserer Reaktion aufeinander, er fasst sich an den Mund und streicht mit den Fingern geistesabwesend darüber.

»Kannst du das nicht abstellen?«

»Nicht bei dir.« Allmählich komme ich runter von dem Rausch und kann wieder tief durchatmen. »Es ist die Leidenschaft, die den Energiefluss anregt.«

Lan reibt sich den Nacken. »Wir sollten in mein Zimmer, bevor wir Ely aufwecken«, schlägt er vor.

Seine Mitbewohnerin habe ich fast vergessen. »Wie geht es ihr?«, hake ich mit gedämpfter Stimme nach, als er mich in einen angrenzenden Raum führt.

»Es geht so. Sie hat Prellungen davongetragen und steht hauptsächlich noch unter Schock.«

»Ist sie auch Teil von euch?«

»Ja.«

»So wie Grant«, rate ich.

Lan zögert, bleibt in der Mitte des Raumes stehen und dreht sich zu mir herum. Unsicherheit steht ihm ins Gesicht geschrieben. »Du warst es nicht, oder?«, fragt er leise.

Ich weiß sofort, dass er von Grants Tod spricht. Langsam schüttele ich den Kopf, erwähne aber nicht, wer es stattdessen getan hat. Lan wirkt erleichtert über diese Aussage, er nickt und schenkt mir dann ein wackeliges Lächeln. »Also, das ist mein Zimmer.«

Bisher habe ich seine Wohnung, geschweige denn die Einrichtung, nicht genauer betrachtet. Dafür tue ich es jetzt.

Nach seinem Atelier sollte mich nichts mehr schockieren, aber ich bin doch wieder überrascht, wie viel Platz und teure Möbel er hat. Das ist nicht gebraucht und zusammengewürfelt wie bei mir, sondern sieht eher wie das Innere eines Luxusheftes aus. Mein zerkratzter Kleiderschrank und das Bettgestell aus Metall können da nicht im Geringsten mithalten.

»Verdient man als Pfarrer wirklich so gut?«, frage ich ironisch, bis mir etwas anderes in den Sinn kommt. »Warte mal, darf man als Pfarrer überhaupt Kinder kriegen? Was ist mit dem Zölibat?«

»Er ist nicht mein richtiger Vater«, verrät Landon mir. »Er hat mich großgezogen, nachdem meine Eltern gestorben sind.«

Obwohl er es mir nicht angeboten hat, trete ich auf sein Bett zu und mache es mir gemütlich, steife die Schuhe ab und rutsche bis an die Wand. »Legst du dich zu mir?«

Mir entgeht nicht, wie Lan zögert und zu etwas auf seinem Schreibtisch schielt, bevor er sich einen Ruck gibt und zu mir klettert. Ich will den Arm ausbreiten und ihn zu mir ziehen, lasse es aber bleiben. Es verursacht schon ein Kribbeln, als seine Schulter meine berührt.

»Geht es dir gut?«, fragt Lan leise.

Wir sehen uns nicht an, ich lasse den Blick durch sein Zimmer schweifen. »Ja.« *Jetzt wieder.*

»Du sahst vorhin so blass und fertig aus.«

»Es gab einen ... Zwischenfall. Nicht der Rede wert.«

Lan lässt den Kopf auf meine Schulter sinken, seine Haare kitzeln meinen Hals. »Wie bist du so geworden?«, will er wissen. »Wer hat dich dazu gemacht?«

Fest presse ich die Lippen zusammen. »Wenn man stirbt, steht man im Normalfall nicht vor der Wahl. Dein Körper verendet und deine Seele landet in der Hölle.«

»Oder im Himmel«, hält Landon dagegen.

Vielleicht. Ich weiß nicht, was normalerweise passiert, nur das, was Lucifer mir offenbart hat: eine trostlose Ewigkeit in der Hölle. Es sei denn, man zählt zu den wenigen Glücklichen, die von ihm auserwählt werden.

»Der Teufel hat mir ein Angebot unterbreitet. Ich könnte zurück in mein altes Leben, nicht als Mensch, doch ähnlich genug, um es als zweite Chance anzusehen. Das hat nur seinen Preis.«

Lan hebt den Kopf und mustert mich von der Seite, ich spüre es, starre aber weiterhin auf meine Hände.

»Wie hoch war der Preis?«, hakt er nach.

»Hoch.« *Viel zu hoch.*

»Aber du hast das Angebot angenommen.« Seine Worte sind bedächtig, als habe er Angst, etwas Falsches zu sagen. »Deswegen bist du hier.«

»Ich habe den Preis bezahlt und wurde zu einem Dämon. Einem Incubus, der Menschen verführt und in Sünden treibt. Das ist doch, was ihr in der Dämonenjägerschule lernt, nicht wahr?«

Lan schüttelt den Kopf. »So eine Schule gibt es nicht.«

»Aber du bist einer von ihnen, oder?«, bohre ich weiter. »Grant und Ely und der Rest von euch haben es sich zur Aufgabe gemacht, uns aufzuspüren, anzulocken und zu töten, nicht wahr?«

»Nein.« Sein erneutes Kopfschütteln ist jetzt energischer. »Ich wollte dich nie verletzen, Emilio.«

Ich weiß nicht, ob ich ihm glauben kann oder sollte, aber gleichzeitig schaffe ich es auch nicht, aufzustehen und zu verschwinden. Vorsichtig strecke ich die Hand aus und lasse die Finger über seinen Unterarm gleiten, woraufhin er eine Gänsehaut bekommt. Genugtuung macht sich in mir breit. Seine Reaktionen auf meine Bemühungen beflügeln mich fast genauso sehr wie die Tatsache, dass er immer noch hier ist. *So nah.*

»War es denn geplant, mich zu verführen und in dein Bett zu lassen?«, hake ich nach.

»Definitiv nicht.« Lans Stimme klingt ganz heiser. Er räuspert sich und streckt den Rücken durch. Einen Moment glaube ich, dass er der Klügere sein wird und mich rausschmeißt, aber er wendet sich mir nur zu. Mein Griff verfestigt sich,

ich ziehe ihn zu mir und Lans Lippen streifen meinen Hals. Auffordernd, neckend.

Heute Abend treffen wir beide wohl keine guten Entscheidungen mehr.

KAPITEL 15

KILIAN

Ich habe vor, etwas Dummes zu tun, das mich höchstwahrscheinlich in Gefahr bringt. Und wie schon in meiner Jugend hat mein Vater ein besonderes Gespür dafür.

»Junge, bitte sag mir, dass du in Sicherheit bist«, dringt seine vom Rauchen raue Stimme durch den Hörer.

»Hmh«, mache ich abwesend und starre in den Abgrund. Frischer Wind weht durch mein Haar, irgendwo flattert ein Vogel mit den Flügeln, der Straßenlärm ist hier oben nur noch gedämpft zu hören. Es hat etwas Beruhigendes. Die Gewissheit, dass es jeden Moment vorbei sein könnte. Das erinnert mich an damals. Damals, als ich tatsächlich von dieser Höhe in den Tod gefallen bin. Es war befreiend, wenn auch nur für kurze Dauer. »Du rufst zu einer unpassenden Zeit an, Dad.«

»Wann tue ich das mal nicht?«, schnaubt er. »Hör zu, die ganze Belegschaft sucht gerade nach dem Mörder dieses Jungen.«

»Ich habe …«

»Sag es nicht«, unterbricht er mich schwerfällig. »Ich will keine Lüge hören und noch weniger ein Geständnis. Du weißt, dass mein moralischer Kodex mich ansonsten zum Handeln zwingen würde.«

Klar. Ich lasse ihm die Illusion, die er als FBI-Director zwangsläufig haben muss. Er ist dem Land verpflichtet, nicht seiner Familie. *Theoretisch.*

»Darfst du mir etwas über laufende Ermittlungen verraten?«, frage ich schnippisch.

Er seufzt schwer. »Sei kein Klugscheißer, Kilian«, wirft er mir vor. »Ich will, dass du vorsichtig bist und auf dich aufpasst, haben wir uns verstanden?«

Ich positioniere meinen Stand neu und wäre fast auf dem Vorsprung ausgerutscht. Huh, das war knapp. Mir wird ein bisschen schwindelig. »Klar, mache ich immer«, versichere ich ihm. »Bis bald, Dad.«

»Warte mal. Wir haben lange nicht mehr gesprochen, ich mache mir Sorgen. Was ist los bei dir? Wir wohnen im selben Haus und laufen uns kaum über den Weg.« Ja, weil ich in letzter Zeit nur nach Hause kehre, um mich umzuziehen oder die Nacht dort zu verbringen, und mein Vater hauptsächlich in Büro hängt. Ich bin seiner Putzkraft in den vergangenen Wochen öfter begegnet als ihm.

»Es ist alles gut. Ich habe eben ein eigenes Leben«, wiegele ich ab.

»Komm am Mittwoch zum Essen«, schlägt er vor, bevor ich auflegen kann. »Und bring meinen Schwiegersohn mit.«

Ein bitteres Gefühl mischt sich in meinen Magen und ich wage ein paar kleine Schritte nach links. Was macht es jetzt schon, wenn ich tatsächlich falle? Nur noch ein bisschen mehr Schmerz.

»Das wird nicht passieren.«

»Du hast ihn doch nicht umgebracht, oder?«, fragt Dad ernsthaft besorgt.

Nein, aber ich bringe mich gleich um, wenn ich weiterhin so unkonzentriert bin. Mit der freien Hand klammere ich mich hilfesuchend an der rauen Hauswand fest und atme flach.

»Du wolltest keine Geständnisse hören, oder?«

»Ich liebe dich, Kian«, verabschiedet er sich von mir. »Bis Mittwoch.«

Er legt auf, ohne meine Antwort abzuwarten. Mit zitternden Fingern schiebe ich das Handy zurück in die Hosentasche und atme tief durch. Okay, ich muss mich beeilen, bevor irgendjemandem der Idiot auffällt, der im 48. Stock eines Hotels auf den Fensterbrettern herumspaziert.

Mit klopfenden Herzen watschele ich weiter, zähle die Fenster, bis ich an meinem Ziel ankomme. Vorsichtig gehe ich in die Hocke und ramme den Ellenbogen gegen das Glas. Nichts passiert, sodass ich mehr dämonische Kraft in meinen Venen kochen lasse und es erneut versuche.

Es kracht und zersplittert in tausend Teile, ich gleite geschmeidig ins Zimmer und ignoriere die Glassplitter, die sich in meinen Handballen bohren. Das Blut versiegt schnell.

Mein Sichtfeld klärt sich allmählich, ich blinzele das Rot weg und sehe mich genauer um. Im Zimmer herrscht reinstes Chaos, die Laken sind zerwühlt, Essenreste liegen auf einem Servierwagen des Zimmerservice. Ich trete näher und fasse an die Teekanne. Sie ist lauwarm. Clover kann noch nicht lange weg sein.

Ein klickendes Geräusch ertönt, das mir verrät, dass soeben jemand von außen die Zimmerkarte gegen den Scanner hält und sich Zutritt verschafft. Jeder meiner Muskeln spannt sich an, ich greife aus Reflex nach dem Steakmesser vom Serviertisch und mache mich bereit für einen Angriff. Das ist weniger auffällig als mein Dolch.

In den verstreichenden fünf Sekunden schießen mir tausend mögliche Szenarien durch den Kopf, aber schlussendlich bin ich doch überrascht, Damien zu sehen.

»Was tust du hier?«, frage ich kühl und werfe das Messer zurück zum anderen Besteck. Gegen ihn werde ich es vermutlich nicht brauchen.

»Dasselbe wie du, schätze ich«, erwidert er und schließt leise die Tür hinter sich. »Nur laufe ich nicht wie ein Verrückter an der Außenwand entlang, sondern besteche die Putzcrew, um mir den Universalschlüssel zu holen.«

Das wäre auch eine Möglichkeit gewesen, aber allein der Gedanke daran, mich mit Menschen auseinandersetzen zu müssen, hat mich angestrengt. »Das hast du gesehen?«

»Hast du eine Ahnung, wie gefährlich das war? Manche Verletzungen kann selbst dämonisches Blut nicht mehr heilen, Kian.«

Sein Tonfall kotzt mich an, aber ich lasse es mir nicht anmerken, setze stattdessen ein falsches Lächeln auf und erwidere: »Ach, ich habe es schon einmal überlebt.«

»Das hast du nicht«, erinnert Damien mich schnaubend, wendet sich ab und läuft zum Schreibtisch.

»Was tust du? Das ist meine Mission.«

»Dann mach du doch, was du willst. Ich jedenfalls suche nach Anhaltspunkten dafür, wo Clover sich gerade aufhält«, informiert er mich und beginnt, die Unterlagen zu durchwühlen.

Sofort setze ich mich in Bewegung und tue dasselbe wie er. Ich schubse ihn zur Seite und überfliege den Inhalt der Hotelmappe. Damien war offenbar schneller als ich, denn er macht auf dem Absatz kehrt und ist im nächsten Moment schon wieder verschwunden. Zwei Sekunden später registriere auch ich, dass Clover sich für eine Massage eingetragen hat. Heute Abend. Er ist unten bei den Wellnessbehandlungen.

Fluchend nehme ich die Beine in die Hand und folge Damien. Die Aufzugtüren schließen sich gerade hinter ihm. Ich entscheide mich für die Treppe, was sich als schlechte Idee herausstellt. Ja, ich bin fit und ein verdammter Dämon, aber 48 Stockwerke sind eine Menge. Und dann bin ich auch noch langsamer da als Damien.

Ich sehe dabei zu, wie er im Wellnessbereich verschwindet, und unterdrücke ein Fluchen. Doch er knallt mir die Tür nicht vor der Nase zu, wie ich es gerne bei ihm getan hätte.

»Wir haben beide dasselbe Ziel«, sagt er, als ich mich misstrauisch nähere. »Benehmen wir uns nicht wie Kinder.«

Er hat Recht, aber irgendwie ist es besser, mit ihm zu streiten, statt gar nicht mit ihm zu reden.

»Wenn du meinst.«

Sein Blick schweift über mein Gesicht, als ich an ihm vorbeilaufe. Ich ignoriere das und konzentriere mich auf meine Sinne. Clover ist nicht schwer auszumachen, sein intensiver, beinahe metallischer Geruch hängt vor Raum vier.

Ich fackele nicht lange, ziehe die Tür auf und schlüpfe hinein. Rauchige Dunkelheit umhüllt mich, rotes Licht flackert an den Wänden, es riecht angenehm nach Lavendel und Rosen. Clover liegt mit dem Gesicht auf einer Massageliege, nur ein Handtuch bedeckt den unteren Teil seines Körpers. Schwarze, heiße Steine ruhen auf seinem Rücken.

Lautlos bewege ich mich durch den Raum auf ihn zu, ziehe meinen Dolch heraus und drücke ihm die Klinge gegen den Nacken, bevor er eine Chance hat zu realisieren, wer das ist.

»Ich will dich nicht umbringen, aber ich hätte große Lust, dich für eine Zeit bewegungsunfähig zu machen«, sage ich laut.

Clovers Muskeln spannen sich an, er stößt ein Knurren aus und stemmt die Hände flach gegen die Liege.

»Kilian«, zischt er. Zumindest ist er klug genug, sich nicht weiter zu bewegen. »Großartig. Was für eine Freude, deine Stimme zu hören.«

»Danke, nett von dir«, erwidere ich ebenso spottend. »Ich werde nie verstehen, warum man sich freiwillig heiße Steine auf den Körper legt und dafür noch bezahlt.«

»Es ist entspannend, okay? Was zur Hölle willst du von mir?!«

Damien huscht, lautlos wie eine Katze, auf die gegenüberliegende Seite der Liege. »Gideon hat uns einen Besuch abgestattet«, verrät er.

»Herrlich, du bist ebenfalls da«, meint Clover trocken. »Natürlich gibt es euch nur im Doppelpack. Wie auch sonst.«

»Halt die Klappe, bevor mir die Hand ausrutscht«, brumme ich. Damien wirft mir einen warnenden Blick zu.

»Wir wollen nur wissen, was bei euch im Rudel los ist«, sagt er beschwichtigend.

»Bekommt ihr gar nichts mit? Es gibt kein Rudel mehr. Es sind nur noch Gid und ich übrig.«

Diese Information überrascht mich so sehr, dass ich den Fehler mache, den Griff zu lockern und den Dolch weniger fest gegen seine Haut zu drücken. Clover nutzt diesen Moment sofort aus, richtet sich blitzschnell auf und entwaffnet mich wie einen verdammten Anfänger.

Ich halte den Atem an, in Erwartung, gleich meinen eigenen Dolch in der Kehle zu spüren, aber so weit kommt es nicht. Damien reagiert eher als ich, greift von hinten nach Clovers Schulter und schleudert ihn quer durch den Raum gegen die nächste Wand. Ölflaschen und Kerzen fliegen aus dem Regal und tauchen alles in Feuer und Rosenwasser. Der Rauchmelder geht an und aktiviert die

Sprinkleranlage, die uns in Sekundenschnelle durchnässt.

»Fass ihn nicht an«, befiehlt Damien kühl. Fuck, törnt mich sein Beschützerinstinkt an. Ich balle die Hände zu Fäusten und dränge das Gefühl mühsam zurück.

»Immer noch besessen voneinander?«, fragt Clover spöttisch. »Süß.«

»Was ist mit Jenny und Fleur passiert?«, will Damien im Gegenzug wissen.

»Tot. Genauso wie TJ und Dennis und die zwei neuen. Wie gesagt, nur Gideon und ich sind übrig. Wir sind kein Rudel mehr. Das ist Geschichte.«

Vom Flur her höre ich hektische Schritte, die sich diesem Behandlungszimmer schnell nähern. Das Feuer, das an Clovers Haut leckt wie ein Liebhaber, ist trotz der Sprinkleranlage noch nicht unter Kontrolle. Er beachtet es gar nicht.

»Wir müssen hier weg«, knurre ich und mache einen Schritt rückwärts.

Damien und ich tauschen einen Blick, er nickt mir zu und ich positioniere mich hinter der Tür, während er die Leute direkt begrüßt.

»Hey«, sagt er mit seinem charmantesten Lächeln. Der Typ ist davon so verdattert, dass er einen Schritt zurücktaumelt. Damien drängt ihn weiter zurück und ich schließe mich ihm an, weiche dem Hieb eines Sicherheitsbeamten aus und greife die Waffe aus seinem Holster. Die kann man immer mal gebrauchen und sie macht sich bestimmt gut in meiner Sammlung.

»Sollen wir Clover wirklich mit dem Chaos allein lassen?«, fragt Damien mit einem zweifelnden Blick zurück, als wir schon den Flur halb passiert haben.

»Wir können den Jägern auch zuvorkommen und ihn gleich umbringen«, schlage ich sehr hilfreich vor.

»Vielleicht sollten wir zusammenarbeiten, jetzt, wo er kein Rudel mehr hat.«

»Sicher nicht«, schnaube ich.

Wir teilen uns auf, er wagt den Weg direkt durch die Menge und Sicherheitsbeamte, während ich die Treppe in den zweiten Stock nehme und von dort aus dem Fenster hüpfe. Es fühlt sich kurz an wie fliegen, aber der harte Aufprall auf dem Asphalt ist fast noch besser. Ich rolle mich über die Schulter ab und sprinte weiter.

Damien wird sicher allein klarkommen. Ich kümmere mich erstmal darum, zu verschwinden, bevor ich meinen Dad erneut anrufen muss, damit er mich aus der Zelle eines Nobelhotels befreit.

KAPITEL 16

LANDON

Ich weiß nicht, was ich mir dabei gedacht habe, einen Dämon in mein Bett zu lassen und dann seelenruhig neben ihm einzuschlafen. Es war sogar die erholsamste Nacht seit langem. Keine Alpträume, in denen ich an meinem eigenen Blut ersticke, nur Ruhe und Erholung.

Als ich blinzelnd wach werde, kommen Reue und Scham dafür umso schneller. Gestern Abend hat es mir besser gefallen, als meine Gefühle wie betäubt waren und alles sich angefühlt hat wie in einem Traum. Aber jetzt bin ich hellwach.

Emilio schläft noch, zumindest sind seine Lider geschlossen und seine Züge wirken entspannt. Durch die halboffenen Vorhänge scheint Sonnenlicht auf mein Bett, es verliert sich in seinem schwarzen Haar.

Vorsichtig schlüpfe ich unter der Decke hervor, klettere über ihn und will aus dem Bett steigen, doch er ist schneller, umfasst ruckartig meine Hüften und drückt mich an sich. Ich keuche leise, als ich gegen seine Brust krache.

Zu einem anderen Zeitpunkt hätte es neckisch und spielerisch gewirkt, aber nicht jetzt. Als Mio die Augen aufschlägt und mich ansieht, sehe ich denselben ernsthaften Ausdruck, den auch ich spüre.

»Was hast du vor?«, fragt er mich mit rauer Stimme.

»Du solltest verschwinden«, weiche ich aus und versuche, mich aus seiner Umklammerung zu winden. Er lockert seinen Griff etwas, aber noch lässt er mich nicht gehen.

»Ja, stimmt.«

»Lass mich los, Emilio«, bitte ich.

Kurz zögert er, schwingt sich dann über mich und steht selbst auf. Ich richte mich wieder auf und beobachte, wie er zu meinem Schreibtisch läuft. Meine Alarmglocken schrillen zu spät auf.

»Fass meine Sachen nicht an!«, verlange ich und springe auf, als er schon nach dem Muschelkästchen greift. Ich habe es aus unserem letzten Familienurlaub in Spanien mitgebracht, als ich fünf war. Das Einzige, das ich aus meinem alten Leben mitgenommen habe.

Mio klappt den Deckel auf und sieht auf das Armband aus schwarzem Obsidian. Er zieht es ungeniert heraus und betrachtet es von allen Seiten.

»Was soll das sein?«, will er mit ruhiger Stimme wissen.

»Das gehört mir«, weiche ich aus. »Gib das her.«

»Nein.« Er zieht den Arm zurück und hält es so hoch, dass ich nicht rankomme, als ich danach greifen will. Frustration wallt in mir auf. So sehr, dass ich hart gegen seine Brust schlage, doch er beachtet das nicht einmal. Alles in ihm wirkt nach wie vor so verdammt ruhig.

»Emilio, ich meine es ernst.«

»Ich behalte es. Macht sich sicher gut in unserer Sammlung mit Grants Dolch und dem Holzpflock deines Vaters«, sagt er und weicht vor mir zurück.

Mein Herz schlägt schmerzhaft laut in meinem Brustkorb. »Wie kommst du an Grants Messer?«, frage ich tonlos. »Du hast gesagt, du hast ihn nicht getötet.«

Gott, ich bin so furchtbar dämlich, weil ich ihm gestern geglaubt habe. Noch mehr, weil ich ernsthaft schockiert darüber bin.

Emilio antwortet darauf nicht, steckt sich das Armband in die Hosentasche und macht auf dem Absatz kehrt. Einen Moment bleibe ich wie angewurzelt stehen, dann gebe ich mir einen Ruck und hechte ihm hinterher in den Flur.

Kurz bevor er die Tür erreicht, hält er inne und hebt den Kopf. Ich folge seinem Blick zu dem Kreuz, das auch innen unmittelbar über unserer Schwelle hängt. Mio sieht über die Schulter zu mir.

»Bis zum nächsten Mal, Pfarrerssohn«, meint er, macht einen Hechtsprung und schlägt mit der Faust gegen das Kreuz. Ich zucke zusammen, als es krachend zu Boden fällt und Emilio die Tür hinter sich zuschlägt.

»Du hast ihn echt bei dir im Bett schlafen lassen?«

Ich brauche einen Moment, bevor ich mich zu Ely umdrehe, die mit verschränkten Armen im Türrahmen steht. Sie ist immer noch blass und der Bluterguss auf ihrer Wange sieht schlimmer aus als gestern, aber zumindest wirkt sie nicht mehr ganz so verschreckt und ängstlich.

»Hast du eine Ahnung, wie gefährlich er ist?«

»Das war es nicht«, wiegele ich ab, dabei habe ich mehr als einmal gemerkt, wie leichtfertig Emilio meine Lebensenergie stiehlt und ich nichts dagegen tun kann. Nichts tun *will*, weil es sich so verboten gut anfühlt, von ihm berührt zu werden. »Mio ist nicht wie die anderen. Er ist …« *Sanft*, will ich sagen, schiele aber wieder zu dem Kreuz auf dem Boden, das mich verhöhnt.

Zumindest ist er ein Dieb, jedoch sicher kein Mörder, oder? Ich kann mir nicht vorstellen, dass er Grant wirklich umgebracht hat.

»Das kannst du dir gerne einreden, Lan«, sagt Ely bedächtig und stößt sich vom Türrahmen ab. »Aber er hat ein Opfer gebracht, wie alle anderen Dämonen auch. Wie dein Vater damals.«

Ihre Worte fühlen sich an wie ein heftiger Schlag in den Magen. Trocken schlucke ich. »Sprich nicht über meine Familie«, sage ich heiser und balle die Fäuste, um die unkontrollierte Wut irgendwie zu bändigen, die mich plötzlich überkommt.

Ely merkt selbst, dass sie eine Grenze überschritten hat. Sie senkt den Kopf und reibt sich den Nacken. »Ich mache mir Sorgen, das ist alles.«

»Ich passe auf.«

»Wirst du es Tim sagen?«

»Natürlich.« Ich zögere und presse die Lippen zusammen. »Den Großteil zumindest.«

»Ich werde dich nicht verpetzen«, verspricht Ely. Meine Schultern sacken ein wenig nach unten.

»Danke.«

Sie will sich abwenden, zögert und tritt doch näher. »Bringen wir das Kreuz lieber wieder an«, schlägt sie vor.

Definitiv ein guter Vorschlag.

Ich weiß, dass ich mit dem Pater reden muss, aber ich bringe es nicht über mich. Nicht am heutigen Tag. Ely ist immer noch nicht auf der Höhe und ich besorge ihr Schmerzmittel und Wundsalbe aus der Apotheke, bevor ich ins Atelier fahre.

Mios Warnung gestern Abend hat mich nicht beeindruckt, aber jetzt, wo allmählich die Dämmerung einbricht und ich mich nicht in meinen schützenden vier Wänden befinde, kommen sie mir wieder in den Sinn.

Mir war vorher nie wirklich bewusst, in welche Gefahr wir uns begeben. Ich habe mich immer so überlegen gefühlt, bis Grant kaltblütig ermordet wurde. Bis Mio blass und ausgehungert vor meiner Tür stand, um mich zu warnen.

Ich starre, den Pinsel noch in der Hand, auf die Leinwand, die Mio für mich beendet hat. Irgendetwas fehlt, um das Werk abzurunden, aber ich betrachte es schon eine Stunde lang und kann nicht herausfinden, was es ist. Das macht mich noch wahnsinnig.

Seufzend lege ich den Pinsel zurück und knete meine Hände. Wie automatisch neige ich den Kopf und sehe durch die großen Schaufenster nach draußen. Es ist inzwischen richtig düster, die Straßenlaterne in der Nähe ist ausgefallen, sodass sich in der Dunkelheit vor allem meine eigene Reflexion spiegelt.

Langsam ziehe ich meine AirPods aus den Ohren, lege sie zu dem Pinsel und wende mich dem Fenster vollends zu. Ich sehe nicht aus wie ich selbst. In letzter Zeit erkenne ich mich immer weniger.

Ein lautes Krachen gegen die Scheibe lässt mich zurückzucken. Mein eigenes Spiegelbild wird verdrängt, als ich in ein vertrautes Gesicht blicke. Emilio steht unmittelbar vor meinem Atelier, er presst eine Handfläche gegen das Fenster und hinterlässt blutige Schlieren.

»Scheiße«, entfährt es mir, ich fahre herum und hole mein Messer aus der Tasche, bevor ich zur Tür sprinte und sie aufreiße. Gerade noch so kann ich mich davon abhalten, nach draußen zu stürmen. Kurz vor der Türschwelle halte ich abrupt inne. »Was ist passiert?«

Mio dreht sich in meine Richtung und neigt leicht den Kopf. Er hebt die blutverschmierte Hand, die er eben noch auf meine Scheibe gedrückt hat. Mein Herz macht einen Hüpfer, als ich mein Armband darin erkenne. Kleine Perlen aus schwarzem Obsidian.

»Das gehört dir«, sagt er mit rauer Stimme. »Ich bringe es zurück.«

»Bist du verletzt?«, hake ich skeptisch nach. Er ist voller Blut, was aber nicht bedeuten muss, dass es sein Eigenes ist. Gott, ich hoffe, es ist *nicht* sein Eigenes, denn es ist eine Menge. Wenn er wirklich ...

»Sag mir, warum du es unbedingt wiederhaben willst«, verlangt Mio und stolpert einen Schritt in meine Richtung. Er hält sich den Bauch, zwischen seinen Fingern quillt Blut hervor. Mein Herz krampft sich bei dem Anblick zusammen.

»Was ist passiert?«, frage ich erneut heiser. Waren wir das? Es war nicht besprochen, dass wir Emilios Rudel angreifen, verdammt! Es ist jedoch möglich, dass es Einzelgänger wie Grant gibt, die es trotzdem versuchen. Er muss mit einem unserer Messer getroffen worden sein, wenn er nicht heilt.

»Beantworte meine Frage«, verlangt Mio. Er hat dieselbe unerträgliche Ruhe in der Stimme wie vorhin in meiner Wohnung, als ich ihn am liebsten geschlagen hätte.

»Es war ein Geschenk meines Vaters«, gestehe ich.

»Des Pastors?«

»Meines richtigen Vaters.«

Mio neigt den Kopf und runzelt die Stirn. Er wirkt ernsthaft interessiert an meiner Lebensgeschichte, wo er doch gerade dabei ist, auf offener Straße zu verbluten.

»Emilio, du bist verletzt«, spreche ich das Offensichtliche aus und schlucke angestrengt. »Du musst dir Hilfe suchen. Geh und finde dein Rudel.«

»Zu spät.« Ein Schatten taucht hinter ihm auf, schwarzer Rauch wirbelt auf und im nächsten Moment kann ich die Umrisse eines Mannes ausmachen. Wie Samstagnacht in dieser Gasse. Unwillkürlich mache ich einen Schritt zurück und fasse mein Messer fester.

Der Fremde ist verdammt attraktiv, ihn umgibt ein gefährlicher, einnehmender Charme, der ihn sofort als Dämon identifiziert. Das ist der Typ, der Ely angegriffen hat. *Gideon Riot.*

Ich habe ihn noch nie live gesehen, kenne nur Bilder und Erzählungen, aber, heilige Scheiße, sie werden ihm nicht im Geringsten gerecht. Er ist eine ... *Erscheinung.* Unmöglich, den Blick von ihm abzuwenden.

»Was willst du von ihm?«, frage ich gepresst.

»Von diesem kleinen Babydämon?« Gideon schielt kurz nach unten auf Mios Schopf und lacht vergnügt auf. »Rein gar nichts. Aber wenn du ihn lebend wiederhaben willst, solltest du in den nächsten zehn Sekunden besser aus deinem Versteck kommen.«

Mein Blick schellt in Mios blasses Gesicht. Ist das eine Falle? Ist er überhaupt wirklich verletzt?

»Nein.« Ich mache noch einen Schritt zurück.

Gideon packt grob Mios Schulter und drängt ihn vor, so weit, dass er jetzt unmittelbar vor dem Eingang steht. Schockiert sehe ich hinab zu Emilios Bauch, aus dem die Spitze eines Dolches hervorragt. Gottverdammt. Eine kalte Gänsehaut kriecht meinen Nacken entlang.

In dem harschen Licht meines Ateliers sieht er noch blasser aus. Seine Augen sind leer, als würde er jeden Moment das Bewusstsein verlieren.

»Weißt du«, sagt Gideon im Plauderton. »Der Teufel holt einen nur ein einziges Mal von den Toten zurück. Wenn ich das Messer in sein Herz ramme ...«

»Wird er sterben«, vollende ich seinen Satz, bemüht um einen unbeeindruckten Tonfall. »Ja, danke, mir ist bekannt, wie man einen Dämon tötet.«

Über Mios schwarzen Schopf hinweg grinst Gideon mich böse an. »Hab ich gehört, Landon Grayson. Ich frage mich nur, warum du es nicht bei deinem Liebhaber getan hast. Bist du etwa *verliebt*?«

In meinem Kopf rattern verschiedene Szenarien durch. Ich könnte Mio packen und ihn ins Innere ziehen oder wagen, das Messer nach Gideon zu werfen, aber beides könnte mir zum Verhängnis werden. Das ist ein Jahrhunderte alter Dämon. Er ist nicht so leicht auszutricksen und rechnet vermutlich mit allem, was ich tun könnte.

Aber ich muss *etwas* tun, oder? Ich kann Emilio nicht einfach seinem Schicksal überlassen und dabei zusehen, wie er ausblutet.

»Man verliebt sich nicht in einen Dämon«, erkläre ich und mache noch einen winzigen Schritt zurück. »Man verfällt ihm.«

Gideons Grinsen verschwindet und der kalte Ausdruck auf seinem Gesicht verhärtet sich.

Er zieht das Messer mit einem Ruck aus Mio heraus, der daraufhin schmerzerfüllt aufstöhnt und die Finger erneut gegen die blutende Wunde drückt.

Ich sehe es nicht, aber ich weiß, dass Gideon die Klinge jetzt an Mios Rücken positioniert. Auf Höhe seines Herzens.

»Wie sehr bist du verfallen, Landon?«, fragt er leise.

Zumindest so sehr, dass ich etwas Dummes tue. Ich mache noch einen Schritt rückwärts, atme tief durch und sage: »Kommt herein.«

Gideon zögert keine Sekunde, er lässt Emilio los, schiebt ihn achtlos zur Seite und stürmt in mein Atelier. Darauf bin ich vorbereitet, ich weiche zurück und fege die Malbecher mit einer Handbewegung von dem hohen Tisch links von mir. Sie fliegen in Gideons Richtung, das Wasser spritzt geradewegs in sein Gesicht. Weihwasser, das angesichts seines lauten Fluchens und Zischens höllisch brennen muss.

Er krümmt sich, versucht, es mit dem Ärmel seiner Jacke wegzuwischen und ist zumindest einen kurzen Moment aus dem Konzept gebracht. Mit klopfendem Herzen fahre ich herum und stürme in Richtung meiner Tasche. Wenn ich nur an mein Handy komme und Hilfe holen kann ...

Eine Hand packt grob meine Schulter und zerrt mich zurück, gerade als ich mich nach dem Rucksack beuge. Ich greife nach der erstbesten Leinwand, fahre herum und zertrümmere sie an

Gideons Kopf, aber er wehrt das nur lässig ab und umfasst mein Handgelenk, mit dem ich meine Waffe umklammere.

»Lass das Messer fallen, Kleiner«, säuselt er mir zu. »Diesen Kampf kannst du nicht gewinnen.«

Ich beiße die Zähne zusammen, um ein schmerzerfülltes Wimmern zu unterdrücken, trete nach ihm, schlage ihm mit der freien Hand ins Gesicht. Er zuckt nicht einmal mit der Wimper.

»Ich kann dir wehtun«, meint er leichthin, als würde er das nicht längst tun. Fuck, er bricht mir gleich die verdammte Hand. »Aber dann würde ich deine kostbare Lebensenergie nicht mehr genießen können.«

Blinzelnd sehe ich in sein Gesicht, scanne die kleinen Narben und Tattoos und lande schließlich bei seinen kristallklaren Augen. Die Ränder seiner Pupille schimmern rot. Kaum merkbar, aber doch da.

»Versuchst du gerade, mit mir zu flirten?«, fragt Gideon amüsiert, als der Blickkontakt noch intensiver wird.

»Im Namen des Vaters, des Sohns und des Heiligen Geistes …«, setze ich an.

»Nein!«, unterbricht er mich knurrend, lässt mich ruckartig los und windet sich vor Schmerzen. Dampf steigt von seiner Haut auf, als würde er innerlich verglühen.

Ein erleichtertes Keuchen entfährt mir, ich mache einen Satz vor, das Messer erhoben. Gideon erholt sich zu schnell, er fängt meinen Hieb ab und zieht mich näher zu sich. Ich krache mit voller Körperlänge gegen ihn. Er senkt den Kopf und ich spüre schon seinen Atem auf meinen Lippen.

Bevor er mich tatsächlich küssen kann, wird er von mir weggezogen, fliegt einmal quer durch das Atelier und landet krachend gegen die hintere Wand.

Emilio steht vor mir, schwer atmend und immer noch blutend, aber der Blick nicht mehr leer, sondern voller mörderischer Entschlossenheit.

»Mio ...«, murmele ich. Das Messer rutscht mir aus den Fingern, als er mich zu sich zieht, eine Hand in meinem Nacken vergräbt und mich küsst. Leidenschaftlich und verzweifelt. Meine Energie fließt auf ihn über, ohne, dass ich es verhindern kann. Ich will es nicht mal. Ich will, dass er sich alles nimmt.

Abrupt beendet er den Kuss und zieht mich gerade rechtzeitig zurück, um nicht von einem Stuhl getroffen zu werden. Gideon stößt einen frustrierten, wütenden Schrei aus, bevor er auf uns zustürmt. Ich ducke mich unter einem Hieb, angele schnell mein Messer vom Boden und tänzele um ihn herum, während Mio ihn mit der Schulter rammt und von mir wegschiebt.

Vom nächsten Maltisch ziehe ich mir einen Becher mit Wasser, in dem noch einige Pinsel schwimmen, und kippe ihn in Gideons Richtung. Das Weihwasser lässt ihn schmerzerfüllt aufstöhnen.

Wir können das nicht ewig durchziehen, dieser Dämon wird früher oder später die Oberhand gewinnen und uns beide töten. Uns bleibt nur übrig, ihn mit einem Überraschungsangriff Schachmatt zu setzen.

Mio ringt immer noch mit ihm, seine Füße rutschen auf dem Boden ab und er schlägt verzweifelt um sich. Ich nutze die kurze Pause und schnappe mir meinen Rucksack, durchforste hektisch die Seitentaschen, bis ich das Feuerzeug erwische.

Emilio wird währenddessen zurückgeschleudert, sein Kopf landet hart auf dem Boden. Das tut mir allein beim Zusehen weh.

Schnell, schnell, schnell.

Ich sprinte Richtung Ausgang, klettere auf den nächstgelegenen Tisch und halte die kleine Flamme an den Rauchmelder.

»Komm schon«, murmele ich verzweifelt und blicke hektisch zurück zu Emilio und Gideon. Letzterer richtet sich gerade auf, klopft sich Putz von den Klamotten und kommt mit gebleckten Zähnen auf mich zu.

»Emilio!«, rufe ich hilfesuchend. Das wirkt, er quält sich ein weiteres Mal auf und verpasst Gideon einen Tritt in die Kniekehlen, der diesen zum Stolpern bringt.

Endlich ertönt das erlösende Piepen des Rauchmelders und im nächsten Moment höre ich leises Klicken und Zischen, das verrät, dass die Sprinkleranlage in Betrieb kommt.

»Raus hier, schnell!«, rufe ich Mio zu. Er lässt sofort von Gideon ab und beeilt sich, nach draußen zu gelangen, als das Wasser schon einsetzt.

Gideon folgt ihm, aber bevor er die Tür erreicht, mache ich einen Sprung und bringe ihn mit meinem vollen Körpergewicht zu Fall. Er schreit schmerzerfüllt, als wir beide zu Boden gehen und das geweihte Wasser von den Sprinklern an der Decke unaufhörlich auf uns niedertropft.

Es fühlt sich an wie ein Triumph, als der Dämon kapituliert. Ich blicke noch ein letztes Mal in seine Augen, das Rot in seiner Iris hat sich verstärkt. Er murmelt etwas, das ich nicht verstehe, ehe er sich in schwarzen Rauch auflöst und endgültig verschwindet.

Wir haben es geschafft. Für jetzt zumindest.

Ich rappele mich auf, streiche mir die nassen Haare aus dem Gesicht und sprinte nach draußen zu Emilio, der wie erstarrt dasteht.

»Wir müssen hier weg«, teile ich ihm mit. »Hast du einen Vorschlag, wohin wir ...«

Bevor ich meinen Satz zu Ende bringe, klappt er in sich zusammen.

»Mio!« Ich stürme auf ihn zu, fühle seinen Puls und merke, dass er immer noch blutet. Immer heftiger.

Ich unterdrücke ein Fluchen, atme flach aus und starre hinaus in die sternenlose Nacht. Was in Gottes Namen soll ich jetzt nur tun?

KAPITEL 17

KILIAN

Damien bestellt mich in letzter Zeit ziemlich oft in sein Apartment, für einen Mann, der es hasst, Gesellschaft zu haben. Und auch dieses Mal hat es mit unserem Frischling zu tun. *Welpe* trifft es eher. Beide sind tapsig und niedlich und doch ein wenig dämlich, wie sie sich ständig in Gefahr bringen.

»Was ist es diesmal?«, frage ich genervt, als ich in Damiens Wohnzimmer stolziere. Ich hatte gerade eine wirkliche gute Zeit mit einer Menge Leuten. Es ist so herrlich befreiend, wenn alles in der Masse untergeht. Hände, Lippen, Gefühle.

Abrupt halte ich inne, als mir bewusst wird, dass nicht Emilio, sondern sein kleiner Freund auf dem großen Designersofa sitzt, eine Tasse Tee krampfhaft umklammert.

Landon Grayson. Was für eine Überraschung.

»Beherbergen wir jetzt Dämonenjäger?«, frage ich provokant. Landons Gesicht bleibt ausdruckslos, er sieht mir in die Augen, erwidert aber nichts. Spöttisch hebe ich eine Augenbraue. »Warum bist du hier, Süßer?«

»Ich bin nicht dein Süßer«, schleudert er mir entgegen. »Ich bin wegen Mio gekommen.«

»Streit im Beziehungsparadies?«, hake ich scheinheilig nach. »Passiert, wenn man unterschiedliche Lebensansichten hat, nicht wahr, Pfarrerssohn?«

»Emilio wurde verletzt«, teilt Damien mir mit, bevor ich mir weitere Provokationen ausdenken kann. »Es sieht nicht gut aus. Er ist noch nicht wieder zu Bewusstsein gekommen.«

Mit einem Schlag steht jede Zelle meines Körpers unter Storm, meine Sinne schärfen sich und jetzt rieche ich auch das viele Blut. Mein Blick schnellt zu der dunklen Jacke, die in der Garderobe hängt. Sie muss Landon gehören – und ist getränkt mit Dämonenblut.

»Wo ist er?«, frage ich kalt und mache zwei Schritte auf Landon zu. »Was hast du mit ihm gemacht?!«

»Ich habe ihn nur hergebracht«, erklärt er beschwichtigend. Damien packt mich an der Schulter und drängt mich zurück, als habe er Angst, dass ich den kleinen Jäger auf der Stelle umbringe. Gar nicht mal so abwegig.

»Er sagt, Gideon hat Emilio verletzt und benutzt, um an Landon zu kommen«, bringt Damien mich auf den neusten Stand.

Humorlos lache ich auf. »Was für ein Bullshit. Wenn Gid ihn hätte töten wollen, dann wäre er längst tot.«

»Ich habe bisher ganz gut überlebt, danke«, erwidert Landon bissig. »Es ist mir egal, was ihr denkt. Ich konnte Mio nur nicht blutend und bewusstlos auf der Straße liegen lassen. Deswegen bin ich hier.«

»Dann verpiss dich wieder«, schnaube ich und schüttele verärgert Damiens Arm ab. Ich habe mich im Griff. Ich werde dem Jäger schon nicht die Kehle aufreißen. Emilio wäre mächtig sauer auf mich, wenn er aufwacht und erfährt, dass ich seinen Liebhaber umgelegt habe.

»Ja, würde ich gerne«, gibt Landon in demselben schnippischen Tonfall zurück. »Sag das mal deinem Freund.«

Die Augenbrauen hochgezogen drehe ich mich halb zu Damien. »Du hältst ihn als Geisel«, stelle ich fest.

»Wir brauchen eine Energiequelle für Mio, wenn er wach wird.«

Gar keine schlechte Idee. Nur die falsche Vorgehensweise. »Okay, Schlaumeier, aber man macht seiner Geisel keinen Tee, man fesselt und knebelt sie.«

»Wir müssen ja nicht gleich unsere Manieren vergessen.«

»Gott, du bist so ein Snob. Wie konnte ich dich jemals heiß finden?«

Damien rollt mit den Augen und versetzt mir einen nicht sehr sanften Stoß in die Rippen, bevor er sich wieder Landon zuwendet. »Wann hast du Emilio das letzte Mal gesehen?«

»Bevor er blutend vor meinem Atelier stand?« Der Kleine stellt seine Tasse auf dem Couchtisch ab und knetet sich die Hände. »Heute Morgen.«

»Er hat bei dir übernachtet?«, frage ich amüsiert. Zumindest kann ich mit ziemlicher Sicherheit sagen, dass er gestern Abend direkt zu Landon gefahren ist, ohne meinen Ratschlag zu beherzigen und seine Energien aufzuladen.

»Spielt das denn eine Rolle?«

Nicht wirklich. Ich schlendere an Damien vorbei und fläze mich in den Sessel Landon gegenüber. Mir entgeht nicht, wie er sich anspannt und beginnt, an seinem Armband zu nesteln.

»Hast du schon Dämonen getötet, Süßer?«, frage ich schmeichelnd. »Warst du dabei, als Gideons ganzes Rudel abgeschlachtet wurde? Hat er deswegen so einen Hass auf dich?«

»Ich muss dir gar nichts sagen«, wehrt er ab, lässt mich aber nicht aus den Augen. Ich grinse schief.

»Okay, wir müssen nicht reden.« Locker erhebe ich mich und rutsche stattdessen zu ihm auf die Couch. Landon weicht zurück und hebt die Arme, als wolle er mich auf Abstand halten.

»Fass mich nicht an.«

Ohne auf seinen Protest zu achten, greife ich nach seinem Handgelenk und lege seine Hand in meinen Nacken, neige den Kopf und komme ihm näher, bis meine Lippen seinen Kiefer streifen. Landon erzittert ein wenig unter meiner Berührung, sein Widerstand bröckelt wie Sand zwischen meinen Fingern.

»Du weißt, dass das nicht das erste Mal ist, dass wir uns nah kommen«, flüstere ich ihm sanft zu.

Er schluckt merklich. »Keine Ahnung, wovon du redest.«

»Oh, du weißt es. Leider habe ich keinerlei Erinnerung an diesen Abend. Hilfst du mir auf die Sprünge? Was haben wir noch gleich getan?«

»Lass mich los, Kilian. Ich meine es ernst.«

Vorsichtig schiele ich an ihm vorbei zu Damien, der an Ort und Stelle steht und uns beobachtet. Ich denke, er wird mich gleich aufhalten und mir sagen, dass ich mich benehmen soll, aber ich bin überrascht, was ich in seinem Gesicht lese.

Er will nicht, dass ich aufhöre. Er würde gerne mitmachen.

Ich küsse Landons Kiefer, warte auf den Stoß, der den Energiefluss zum Laufen bringt, wandere mit meinen Lippen tiefer zu seinem Hals. Nichts passiert.

Es liegt definitiv nicht an seinem fehlenden *Enthusiasmus*, da ich die Erregung deutlich an seinem schneller werdenden Atem und seiner erhitzten Haut ausmachen kann. Das muss irgendein dämlicher Jägertrick sein.

Ich lecke mir die Lippen und lasse von ihm ab. So macht es überhaupt keinen Spaß.

»Wie würde dein Vater es finden, wenn er wüsste, dass du freiwillig in die Wohnung eines Dämons gegangen bist, um Mio zu retten?«, frage ich mit kalter Stimme.

Landon schlägt die Lider nieder. »Es ist egal, was er denkt. Ihr müsst nur wissen, dass er mich früher oder später suchen wird – und das würde nicht gut für euch ausgehen.«

Mein Grinsen kehrt zurück. »Kein Problem, dein Daddy ist eingeladen, dazuzustoßen. Mit ihm habe ich vielleicht etwas mehr Spaß als mit dir.«

Landons Kopf schießt wieder hoch und er mustert mich angewidert von der Seite. »Was zum Teufel willst du damit andeuten?«

Leichtfüßig erhebe ich mich von der Couch, beuge mich aber nochmal zu ihm herunter und sehe in diese strahlend blauen Augen. »Es gehört sich nicht für einen Pfarrerssohn, zu fluchen.«

»Leck mich.«

»Gerne, aber erst, wenn du diesen Voodoo-Zauber abgelegt hast«, biete ich freundlich an und wende mich von ihm ab. Damien, der jetzt die Arme vor der Brust verschränkt hat, mustert mich kritisch.

»Wo gehst du hin?«

»Etwas erledigen.«

»Kian ...«

Ich hasse, wenn er mich so nennt.

»Übrigens: Mein Dad erwartet uns morgen zum Essen«, rufe ich über die Schulter. »Ich hoffe, bis dahin ist dein Geisel-Problem gelöst.«

Ich schlage die Haustür hinter mir zu, ohne seine Antwort abzuwarten.

In den frühen Morgenstunden kehre ich zu Damiens Apartment zurück. Der Hausherr tigert immer noch – oder schon wieder – unruhig durch die Wohnung, rastlos und aufgekratzt.

»Es geht ihm nicht besser«, informiert er mich ohne Umschweife. »Er ist bisher noch nicht aufgewacht.«

Ich nicke knapp und laufe an ihm vorbei in sein Schlafzimmer. Den Weg dorthin kenne ich ja.

Wie erwartet liegt Mio auf dem großen Boxspringbett, regungslos, blass, mit dunklen Ringen unter den Augen. Die Decke unter ihm ist voller Blut. Es tropft stetig über die Bettkante auf das teure Parkett.

Er ist nicht allein, Landon hat sich wie ein Kätzchen neben ihm zusammengerollt. In einigem Abstand, doch er hat die Hand ausgestreckt, sodass seine Fingerspitzen Mios Arm streifen. Lautlos bewege ich mich durch den Raum und hocke mich in den Sessel, von dem aus man einen guten Überblick über das ganze Schlafzimmer hat. Tief atme ich durch, verschränke die Hände und lasse das Bild auf mich wirken.

Mio, halbtot. Landon, wie ein schützender, blonder Engel neben ihm. Süß, irgendwie. Friedlich.

Landon scheint zu merken, dass er Gesellschaft bekommen hat. Benommen blinzelt er, reibt sich die Augen und richtet sich halb auf. Quer über den Raum findet sein Blick meinen.

»Wow, gar nicht creepy«, meint er trocken. »Wie lange beobachtest du uns schon?«

»Ich bin erst gekommen. Lass mich den Anblick genießen.«

Er zeigt mir den Mittelfinger.

»Darf ich jetzt gehen?«, fragt er barsch.

Bedächtig lehne ich mich in den Sessel zurück. »Ja, meinetwegen. Sieht sowieso danach aus, als würde Mio nicht mehr aufwachen.«

Landon zuckt zusammen bei den Worten, er beißt sich auf die Wange und blickt hinab. »Ich wollte nicht, dass er verletzt wird«, sagt er heiser.

»Dann hilft ihm, wieder Energie zu tanken, bevor er stirbt.«

Frustriert schnaubt er. »Und wie bitte soll ich das tun?«

»Zuerst musst du diese Blockade lösen, die dich umgibt«, schlage ich vor.

»Keine Ahnung, wovon du sprichst.«

Er ist so ein schlechter Lügner. »Wir wissen beide, dass du auf mich stehst, dennoch konnte ich gestern Abend deine Energie nicht anzapfen.«

»Du bist sowas von selbstgefällig«, behauptet er, sieht mir in die Augen, wieder weg, ringt mit sich selbst. Schließlich seufzt er. »Ich verrate dir nicht, wie es geht, aber mein ... Energiefluss ist offen. Also, was soll ich tun?«

Ein zufriedenes Lächeln zupft an meinen Mundwinkeln. »Komm her.«

»Wieso?«

»Stell nicht so viele Fragen, das killt meine Libido. Komm einfach her und vertrau mir.«

»Ich vertraue dir nicht«, stellt Landon eisig klar, steigt jedoch aus dem Bett und überbrückt die Distanz zwischen uns. Er schluckt, sein hübscher Adamsapfel hüpft auf und ab. »Aber ich vertraue zumindest darauf, dass du Mio wirklich helfen willst, weil du praktisch in ihn verliebt bist.«

Ich greife nach seinen Fingern und ziehe ihn auf meinen Schoß. Eher widerwillig folgt Landon der Anweisung, setzt sich rittlings auf mich und legt die Hände umständlich auf meinen Schultern ab.

»Ich bin nicht in ihn verliebt«, meine ich, schließe die Lider halb und neige den Kopf in seine Richtung. »Liebe ist wie ein schmerzhafter, schwarzer Ozean, in dem man ertrinkt. Das ist die wahre Hölle.«

Wir küssen uns und sobald meine Zunge in seinen Mund dringt, schmilzt er gegen meinen Körper, seine Hände rutschen in meinen Nacken und sein Widerstand wird zu zähflüssigem, süßem Honig.

Gottverdammt, das kann er gut. Seine Lippen, seine Zunge, sein Geschmack, alles zieht mich mit in einen Strudel aus Feuer und Leidenschaft. Ich umfasse seine Hüften und er lässt sie auf mir kreisen, während mehr und mehr von seiner atemberaubenden Energie auf mich überfließt.

Sie fühlt sich frisch und stark an, aber gleichzeitig sanft und liebevoll. Kein Wunder, dass Mio immer wieder zu ihm zurückkehrt, um das zu schmecken.

Das ist fast so gut wie damals mit Damien. *Fast.*

Keuchend löst Landon sich von mir, er atmet schwer, ich spüre seine pochende Erektion über mir, rieche seine Erregung, höre seinen Herzschlag. Alle meine Sinne sind für einen Moment nur auf ihn fixiert.

»Und jetzt?«, fragt Landon rau.

Wortlos schiebe ich ihn von meinem Schoß, stehe auf und laufe rüber zu Mio. Sacht lege ich ihm eine Hand auf die Wange und lasse die frische Energie, die Landon mir gegeben hat, geradewegs auf ihn überfließen. Mehr und mehr, bis seine Gesichtszüge zucken, die Lider flattern und er leise aufstöhnt. Es kommt wieder Leben in ihn.

»Bleib liegen«, sage ich ruhig und ziehe die Hand weg. »Bald wird es dir besser gehen.«

Ich werfe einen Blick zurück zu Landon, der mich mit großen Augen anstarrt. Seine Lippen sind noch ganz rot von unserem Kuss.

»Pass auf, dass er sich nicht zu sehr bewegt«, befehle ich. »Sobald er wach wird, versorgst du ihn auf herkömmliche Weise mit deiner Energie. Dann kommt er schnell wieder auf die Beine.«

Landon nickt und ich verlasse das Schlafzimmer, ziehe die Tür hinter mir zu und trete zu Damien. Dieser hat aufgehört, umherzulaufen, hockt jetzt stattdessen auf einem der Barhocker und starrt mir entgegen.

»Woher kannst du das?«, fragt er mit ausdrucksloser Miene.

»Ich habe einen Freund um Rat gebeten«, sage ich ausweichend und schnappe mir meine Lederjacke, die ich vorhin achtlos über den Sessel geworfen habe.

»Kilian, was hast du getan?«

Fest beiße ich die Zähne zusammen und nehme mir einen Moment, um durchzuatmen. Dann sehe ich hinüber zu Damien, begegne seinem Blick. Die Emotionen in seinen Augen bringen mich fast um.

Er macht sich Sorgen. *Um mich.*

Ich schlucke das bittere Gefühl herunter. »Es geht mir gut.«

Er steht auf und versperrt mir den Weg nach draußen. »Lass mich sehen.«

»Das ist nichts«, behaupte ich, als er nach meinem Shirt greift und es anhebt, um sich die Brandwunde anzusehen, die dort prangt. Es gleicht vielmehr einem schlecht gestochenen Tattoo.

Die Augenbrauen zusammengezogen beobachte ich, wie Damien die Umrisse mit den Fingern nachfährt, beinahe liebevoll.

Fuck. Was tut er da? Das ist nicht okay. Wir kommen uns nicht mehr so nah.

Ruckartig entferne ich seine Hand, will zurückweichen, ihn wegstoßen, ich habe wirklich die besten Absichten, um diese Situation nicht noch schräger zu machen, als sie ohnehin schon ist.

Als er jedoch den Daumen sacht über meinen Puls streichen lässt, verwerfe ich das alles. Stattdessen vergrabe ich die Finger in seinem Nacken und ziehe ihn zu mir. Unsere Lippen krachen gegeneinander. Es ist kein sanfter, sinnlicher Kuss wie vorhin mit Landon. Das zwischen Dami und mir ist roh, verzweifelt und voller Emotionen. Ich grabe die Zähne in seine Unterlippe, er zerrt an meinen Klamotten. Energie fließt, seine geht auf mich über, meine auf ihn. Es ist genauso süchtig machend und verzehrend wie damals.

Keuchend lösen wir uns voneinander, seine Finger rutschen von meiner Jacke und meine von seiner Wange. Wir beide machen einen Schritt zurück.

Wie ein verdammter Feigling bringe ich es nicht über mich, ihm in die Augen zu sehen.

»Bis dann«, verabschiede ich mich abgehackt, dränge mich an ihm vorbei, nur um noch einmal seine Nähe zu spüren. Auch wenn es nur meine Schulter ist, die gegen seine stößt. Vielleicht, weil ich hoffe, er würde mich aufhalten. Wenigstens ein Wort sagen.

Bleib. Geh nicht. Küss mich nochmal.

Nichts davon verlässt seinen Mund, da ist nur das Knallen der Tür hinter mir. Mein Innerstes wird kalt, als ich allein im Flur stehe und mich zusammenreiße, um nichts Dummes zu tun.

Scheiße, ich muss mich konzentrieren. Ich habe einen Pakt zu erfüllen.

Lucifer verschenkt seine guten Ratschläge nicht. Sie kommen immer mit einem Preis.

Es wird Zeit, dass ich meine Schuld begleiche.

KAPITEL 18

EMILIO

Ich fühle mich wie von einem Zug überrollt.

Die vergangenen Ereignisse sind nur verschwommene Szenen vor meinem inneren Auge, wie ein Fiebertraum. Ich erinnere mich an die Schmerzen, an einen Kampf, an Landon und daran, wie ich bewusstlos geworden bin.

Jetzt liege ich in einem sauberen Bett, das nicht meins ist. Es riecht vertraut und tröstlich nach Rudel. Nach Damien und Kilian. Als ich die Augen aufschlage, sehe ich jedoch nicht sie, sondern Landon. Er hat den Rücken gegen die Wand gelehnt, die Beine ausgestreckt. Sein Blick ruht auf mir.

»Hey«, sagt er vorsichtig.

Ich blinzele ein paar Mal, hieve mich dann stöhnend in eine aufrechte Position und warte ab, bis das Zimmer aufgehört hat, sich zu drehen. »Lan ...«, krächze ich. »Was ist passiert?«

»Dieser Dämon hat uns angegriffen. Gideon«, erklärt er mir ruhiger Stimme. »Es gab einen Kampf.«

»Den wir gewonnen haben«, stelle ich überrascht fest. Hat Landon mich wirklich vor diesem Überdämon gerettet? Das hätte ich ihm nicht zugetraut.

»Na ja, wie man es nimmt. Du wärst fast draufgegangen.«

Hm, richtig. Aber ich lebe noch.

»Brauchst du Energie?«, fragt Lan mit merkwürdig rauer Stimme. Mein Kopf schießt etwas zu schnell zu ihm, sodass ich kurzzeitig nur Sterne sehe. Oh, fuck. Keine gute Idee.

»Bietest du dich mir gerade an?«, frage ich zweifelnd.

»Deswegen bin ich hier.« Er senkt den Kopf und zupft einen nicht vorhandenen Fussel von der Bettdecke. »Vielleicht lassen deine Freunde mich endlich gehen, wenn du deine Kraftreserven wieder aufgeladen hast.«

Zum ersten Mal sehe ich mich genauer in dem Zimmer um. »In wessen Bett liegen wir, verdammt?«

»In meinem.«

Wieder bewege ich den Kopf zu schnell, dieses Mal zu Damien, der im Türrahmen auftaucht. Mein Herzschlag beruhigt sich allmählich, als ich ihn erblicke. Hätte ich mir denken können. Das Schlafzimmer mit den dunklen, modernen Holzmöbeln und den grauen Wänden passt zu ihm. Es strahlt genauso viel maskuline Ruhe aus wie er selbst.

»Damien.« Ich räuspere mich, rutsche an die Bettkante und stelle die Füße fest auf den Boden, in der Hoffnung, dass das Zimmer aufhört sich zu drehen, bevor ich kotzen muss. »Ich ... danke.«

»Du solltest besser Landon und Kilian danken.« Er läuft herüber zu dem Sessel und lässt sich breitbeinig darauf sinken. »Dein Freund hat dich hergebracht und Kian hat einen Weg gefunden, um dich zurück zu den Lebenden zu holen.«

Ernsthaft, Kilian? Nicht, dass ich glaube, dass er mich tot sehen will, nur ... kümmert es ihn wirklich, ob ich überlebe? Bisher hatte ich nicht den Eindruck.

»Wo ist Kilian jetzt?«, frage ich, die Stimme immer noch rau.

Damien lässt den Blick aus dem Fenster schweifen, gegen das stetig kleine Regentropfen prasseln. Es kann nicht allzu spät sein, da Tageslicht hereinscheint, auch wenn der Himmel grau und wolkenverhangen ist.

»Keine Ahnung«, gesteht er. »Ich hoffe, er kommt bald zurück.«

Ich neige den Kopf etwas und schiele über die Schulter zu Lan. »Du hältst Landon nicht wirklich gefangen, oder?«, hake ich an Damien gerichtet nach.

»Er ist ein Jäger. Außerdem brauchst du Energie. Vielleicht lasse ich ihn gehen, wenn du wieder fit bist.« Mit diesen Worten erhebt er sich vom Sessel. Mein Herz macht einen unerwarteten Hüpfer, als er auf mich zuläuft. Was hat er vor? Wird er …

Kurz vor mir bleibt er stehen, öffnet seine Nachttischschublade und holt etwas heraus. Gleitgel und eine Packung Kondome. Beides wirft er aufs Bett neben mich.

»Lasst euch nicht zu viel Zeit und übertreib es nicht«, rät er mir. »Soll ich dableiben und aufpassen oder kommst du klar?«

»Ich hatte genug Gelegenheiten, ihm die Kehle durchzuschneiden«, meint Landon ironisch. »Keine Sorge, ich werde ihn jetzt nicht verletzten.«

Unbeeindruckt hebt Damien eine Augenbraue. »Ich denke eher, dass Mio dir zu viel Energie stiehlt, Kleiner. Sex mit einem ausgehungerten Incubus kann mitunter gefährlich sein.«

»Ich werde ihm nichts tun«, versichere ich, obwohl ich mir dessen nicht unbedingt sicher bin. »Danke, Damien.«

Mein Freund nickt abgehackt und wendet sich ab. Abrupt hält er inne und dreht sich nochmal zu mir herum. Fragend blinzele ich zu ihm hoch. Der Ausdruck auf seinem Gesicht wird milder, ein leises Seufzen verlässt seine Lippen.

»Gut, dass du noch lebst«, murmelt er und tätschelt mir kurz den Kopf, bevor er aus dem Zimmer verschwindet und uns allein lässt. Meine Haut kribbelt merkwürdig, als ich ihm nachsehe.

Landons Räuspern reißt mich aus meiner Starre. »Soll ich lieber gehen, damit du mit Damien allein sein kannst?«, fragt er spöttisch.

Barsch schüttele ich den Kopf und sehe zu ihm. »Was redest du da? Nein.«

Er hat unpassenderweise ein Schmunzeln auf den Lippen. »Ich wusste nicht, dass Dämonen auch Sex untereinander haben.«

»Das haben wir nicht«, gebe ich sofort zurück. Das würde keinen Sinn machen, oder? Immerhin ernähren wir uns von *menschlicher* Lebensenergie.

»Wenn du das sagst.« Landon rutscht näher zu mir, ich wende mich ihm ganz zu und er schwingt sich rittlings auf meinen Schoß. Sofort schlinge ich einen Arm um seine Mitte und drücke ihn an mich.

Ein prickelndes Gefühl macht sich in meinen Eingeweiden breit, als wir uns so berühren. Er lässt die Finger über meinen Hals und Nacken gleiten. Ich halte den Atem an und sehe in seine blauen Augen.

»Hi«, sage ich rau und ein bisschen atemlos. Er lächelt lasziv.

»Weißt du, was ich getan habe, als du bewusstlos im Bett lagst?«, fragt er lockend.

»Was denn?«

»Ich saß genauso auf Kilians Schoß.«

Ein Brummen entkommt mir, meine Hände gleiten über seinen Rücken, während ich ihm weiterhin fest in die Augen sehe. »Und was hast du dann gemacht?«

»Ich habe ihn geküsst.« Unsere Lippen steifen einander, ich hebe das Kinn und will mehr, aber Landon zieht sich schon wieder zurück. »Macht dich das sauer?«

Ich schüttele den Kopf. Ein bisschen eifersüchtig, höchstens.

Lan greift nach meiner Hand und dirigiert sie auf seine Hüfte, dann schiebt er die Finger zurück in mein Haar.

»Hat er dich so angefasst?«, hake ich nach.

»Ja«, flüstert er gegen meine Lippen, schließt halb die Lider und drängt sich enger auf meinen Schoß. Ich spüre seine Härte und in mir erwacht der Hunger so richtig. Als wir uns dieses Mal küssen, flutet seine Energie jeden Winkel meines Körpers, erfüllt meine Zellen und jede Pore.

Seine Zunge schlängelt sich gegen meine, geschickt und spielerisch. Ich habe nicht so viel Geduld wie er, beiße in seine Lippen, dränge und nehme jedes Bisschen, was er mir gibt. Sein süßes Stöhnen ist wie Musik in meinen Ohren.

»Hat es dir gefallen?«, frage ich raunend. Wir keuchen beide, Lans Finger zittern, als sie über meine Wange streifen. »Hat es dir gefallen, von Kilian trockengevögelt zu werden?«

»Ja«, gesteht er. »Sehr.«

Ein Grinsen verzieht meine Lippen. Das sollte mir mehr zu schaffen machen, aber irgendwie beflügelt es mich, dass der kleine, brave Pfarrerssohn sich von ein paar Incubi so leichtfertig um den Finger wickeln lässt. Es liebt sogar. Unser schmutziges, kleines Geheimnis.

Ich fühle mich inzwischen wieder aufgeladen genug, um die Initiative zu übernehmen, verfrachte Landon rücklings aufs Bett und knie mich über ihn. Hungrig küsse ich seine Wange und schließlich die empfindliche Haut an seinem Hals. Ich lecke und sauge, um meine Spuren an ihm zu hinterlassen. Nicht dauerhaft, nur so lange, bis wir uns das nächste Mal begegnen. Damit all seine Jägerfreunde sehen, dass er zu mir gehört.

Zu uns.

»Mio«, stöhnt er widerwillig. Ich blinzele ein paar Mal und beherrsche mich, um nicht zu viel von seiner Energie zu nehmen.

»Geht es dir gut?«, frage ich mit rauer Stimme.

»Ja. Mach mir nur keinen verdammten Knutsch-fleck, als wären wir wieder Teenager.«

Zu spät, Kleiner.

Ich greife nach seinen Händen und ziehe ihn in eine aufrechte Position, damit er den Pullover aus-zieht. Wir sehen uns wieder in die Augen.

»Brauchen wir das Gleitgel?«, fragt er mit einem Hauch Unsicherheit.

Ich schüttele den Kopf und steige aus dem Bett, um Lan bis an die Kante zu dirigieren. Wortlos greife ich nach dem Knopf seiner Jeans und öffne sie, ziehe sie herunter. Diese engen schwarzen Bo-xershorts sind so verdammt sexy.

»Hast du Angst?«, hake ich amüsiert nach, als er mich immer noch skeptisch mustert.

»Ein wenig«, gesteht Lan und lehnt sich auf die Unterarme zurück. Er erwartet wohl, dass ich wie-der zu ihm ins Bett steige, doch stattdessen knie ich mich vor ihn. Jetzt werden seine Augen groß.

»Mio ...«

Ich schiebe seine Beine auseinander und senke den Kopf, um mit den Lippen die Beule in den Shorts nachzufahren. Sein männlicher Geruch reicht aus, um mich erneut in ein energisches Hoch zu katapultieren, doch ich zügele mich.

Lan wirft stöhnend den Kopf in den Nacken, seine Hüften zucken. Ich reize ihn so lange, bis er hart wie Stahl ist. Erst dann schiebe ich die Unter-wäsche herunter, befreie seine Erektion und lecke Vorsaft von seiner Eichel.

171

»Ich komme gleich, wenn du so weitermachst«, keucht er. Lan hat die Finger fest ins Bettlaken gekrallt, sein ganzer Körper ist angespannt.

»Kein Problem«, necke ich ihn. »Lass dich gehen, Pfarrerssohn.«

»Fick dich.«

Ich lasse ihn etwas in meinen Mund gleiten, schmecke seine salzige Härte auf meiner Zunge. Noch mehr Energie fließt zwischen uns, ich nehme ihn tiefer auf, bis ich ihn in meiner Kehle spüre.

Lan fasst jetzt mit beiden Händen in mein Haar, was einen angenehmen Druck hinterlässt. Ich schiele zu ihm hoch und begegne seinem feurigen, lustverhangenen Blick. Seine Wangen sind gerötet und, *oh fuck*, diese Hemmungslosigkeit in seinen blauen Augen ist das Heißeste, das ich jemals gesehen habe.

Ich ziehe mich zurück, komme zu Atem, und nehme ihn dann wieder auf. Lan hebt die Hüften ein wenig und kommt mir entgegen, fickt meinen Mund in kleinen, sinnlichen Bewegungen, immer ein bisschen tiefer, ein bisschen härter, ein bisschen verzweifelter.

Er kommt ohne Vorwarnung, ich spüre, wie der Druck sich verstärkt und als nächstes seinen heißen Saft in meiner Kehle. Mein Blickfeld verschwimmt rot und schwarz, als ich genüsslich schlucke und die Nachwehen seines Orgasmus' wie eine Liebkosung durch meinen Körper pulsieren spüre.

In den Jagden, die ich bisher mit den Jungs gemacht hatte, habe ich es nie so weit kommen lassen. Dort war immer ich derjenige, der gekommen ist, aber das hier? Das fühlt sich fast besser an als ein eigener Höhepunkt. Seine Lebensenergie schmeckt so bittersüß, so erfüllend. Es kostet mich mehr Willenskraft als ich dachte, mich jetzt von ihm zu lösen und Abstand zwischen uns zu bringen.

Allmählich klärt meine Sicht sich wieder, ich taumele von ihm weg zu dem Sessel und lasse mich darauf sinken. Mein Atem geht immer noch schwer, ich schließe die Lider und versuche, das Gefühl des Kontrollverlustes zu unterdrücken.

Erst, als ich Hände auf meinen Wangen spüre, reiße ich die Augen wieder auf. Landon beugt sich über mich, den Kopf fragend schiefgelegt. »War das zu viel für dich?«, fragt er mich. Was für eine Ironie.

»Keine Sorge«, erwidere ich höhnisch. »War nicht der größte Schwanz, den ich im Mund hatte.«

Er rollt mit den Augen und klettert wieder auf meinen Schoß. Meine Finger zucken, aber ich zwinge mich, nicht den Arm um ihn zu legen oder seine nackte Haut zu berühren. Beschwichtigend küsst er meinen Kiefer.

»Zeig mir, wie das geht«, sagt er lockend. »Das hat sich fantastisch angefühlt.«

Demonstrativ ziehe ich den Kopf zurück. »Du solltest gehen.«

»Ernsthaft?«

»Ja.« Versteht er nicht, wie nah ich an der Grenze bin? Ein bisschen mehr und ich werde ihn regelrecht verschlingen. Das darf nicht passieren. Ich kann die Kontrolle nicht verlieren.

Nicht heute. Nicht bei ihm.

Landon erhebt sich ohne einen weiteren Kommentar. Ich schließe die Augen, um ihn nicht ansehen zu müssen, lausche nur darauf, wie er seine Sachen anzieht und die Schlafzimmertür leise hinter ihm zufällt.

Das Einzige, was mir Trost spendet, ist der Gedanke an den eindeutigen Knutschfleck an seinem Hals, den ich hinterlassen habe.

KAPITEL 19

EMILIO

Ich sehe Kilian den ganzen Tag nicht. Er taucht erst am Abend in Damiens Apartment auf und nimmt uns mit zu einem Abendessen bei seinem Vater. Das sagt er zumindest, auch wenn ich ihm das nicht glaube.

Ich meine, das klingt so furchtbar *normal*.

Wir fahren in meinem Fiero in eine schicke Gegend nah des Stadtrandes. Von hier aus kann man das Meer sehen, das geradezu mit dem Himmel verschwimmt. Ein attraktiver Mann in den Fünfzigern begrüßt uns, als wir die Türschwelle übertreten.

»Hallo, mein Junge«, sagt er überschwänglich und nimmt zuerst Damien in den Arm, bevor er sein Gesicht umfasst und ihn forschend mustert. »Geht es dir gut? Alles dran?«

Damien lacht befreit auf. Dieses Geräusch habe ich noch nie bei ihm gehört. »Ja, wieso auch nicht?«

»Ich vertraue meinem Sohn nicht. Wer sich auf Kilian einlässt, muss lebensmüde sein. Aber ich bin froh, dass es dir gut geht.«

Damien wechselt einen schnellen Blick mit Kilian, den ich nicht so richtig deuten kann. Warum glaubt sein Vater, sie wären ein Paar?

»Und wer bist du?« Mit Kilians dunkelgrünen Augen sieht sein Vater nun direkt mich an. »Oh, bitte sagt mir nicht, dass ihr irgendeine schräge Polyamorie-Beziehung führt. Kian, ich habe mich erst

175

daran gewöhnt, dass du einen Mann datest. Was tust du mir an?«

»Wir führen keine Beziehung«, beruhige ich ihn. »Hallo. Ich bin Emilio. Ein ... Freund. Ich hatte eine anstrengende Nacht und Kilian wollte mich wohl nicht allein lassen. Tut mir leid, Ihr gemeinsames Abendessen zu crashen.«

Er hebt unbeeindruckt eine Augenbraue und sieht zu seinem Sohn. »Bedeutet er Ärger?«, fragt er trocken.

Kilian lacht schnaubend. »Mio? Nein. Sei nett zu ihm, okay? Er gehört zu mir.«

Ein merkwürdig warmes Gefühl durchströmt mich bei seinen Worten.

Sein Vater verdreht die Augen und lächelt mich dann an. Es sieht ein bisschen widerstrebend aus. »Gut, Emilio. Nenn mich Jackson. Jetzt kommt rein Jungs, bevor das Essen kalt wird.«

Nach dieser Begegnung bin ich neugierig darauf, wie Kilian aufgewachsen ist, aber ich habe nicht viel Gelegenheit, das zu erforschen. Vom Flur aus ist es nur ein Stück bis zum Esszimmer, auf dem schon herrlich duftendes Essen bereitsteht. An den Wänden hängen Bilder, auf denen ich Kilian wiedererkenne. Auf den Aufnahmen scheint er aber nicht wesentlich jünger zu sein als jetzt. Keine Kinderfotos.

»Geh und hol Besteck für deinen Freund«, befiehlt Jackson an seinen Sohn gerichtet. Über den Tisch hinweg wirft er mir einen langen Blick zu. »Was tust du beruflich, Emilio?«

»Ich studiere Kunst und Betriebswirtschafts-lehre, Sir«, erkläre ich.

»Ein Künstler, ja? Kann man damit Geld verdie-nen?«

»Vermutlich nicht allzu viel«, gestehe ich.

»Wieso es dann überhaupt studieren?«

»Das ist kein Verhör, okay?« Kilian kommt aus der Küche zurück und stellt mir Teller, Besteck und ein Glas hin. »Mio hat sowieso Angst vor Cops. Mach es ihm nicht noch schwerer.«

Ich schlucke angestrengt. »Sie sind Polizist?«, frage ich. Das hätte er mir ruhig früher sagen kön-nen.

»FBI-Director.«

»Oh, fuck«, entfährt es mir.

»Wieso?« Jackson faltet die Hände und neigt den Kopf. »Hast du etwas getan, das eine Strafe ver-dient?«

Einiges, ja. »Nein. Nur schlechte Erfahrungen«, weiche ich aus.

»Die vielen Tattoos helfen nicht unbedingt, dich unschuldig wirken zu lassen«, bemerkt Jackson kritisch. Ich halte seinem Blick standhaft fest.

»Das und die Tatsache, ein mexikanischer Ein-wanderer zu sein.«

»Ich mag seine Tattoos«, wirft Kilian ein und grinst mich von der Seite an. »Los, zeig meinem Va-ter dein *ACAB*-Tattoo. Das ist mein liebstes.«

Idiot. »So eins habe ich nicht«, stelle ich an sei-nen Vater gerichtet klar. Dieser schenkt mir ein breites Lächeln, das sofort die Ernsthaftigkeit von seinen Zügen vertreibt.

»Ach, ich fühle dir doch nur auf den Zahn, Junge.«

Räuspernd richte ich den Kragen meines Hemdes. »Jetzt weiß ich wenigstens, woher Kilian sein Arschloch-Verhalten hat.«

Darüber lacht Jackson befreit auf. »Ja, das kann man nicht austreiben.«

Danach verläuft das Essen angenehmer, vor allem, da ich nicht mehr Jacksons kritischem Blick ausgesetzt bin. Nachdem ich aufgegessen und beim Abwasch geholfen habe, verziehe ich mich auf den Balkon. Es kommt mir so intim vor, bei ihren Gesprächen und Insiderwitzen dabei zu sitzen.

Ich zünde mir eine Zigarette an, die ich von Jacksons Kommode geklaut habe, und lasse den Blick zum Meer schweifen. Inzwischen ist es dunkel, die Sonne ist untergegangen und hat ihre warmen Strahlen mit sich genommen. Ein kühler Wind streift durch mein Haar. Gerade als ich fertig mit Rauchen bin, schiebt sich die Tür hinter mir auf und Damien schlüpft nach draußen.

»Hey«, sagt er leise. »Alles in Ordnung?«

»Ja.«

Ich beobachte, wie Damien sich neben mich lehnt, die Unterarme auf die Balkonbrüstung gebeugt. Er seufzt tief und lässt den Blick in die Ferne gleiten. Stille dehnt sich zwischen uns aus. Ich zünde mir noch eine Zigarette aus der Packung an. Der Rauch kitzelt angenehm in meinen Lungen.

»Wieso denkt Jackson, Kilian und du wärt ein Paar?«, frage ich schließlich.

Damien zuckt ein wenig zusammen, richtet sich auf und sieht fragend zu mir. »Was?«

Er hat mich schon verstanden, weswegen ich die Frage nicht wiederhole, sondern nur abwarte. Keine Antwort.

»Seid ihr es?«, hake ich nach.

Barsch schüttelt er den Kopf und nimmt mir die Zigarette ab, um selbst ein paar Züge zu rauchen. Er hustet und verzieht das Gesicht. Sein Blick schweift wieder in die Ferne.

»Ich habe euch gehört«, murmelt er. »Landon und dich.«

»Ach ja?« Ich imitiere seine Haltung, stütze ebenfalls die Unterarme auf das Geländer und lasse den Blick schweifen. Unsere Schultern berühren sich. Der Wind trägt den Rauch in meine Richtung, aber ich rieche nur noch Damiens vertrauten Geruch.

»Das war heiß.«

»Wieso hast du nicht zugeschaut?«

Schweigen.

Ich nehme die Zigarette von ihm wieder entgegen. Ein tiefer Zug. »Hast du zugesehen, als er mit Kilian rumgemacht hat?«

»Nein.«

Ich lecke mir die Lippen. »Schade.«

»Ja. Ich weiß.«

Das Kribbeln auf meiner Haut fühlt sich fast so an wie mit Landon, wenn ich kurz davor bin, seine Energie zu stehlen.

Damien räuspert sich, streckt die Schultern durch und dreht sich herum, um sich gegen die Brüstung zu lehnen. Ich neige den Kopf in seine Richtung.

»Damien?«

Endlich sieht er mich ebenfalls an. »Hm?«

»Was tun wir als Nächstes? Was ist der Plan?«

Ich will wissen, was wir mit Gideon machen, mit den Jägern, Landon, seinem psychotischen Vater und ich denke, Damien weiß das. Für jetzt schenkt er mir nur ein träges Lächeln.

»Wir gehen rein und essen Nachtisch«, entscheidet er.

Ich bringe es nicht über mich, zurück in meine Wohnung zu fahren. Auch Kilian übernachtet nicht bei seinem Vater, sodass ich uns alle in Damiens Apartment bringe. Niemand protestiert.

»Was genau ist passiert?«, fragt Kilian mich, als wir an der Bar sitzen und er sich ganz selbstverständlich ein Bier schnappt und öffnet. »Wo hat Gideon dich abgefangen?«

»Kurz vor meiner Wohnung«, erzähle ich. »Er hat mir ein Messer in den Brustkorb gerammt und mich so durch die halbe Stadt zu Lans Atelier geschleift.«

»Ich verstehe das nicht. Wieso hat er dich überhaupt gebraucht? Er hätte deinen Landon auf offener Straße umbringen können, wie er es bei dir versucht hat.«

»So einfach ist das tatsächlich nicht.« Nachdenklich reibe ich mir über die Stirn. »Ich habe keine Ahnung, wie sie das machen, aber die Jäger haben Schutzbarrieren vor ihren Häusern. Ich bin erst in Landons Wohnung und Atelier gekommen, als er mich ausdrücklich eingeladen hat.«

»Oh, super«, kommentiert Kilian trocken. »Noch mehr geheime Zauber. Das hat uns zu unserem Glück gefehlt. Bisher habe ich das nur bei Kirchen erlebt. Man kommt nicht herein, außer der Pastor oder eines der Mitglieder erteilt einem eine ausdrückliche Einladung. Ich wusste nicht, dass sie das auf jedes beliebige Gebäude anwenden können.«

»Das Weihwasser war auch eine sehr wirkungsvolle Waffe gegen Gideon«, erinnere ich mich. Als der Pfarrer mich damit bespritzt hat, hat es gebrannt, aber es war auszuhalten.

»Das liegt vermutlich daran, dass Gideon schon Jahrhunderte lang ein Dämon ist«, erklärt Damien, der zu uns stößt. Seine Haare sind feucht vom Duschen, ein Handtuch hängt lässig über seine nackten Schultern. Unwillkürlich flackert mein Blick zu den Tattoos auf seiner Brust, dann zu seiner glatten, muskulösen Haut darunter. Ich frage mich, ob er die Engelsflügel bereits vor seiner Veränderung hatte oder das ein makaberer Scherz seinerseits war. Die Linien und Formen sehen jedenfalls sehr kunstvoll aus.

»Du meinst, bei ihm wirken diese Tricks deshalb umso mehr?«, frage ich und versuche, mich nicht durch seinen halbnackten Anblick ablenken zu lassen. Seit wann nehme ich ihn überhaupt auf diese Weise wahr?

»Vermutlich, ja. Gib mir auch eins.« Der letzte Satz ist an Kilian gerichtet, der sich daraufhin wortlos abwendet und ihm ein Bier aus dem Kühlschrank holt. Er öffnet es für ihn, sieht ihn aber nicht an, als er es überreicht. Muss er sich ebenfalls davon abhalten, ihn anzustarren?

»Jedenfalls sollten wir uns in Acht nehmen. Gideon schreckt offenbar vor nichts zurück«, fügt Damien resigniert hinzu.

»Was ist mit seinem Rudel? Sind sie auch so stark wie er?«

»Sie sind alle tot«, erklärt Kilian ungerührt. »Bis auf einen, aber um Clover musst du dir keine Gedanken machen. Er ist nur ein Feigling.«

»Die Jäger haben sein Rudel umgebracht?« Ein ungutes Gefühl zieht in meinem Magen. Kein Wunder, dass er so wütend ist. War Landon auch daran beteiligt oder hat Gideon ihn nur ausgewählt, weil er leichter an ihn herankommt als an die anderen Jäger? Gott, es gibt so vieles, das ich ihn noch fragen will.

»Ich gehe dann«, sagt Kilian unvermittelt und stößt sich von der Küchenzeile ab. »Bis bald.«

»Gehst du auf die Jagd?«, frage ich und trotte hinter ihm her, als er schon Richtung Ausgang läuft. »Soll ich dich begleiten?«

»Nein und nein. Pass auf Damien auf.«

»Und wer passt auf dich auf?«

Darauf bekomme ich keine Antwort mehr, er schlägt mir die Tür vor der Nase zu, bevor ich ihm weiter folgen kann. Als ich mich zu Damien herumdrehe, hat sich dieser ebenfalls abgewandt, um in sein Schlafzimmer zu laufen.

Resigniert lasse ich die Schulter sinken. Dann bleibt mir wohl nichts anderes übrig, als auszuharren und abzuwarten.

Morgen kann ich Landon all die Fragen stellen, die mir auf der Zunge brennen. Wenn er denn zur Vorlesung erscheint.

KAPITEL 20

KILIAN

»Keine Sorge. Es wird nicht mehr wehtun«, flüstere ich ihr ins Ohr, bevor ich mit einer präzisen Bewegung ihr Genick breche. Der zarte, leblose Körper sinkt gegen meinen.

Das sage ich ihnen manchmal, auch wenn ich technisch nicht weiß, was nach dem Tod passiert. Ich weiß, dass *mich* Lucifers qualvolles Begrüßungskomitee erwartet hat, aber nicht viele kommen in den Genuss, als Dämon auserwählt zu werden.

Ist es wirklich friedlich? Wird es tatsächlich nicht wehtun? Keine verdammte Ahnung. Vermutlich nicht.

Ich bin zu sehr in Gedanken versunken, weshalb ich den Schatten im hinteren Teil der Gasse zu spät wahrnehme. Sofort taste ich nach meinem Dolch, meine Sinne schärfen sich augenblicklich und jeder Muskel in meinem Körper spannt sich an. Das ist kein Mensch, der sich mir nähert. Ein Dämon.

Gott, ich hoffe fast, dass es Gideon ist. Selbst von ihm verdroschen zu werden, würde sich jetzt besser anfühlen als in Damiens Gesicht zu blicken.

Leider habe ich kein Glück.

Augenrollend wende ich mich ab, mache einen Sprung auf die großen Müllcontainer und hangele mich von dort die Feuerleiter hoch. Der Geruch nach Urin und Erbrochenem wird besser, je höher ich mich in die Lüfte schwinge und kalter Wind meine Haare zerzaust.

Dieser Teil der Stadt ist hässlich und trostlos, aber ein Garant dafür, auf verlorene Seelen zu treffen. Ich blicke hinab zu der jungen Frau, die ich soeben getötet habe. Ob sie Freunde und Familie hatte, die sie vermissen werden? Ich hoffe es ein bisschen. Das Schlimmste ist, wenn am Ende niemand da ist, der um dich trauert.

Ich steige noch eine Etage höher und balanciere mit ausgestreckten Armen auf den Fensterbrettern zum vorderen Teil des Hauses. Durch die dortigen Balkone klettere ich zurück herunter und komme unten auf den gepflasterten Weg. Blaulichter flackern an mir vorbei, als zwei Polizeiwagen im rasenden Tempo über die Straße düsen. Sie krachen durch tiefe Pfützen, deren Wasser mir ins Gesicht spritzt.

»Du bist zu vorhersehbar.«

Ich beiße verärgert die Zähne zusammen, ehe ich mich zu Damien herumdrehe. Mit lässig in den Hosentaschen vergrabenen Händen schlendert er auf mich zu.

»Was tust du hier?«, frage ich genervt. Das Abendessen bei meinem Vater war anstrengend. So zu tun, als wäre alles okay zwischen uns. Und der Kuss vorher ... Ich will nur, dass er mich in Ruhe lässt.

»Was musst du für Lucifer tun?«, hakt er ruhig nach, ohne auf meinen Tonfall einzugehen.

»Zehn Seelen«, erkläre ich und mache eine unbestimmte Handbewegung hinter mich. »Das war Nummer neun.«

»Du solltest zehn Leute für ihn umbringen, im Tausch für einen kleinen Tipp, den er dir gegeben hat?«, fragt Damien ungläubig.

»Das beinhaltete ebenfalls seine Erlaubnis. Wir dürfen Energie auf diese Weise nicht weitergeben«, erkläre ich barsch und ignoriere die Tatsache, dass Damien und ich früher ständig unsere Energien getauscht haben, wenn auch auf anderem Wege. Ich schüttele den Gedanken ab. Das passiert ohnehin nicht mehr zwischen uns. »Es hat gewirkt, oder nicht? Emilio lebt und ihm geht es besser. Jetzt erfülle ich meinen Teil des Pakts.« Ich bin froh, wenn dieses verdammte Mal endlich von meiner Haut verschwindet und ich von meiner Pflicht befreit bin. Es fühlt sich widerlich und falsch an.

»Ja, schon, ich ...« Damien bricht ab und seufzt leise. Abrupt wende ich mich ab und stapfe los.

»Spar dir deine Moralpredigten. Kann ich im Moment nicht gebrauchen.«

Damien beeilt sich, mir zu folgen. »Ich bin nur überrascht, dass du das für Mio tust.«

»Wir sind ein Rudel. Für dich würde ich dasselbe tun.« Die Worte fühlen sich bitter auf meiner Zunge an. »Für dich würde ich hundert Leute umbringen. Ich würde die ganze Welt niederbrennen.«

»Kilian ...« Er greift nach meinem Arm und hält mich abrupt auf, ich stolpere einen Schritt zurück und drehe mich halb zu ihm herum. Unsere Blicke kreuzen sich. In seinem stehen so viele Gefühle, so viel Schmerz, so viel Bedauern. »Es tut mir leid.«

Keine Ahnung, für was er sich entschuldigt, und will es auch nicht hören. Ich will nur meine Arbeit zu Ende bringen und vergessen. Ich ertrage es nicht länger, ihn anzusehen und gegen ihn zu kämpfen. Gegen mich selbst.

Damiens Griff um mein Handgelenk verstärkt sich, als wisse er, dass ich jeden Moment türmen will. Er zieht mich ein Stück näher und natürlich kann ich nicht anders, als auf seinen Mund zu starren. Er leckt sich über die Lippen, setzt zum Sprechen an ...

»Scheiß Schwuchteln!« Jemand rempelt mich grob von der Seite an und zwingt mich somit, den Kontakt zu Damien zu lösen.

Verärgert fahre ich zu dem Typen herum, der mich offen feindselig mustert.

»Macht euren Scheiß nicht auf meiner Straße!«, wettert er weiter.

Er ist offenbar auf Drogen, seine geweiteten Pupillen und die leblosen, stumpfen Augen verraten ihn. Er ist kaum älter als ich, doch seine Gesichtszüge sprechen von einem gezeichneten Leben. Fast hätte ich ein bisschen Mitleid mit ihm.

Aber, nun ja. Ich bin ein Dämon und ich habe einen Pakt mit dem Teufel geschlossen.

Ich packe seine Jacke, dränge ihn über den Gehsteig zur nächsten Hauswand. Er flucht und wehrt sich gegen mich, doch ich mache kurzen Prozess, indem ich meinen Dolch herausziehe und in seiner

Kehle versenke. Blut spritzt mir ins Gesicht, ich schmecke es auf meinen Lippen und spüre es heiß in meinen Nacken fließen.

Ich will nicht lügen, das fühlt sich großartig an. Das bloße Töten. Zuzusehen, wie das Licht aus seinen Augen weicht. Er röchelt, als er an seinem eignen Blut erstickt.

Ich lasse von ihm ab und wische mit dem Ärmel Blut von meinem Gesicht. Es bringt nichts, ich verschmiere es nur.

»Gottverdammt«, höre ich Damien sagen, ehe er meinen Arm packt und mich in die nächste Gasse zieht. »Bist du verrückt?!«

»Lass mich«, knurre ich, entreiße mich seinem Griff und wende mich ab. Meine Haut beginnt zu glühen, ich ziehe meinen Pullover hoch und sehe dabei zu, wie das Mal des Teufels allmählich verschwindet. Die verschnörkelten Zeichen lösen sich Stück für Stück auf.

Unser Pakt ist beendet. Ich habe meinen Teil erfüllt.

»Kilian, du kannst die Leute nicht auf offener Straße umbringen«, dringen Damiens Worte wie durch Watte gepackt zu mir durch.

»Gott, lass mich in Ruhe!«

Er packt die Kapuze meines Hoodies und zerrt mich so ruckartig zurück, dass der Stoff schmerzhaft fest in meinen Hals schneidet. Fuck, er würgt mich ja beinahe damit. Heiß, irgendwie.

»Bleib stehen, du dummer, leichtsinniger Idiot«, schnaubt Damien und beginnt, an meinem

Kleidungsstück zu ziehen. Widerwillig entledige ich mich des Hoodies und lasse zu, dass Damien mir mit dem Stoff das Blut vom Gesicht wischt.

»Wir müssen hier weg. Unauffällig«, befiehlt er, als er den Hoodie mit einem Feuerzeug anzündet und im hohen Bogen in den Müllcontainer wirft. »Keine waghalsigen Aktionen, kein Drahtseilakt auf Hochhäusern. Hör einmal im Leben auf mich und folg mir einfach, okay?«

Spöttisch hebe ich eine Augenbraue. »Ja, Sir. Ich mag diesen Befehlston. Lässt mich hart werden.«

Damien schält sich aus einer Lederjacke und wirft sie an meine Brust. »Zieh das an und halt die Klappe.«

In Damiens Apartment gönne ich mir eine lange Dusche, um mir Blut und Dreck von der Haut zu waschen. Es tut gut und ich bin erleichtert, Lucifers Vorgaben erfüllt zu haben. Jetzt kann ich endlich wieder frei atmen.

Jeder Knochen in meinem Körper fühlt sich erschöpft an, als ich ins Wohnzimmer schlurfe und mich bäuchlings auf die Couch fallen lasse.

»Willst du hier schlafen?« Damiens Schritte kommen näher, aber ich bringe es nicht über mich, den Kopf zu heben und ihn anzusehen. Noch nicht, zumindest.

»Hm«, mache ich unbestimmt.

»Also, Mio pennt in meinem Bett. Entweder du legst dich zu ihm oder rutschst rüber.«

Ich zögere, wäge die Möglichkeiten ab, und entscheide mich dann doch für das falsche. Ich weiß bereits, dass es nicht klug ist, dennoch mache ich ihm Platz. Das Polster senkt sich leicht, als Damien sich zu mir legt. Sein Atem streift meinen Nacken.

»Geht es dir besser?«, fragt er murmelnd.

Jetzt, wo er bei mir ist, ja. Aber das kann ich unmöglich sagen. »Nein.«

»Mir auch nicht.«

Ich drehe mich auf den Rücken und neige den Kopf zu ihm. Damien hat sich auf den Unterarm gestützt, sein Blick ruht auf mir.

»Ich mache mir Sorgen.« Auf mein Augenrollen hin schlägt er leicht gegen meine Seite. »Hör auf. Ich meine es ernst.«

»Natürlich sollten wir uns Sorgen machen, wir stecken mitten in einem Krieg mit den Jägern und sie sind uns meilenweit voraus«, erwidere ich trocken. »Und?«

»*Und* wir sollten uns eine Strategie überlegen, wie wir uns schützen können.«

»Viel Spaß dabei.«

»Ich hasse es, mit dir zu reden«, meint er verärgert.

»Dann tu es doch nicht«, schlage ich vor.

Damien streckt seufzend den Arm aus und legt den Kopf ab, er landet halb auf meiner Schulter. Ich versuche mein Bestes, um diese Tatsache zu ignorieren.

»Du bist nur so gereizt, weil du hungrig bist«, sage ich versöhnlich.

Er brummt zustimmend. »Wir sollten beide unsere Kraftreserven auftanken.«

»Wir könnten uns bei Mio bedienen«, schlage ich, nur halb scherzhaft gemeint, vor. »Der Kleine strotzt nur so vor Energie.«

»Fuck, es sah sicher heiß aus, wie Landon seinen Mund gefickt hat«, sinniert Damien. »Das hätte ich gerne gesehen.«

»Hör auf, mich auf Touren zu bringen«, schnaube ich und kann jetzt doch nicht anders, als den Kopf ein wenig zu neigen. Meine Nase streift seine Haare, ich inhaliere seinen vertrauten Geruch.

»Wir sollten ihn nicht mit einspannen, oder?«, fragt Damien.

»Emilio? Gott, nein.« Bei uns beiden hat es schlecht geendet. Katastrophal sogar.

»Du hast recht. Ich fühle mich gerade nur so kraftlos.«

»Nimm etwas von mir«, schlage ich vor und richte mich halb auf.

Damien blinzelt mich unsicher an, seine ansonsten rehbraunen Augen wirken im Schatten so dunkel. »Du hast selbst wenig«, protestiert er halbherzig, hält mich aber nicht davon ab, als ich mich herabbeuge und ihn küsse.

Verlangend kommt er mir entgegen, knabbert an meiner Unterlippe, leckt versöhnlich darüber. Ich schicke Energie durch unsere Verbindung, lasse sie auf ihn überfließen und unterbreche den Kuss, als es zu intensiv wird.

191

»Danke«, murmelt er atemlos.

Darauf erwidere ich nichts, drehe mich von ihm weg und schlinge die Arme um meinen Oberkörper, um nicht in Versuchung zu kommen, ihn zu berühren. Damien rückt dichter an meinen Rücken.

»Kian?«, fragt er leise. Seine Stimme klingt verletzlich, wie damals, als er mich gefragt hat, warum ich ihn liebe. Die Erinnerung schmerzt mehr als alles andere. Sogar mehr als das Teufelsmal, dessen Nachwehen noch auf meiner Haut brennen. »Wieso hast du deinem Vater nicht erzählt, dass wir kein Paar mehr sind?«

»Ich wollte ihn nicht enttäuschen«, sage ich wahrheitsgemäß. »Er mag dich so gerne.« Außerdem wollte ich ihm die Illusion lassen, dass es zumindest einen Menschen gibt, der mich bedingungslos lieben kann. Auch, wenn mein Vater es nicht tut – nie getan hat.

Er hat es nie ausgesprochen, aber ich habe gesehen, wie erleichtert er war, als er Damien kennengelernt hat. Wenn ein so guter Mensch wie er mich ins Herz geschlossen hat, könnte ich nicht so ein Monster sein, nicht wahr?

Das Blut, das ich soeben von meiner Haut geschrubbt habe, beweist das Gegenteil. Damien beweist mir das Gegenteil, indem er sich von mir distanziert, jedes Mal ein Stückchen mehr.

Aber zumindest nicht diese Nacht. Heute schlingt er wortlos den Arm um meine Mitte und drückt mich an sich, und ich? Ich lasse es zu, weil ich mich so verdammt schwach in seiner Gegenwart fühle.

Wie ein Süchtiger, der sich an seinen Stoff klammert, obwohl er weiß, dass es ihn zerstören wird.

KAPITEL 21

EMILIO

Ist das nicht herzallerliebst.

Damien und Kilian haben sich gemeinsam auf die Couch gequetscht, sie schlummern selig und wachen nicht einmal auf, als ich mir ein schnelles Frühstück in der Küche zusammenstelle. Ich brauche die Nahrung nicht wirklich, aber es ist beruhigend, eine gewisse Routine zu haben.

Bevor ich das Apartment verlasse, laufe ich nochmal zu den beiden rüber. »Hey, Damien?«

Er regt sich, brummt und schlägt die Augen auf. Ich bemerke, dass er seinen Arm aus Reflex zurückziehen will, weswegen ich sein Handgelenk packe und ihn festhalte. Soll er Kilian ruhig eine Weile länger umarmen.

»Lasst euch von mir nicht stören«, sage ich gutmütig. »Ich wollte nur Bescheid geben, dass ich zur Uni gehe.«

»Sicher?«, fragt er mit rauer Stimme.

»Ja. Wird schon gutgehen.«

»Okay, dann pass auf dich auf.«

»Ihr braucht Energie«, bemerke ich. Schlafen wird ihnen nicht weiterhelfen. »Gehen wir heute Abend auf die Jagd?«

Damien nickt und vergräbt das Gesicht wieder in Kilians Nacken. Das sieht gemütlich aus. Warum sind die beiden nicht zu mir ins Bett gekommen, nachdem sie von ihrem *Ausflug* zurückgekehrt sind? Es wäre jedenfalls genug Platz gewesen.

Wie auch immer. Ich lasse sie allein und ziehe die Tür leise hinter mir zu. Heute sehe ich mich besonders aufmerksam zu den Seiten um, als ich zu meinem Fiero jogge und mich auf den Weg Richtung Uni mache. Es würde mich nicht wundern, wenn Gideon mir erneut auflauert. Er lässt die Niederlage sicher nicht auf sich sitzen.

Ich bin der festen Überzeugung, dass Landon nicht zur Uni kommt, aber ich werde überrascht. In Peddles Vorlesung setzt er sich zu mir und grüßt mich mit einem lässigen »Hey«, als wäre nichts vorgefallen.

»Hallo«, erwidere ich bedächtig.

»Dir geht es gut?«, hakt er nach und wirft mir einen kurzen Seitenblick zu.

»Klar. Dank deinem großzügigen *Engagement*.«

Er schnaubt abfällig, aber ich erkenne, dass er ein Grinsen unterdrücken muss. »Verlass dich das nächste Mal nicht darauf.«

»Werde ich nicht«, erwidere ich bedächtig und sehe zu Mr. Peddle, der seine Vorlesung startet. Er wirft Landon und mir einen ungewohnt langen, misstrauischen Blick zu.

Wir sitzen den Rest der Stunde schweigend nebeneinander, aber ich bin mir seiner Anwesenheit überdeutlich bewusst. Als würde etwas in meinem Körper ständig auf jede Regung seinerseits reagieren. Es ist fast ein bisschen nervig, liegt sicherlich aber nur an der Tatsache, dass ich mich in letzter Zeit hauptsächlich an seiner Lebensenergie bedient habe.

Es ist gut, dass wir als Rudel heute Abend zusammen auf die Jagd gehen. Das gibt uns Kraft und lenkt mich von Lan ab.

»Auf ein Wort, Mr. Grayson«, sagt Peddle am Ende seiner Vorlesung. Landon hält kurz überrascht inne, nickt dann und joggt nach vorne, ohne mir einen weiteren Blick zuzuwerfen.

Ich lasse mir Zeit dabei, meine Sache zusammenzupacken, sehe auf den Tisch vor mir und aktiviere meine dämonischen Sinne. Wie in einem Tunnel fokussiert sich meine ganze Aufmerksamkeit auf unseren Professor und Lan, alle anderen Gespräche verschwimmen in einem undurchdringlichen Gemurmel.

»Was tust du?«, höre ich Mr. Peddle flüstern.

»Ich habe alles unter Kontrolle. Keine Sorge.«

»Ausgerechnet er?«

»Das ist mein Job, okay?«

»Hmh.«

»Bis dann.«

Okay, mir wird gerade so einiges klar. Peddle ist auch ein Dämonenjäger.

Blinzelnd kehre ich zurück ins Hier und Jetzt, packe meine Tasche und trete an den Ausgang. Ich verlasse den Raum nicht, sondern warte, bis Landon zu mir aufgeschlossen ist. Sobald er auf meiner Höhe ist, lege ich lässig einen Arm um seine Schultern und ziehe ihn zu mir. Er keucht überrascht auf.

»Gehen wir später zusammen Mittagessen, Baby?«, frage ich absichtlich laut.

Lan krallt sich grob in meine Seite. »Fuck, lass mich los«, zischt er mir zu.

Ich grinse. »Wieso? Hast du Angst, dass Peddle noch denkt, du würdest *deinen Job* ein wenig zu ernst nehmen?«

»Verdammter Lauscher«, brummt er und windet sich aus meiner Umklammerung, sobald wir den Vorlesungssaal hinter uns gelassen haben.

»Pass auf dich auf, Lan«, sage ich ernst, bevor sich unsere Wege trennen.

Landon fährt zu mir herum, Unsicherheit flackert in seinem Blick auf. Er beißt dennoch die Zähne zusammen und hebt das Kinn. »Und du auf dich, Emilio. Nicht jeder ist so nett zu dir wie ich.«

Amüsiert hebe ich eine Augenbraue. »Dito. Das Roxas ist unser Jagdgebiet. Du solltest dort nicht mehr hingehen.«

»Oh, keine Sorge, ich war noch nie in diesem billigen Aufreißerschuppen und habe es ganz sicher nicht vor. Ciao.« Er wendet sich ab und schlendert davon.

Seine Worte lassen mich stutzen. Das ist eindeutig eine Lüge, immerhin habe ich ihn im *Roxas* das erste Mal aufgegabelt. Warum sollte er es verleugnen? Das macht keinen Sinn.

Er versucht doch nur, mich zu verwirren, oder?

Am Ende des Unitages statte ich Landons Lieblingsort noch einen Besuch ab. Der Bibliothek.

Es ist fast schon unangenehm still, nur das Rücken von Büchern und die gedämpfte Musik aus den Kopfhörern der jungen Frau links von mir dringen an mein Ohr. Ich schlendere zu dem Gemeinschaftsbereich.

Landon verzieht die Miene, als er mich entdeckt. »Was tust du hier?«

»Donnerstags ist Lerngruppe, nicht?«, sage ich leichthin und nicke den anderen zu, die mir misstrauische Blicke zuwerfen. Hat Lan etwas über mich erzählt oder verrät ihnen sein Tonfall alles, was sie wissen müssen?

»Du hast die letzten Treffen ausfallen lassen«, erwidert Lan stur. »So geht das nicht. Such dir eine andere Lerngruppe.«

»Ist schon okay, er kann doch einfach mitmachen«, wirft einer der Jungs ein. Ich glaube, sein Name ist Taylor.

»Danke«, erwidere ich mit einem übertriebenen Lächeln und lasse mich auf den Stuhl neben Landon fallen. Ich lehne mich in seine Richtung, bis unsere Schultern sich berühren. Das kotzt ihn mächtig an, ich spüre seinen Unwillen regelrecht. Er lässt es sich jedoch nicht anmerken und spielt nur unruhig mit den schwarzen Perlen seines Armbandes. Er trägt es heute wieder. Das erinnert mich daran, dass ich immer noch nicht herausgefunden habe, was es damit auf sich hat. Hat es wirklich nur sentimentalen Wert für Lan?

Die Gruppe diskutiert heute über die Werke von Renoir, für den ich nicht besonders viel übrig habe.

»Er ist der bedeutendste Künstler des französischen Impressionismus«, behauptet Landon, woraufhin ich protestieren muss.

»Seine Bilder sind langweilig.«

»Ernsthaft?«, schnaubt Lan und wendet sich mir vollends zu. »Das ist alles, was du zu dieser Unterhaltung beizutragen hast?«

Amüsiert über seine Rage zucke ich mit einer Schulter und schiele zu ihm. »Sie zeigen Dinge und Menschen ohne Bedeutung.«

»Er zeigt die Schönheit der Alltäglichkeit«, widerspricht Landon. »Die Leichtigkeit.«

»Er war talentiert und wollte mit dem Malen Geld verdienen. Er hat über 6000 Kunstwerke hinterlassen und die Motive waren nichts Besonderes. Ich meine, er hat gut zwanzig Bilder von einem lesenden Mädchen.«

Lan schnaubt. »Er war zum Ende seines Lebens ein todkranker Mann und hat dennoch jeden Tag gemalt. Es wird überliefert, dass man ihm den Pinsel an die Hand binden musste, weil er ihn nicht mehr halten konnte. Aber er hat weitergemacht.«

»Wegen des Geldes«, behaupte ich.

»Weil es seine Leidenschaft war!«, widerspricht Landon. Hitzig sehen wir uns an.

»Da werden wir uns wohl nicht mehr einig.« Ich erhebe mich und greife nach den Büchern, die ich mir von den Regalbrettern gezogen habe. Dort sind einige Porträts von Renoir abgebildet, die mich in keinster Weise ansprechen. Ich frage mich ernsthaft, was Landon in ihnen sieht.

Andererseits hat sich meine Wahrnehmung verändert, seit ich zum Dämon wurde. Ich nehme Leidenschaft, Energie und das Leben anders wahr als zuvor. Wenn es nicht sexuell angehaucht ist, bin ich raus.

Wissen die Dämonenjäger das und machen es sich zu Eigen? Landon, Ely, Grant, sogar der Pater selbst verströmen alle etwas, das uns anzieht. Wie eine Lebendfalle, in die wir wieder und wieder tappen.

»Was tust du?«, fragt Lan gereizt. »Haust du jetzt echt ab? Wir sind noch nicht fertig.«

»Sorry, ich habe gleich ein Date.« Falsch lächele ich ihn an. »Bis bald.«

»Grüß Kilian und Damien von mir«, erwidert Lan schnaubend.

»Mach ich, Baby.«

Es wird Zeit. Ich muss duschen und mich frisch machen, bevor wir auf die Jagd gehen. Zum ersten Mal freue ich mich tatsächlich darauf, auch wenn es zwischen Gideons Angriff und den Jägern, die uns im Nacken sitzen, der denkbar schlechteste Zeitpunkt ist.

Ausgerechnet das hat uns als Rudel näher zusammengebracht. Landon hat das geschafft, wogegen ich mich wochen- und monatelang gewehrt habe, und jetzt fühlt es sich nicht nur gut, sondern richtig an, mehr Zeit mit den Jungs zu verbringen.

Das dämonische Leben habe ich immer nur als Last und Bürde empfunden, aber ich sollte stattdessen beginnen, es als das zu betrachten, was es

ist: Eine zweite Chance, die ich mir keinesfalls nehmen lasse.

KAPITEL 22

LANDON

Ich habe mir vorgenommen, zusammen mit Ely und Cecily das Atelier aufzuräumen. Der Kampf mit Gideon hat eine ordentliche Unordnung hinterlassen, Mios Blut habe ich schon erfolgreich entfernt, aber die zerstörten Leinwände, zerbrochenen Becher und verteilten Utensilien liegen noch kreuz und quer herum.

Ich versuche wirklich, mich auf die Arbeit zu konzentrieren, doch meine Gedanken schweifen ständig weiter zu Emilio. Zu seinem *Date*, das er offenbar mit Kilian und Damien hat. Das bedeutet, dass sie auf die Jagd gehen, oder?

Im Prinzip hat er mich dazu eingeladen. Warum sonst erwähnt er das *Roxas*?

»Soll ich das wegwerfen oder kannst du noch etwas damit anfangen?«

Cecilys Frage reißt mich aus den Gedanken, ich blinzele und sehe hinüber zu der Leinwand, die sie in die Höhe hält. Mein Herz macht einen Satz.

»Auf keinen Fall wegschmeißen«, bitte ich. »Gib es mir. Ich stelle es zur Seite.«

Das ist das Gemälde, das Emilio für mich beendet hat. Neben dem Schwarz und Grau hat er Rot und ein dunkles Blau hinzugefügt. Es wurde durch den Kampf ebenfalls in Mitleidenschaft gezogen, ein fransiges Loch klafft etwa in der Mitte.

Irgendwie hat es was. Zerstörung in einem ohnehin unruhigen Bild.

»Ist das nicht das Gemälde, das dein dummer Dämonenfreund verunstaltet hat?«, fragt Ely mit gerümpfter Nase.

»Er ist nicht dumm«, verteidige ich ihn sofort, ohne nachzudenken.

»Nun, es scheint ihm nicht aufgefallen zu sein, dass er mit einem Haufen Dämonenjäger zur Uni geht. Sehr klug erscheint er mir nicht.«

Nein, Emilio ist nur unachtsam. Vielleicht ein bisschen naiv.

Gott, warum verteidige ich ihn überhaupt? Kann mir doch egal sein, was Ely über ihn denkt. Wir sind verfeindet. Nur, weil ich ihn vor dem sicheren Tod bewahrt habe, heißt das nicht, dass sich die Fronten verändert haben. Er hat mich vor Gideon beschützt, ich habe ihm das Leben gerettet. Wir sind quitt. Das wars.

Ich stelle die Leinwand auf einen intakten Ständer und trete einen Schritt zurück, um es noch einmal zu betrachten.

Die Diskussion um Renoir kommt mir wieder in den Sinn. Mio hat ein paar gute Punkte aufgezählt, doch ich bewundere den Künstler vor allem dafür, dass er so viele Porträts und Gemälde mit Menschen gemalt hat, die von Talent und Geschick zeugen.

Ich hingegen schaffe es nicht, Menschen zu malen. Deswegen war die Person auf diesem Bild nicht mehr als ein schemenhafter Umriss. Mio hat ihr nicht nur ein Gesicht gegeben, sondern auch Persönlichkeit.

Und an Stelle des Brustkorbes prangt nun ein großes Loch, in das irgendein Dämon seine Faust geboxt hat.

Mit einem Ruck wende ich mich von dem Bild ab und schnappe mir meinen Rucksack. »Sorry, Mädels, ich habe vergessen, dass ich noch verabredet bin.«

»Mach nichts Dummes, Lan«, bittet Ely mit einem Seufzen. Sie ahnt vermutlich, was ich vorhabe.

Egal. Sie wird mich schon nicht beim Pater verpetzen. Das wird ohnehin nur ein kurzer Ausflug.

Der Geruch des *Roxas'* löst irrationalerweise ein Déjà-vu in mir aus, das ich nicht genauer greifen kann. Es fühlt sich an, als habe ich das schon einmal durchlebt, als wäre ich schon mal hier gewesen. Der Gestank nach Bier und Zigaretten, altem Leder und billigem Eau de Cologne, das flackernde Licht im Eingangsbereich, die rote Beleuchtung oberhalb der Sitzbänke.

Warum kommt mir das alles so vertraut vor?

Die Bar ist größer, als es von außen den Anschein macht. Ich erkenne Emilio auf Anhieb, als wäre mein Blick wie ein Magnet auf ihn geheftet. Er ist attraktiv, sein Hemd ist halboffen und offenbart die vielen Tattoos auf seiner Brust. Das Nippelpiercing schimmert durch, seine Haare sind zerwühlt, weil ein Twink ihm ständig reingreift. Wie er es jetzt gerade tut. Mio lacht, als er sich ein Stück zu ihm beugt und ihm etwas zuflüstert.

Nun. *Schön für ihn.*

Kilian lehnt neben ihnen an der Wand, er hat einen Arm um die Taille des Kleinen geschlungen und mustert ihn unter halb gesenkten Lidern, ein sexy Lächeln auf den Lippen.

Scheint, als würden sie sich ihre Beute gleich teilen. Großartig. *Viel Spaß auch.*

Ich dränge mich durch die Menschen bis zur Bar und setze mich auf einen der Hocker. Mit zwei Fingern winke ich dem Barkeeper zu, der mit mehr als skeptischer Miene auf mich zutritt.

»Hast du dich im Schuppen geirrt, Calvin Klein?«, fragt er provozierend und sieht auf mein Poloshirt herab.

»Kriegt man hier nur ein Bier, wenn man sich an der GAP Kollektion bedient?«, gebe ich ebenso schroff zurück.

Mein Gegenüber zieht verärgert die Lippe hoch. »Verzieh dich.«

»Schon gut, Marv.« Die Stimme rechts von mir lässt mir eine Gänsehaut über den Rücken fahren. Damien lehnt sich lässig neben mich und reicht dem Barkeeper über den Tresen hinweg einen Schein. »Bring ihm etwas zu trinken.«

»Meinetwegen.« Lustlos greift er nach einer Flasche Bier und knallt sie vor mich, ohne sie zu öffnen. Wow. Kundenservice vom Feinsten.

Damien öffnet den Schraubverschluss für mich. »Genieß deinen Drink und geh dann besser«, rät er mir.

»Hey. Warte.« Ich packe seine Schulter und ziehe ihn zurück, bevor er verschwinden kann. »Darf ich dir eine persönliche Frage stellen?«

Damien hebt eine Augenbraue und sieht von meiner Hand, die in seiner Jacke festgekrallt ist, hoch in mein Gesicht. »Meinetwegen. Wenn das auch für mich gilt.«

Ich drehe mich auf dem Hocker in seine Richtung. »Bevor du zum Dämon wurdest, warst du ein Mensch, richtig? Und als du dann gestorben bist, hat der Teufel dich zu sich geholt und dir ein Angebot unterbreitet.«

»Ist es das, was ihr in der Jägerschule beigebracht bekommt?«

Ich ignoriere seinen Einwand. »Aber um zum Dämon zu werden, muss man ein Opfer bringen. Was war deins?«

Damien schweigt ein paar Sekunden lang, in denen er mich forschend mustert. Vermutlich wägt er ab, ob er mir diese Information verraten soll oder nicht.

»Ich habe das Waisenhaus niedergebrannt, in dem ich aufgewachsen bin«, erzählt er mir schließlich.

Eine kalte Gänsehaut breitet sich in meinem Nacken aus. »Wirklich? Du hast Kinder umgebracht?«

»Es ging mir hauptsächlich um die Pfleger und den Heimangestellten, aber ja, es sind auch Kinder dabei ums Leben gekommen.«

Angestrengt schlucke ich und trinke von dem Bier, weil meine Kehle sich plötzlich trocken anfühlt. »Wow. Okay.«

»Jetzt bin ich dran.« Damien beugt sich ein Stück zu mir vor und mein Blick wird sofort wie hypnotisch von seinen Lippen angezogen. Verdammte Incubi und ihre Anziehungskraft. »Wie hat dir Mios Blowjob gefallen?«

Abfällig schnaube ich. »Dazu sage ich nichts.«

»Ernsthaft? Ich verrate dir, dass ich ein Massenmörder bin, und du willst mir nicht beichten, dass es der beste Sex deines Lebens war?«

Ich verdrehe die Augen. »Du überschätzt die Fähigkeiten deines Freundes ein wenig«, lüge ich. Er hat natürlich recht, aber das werde ich sicher nicht laut aussprechen.

Nicht, wenn die Möglichkeit besteht, dass Mio lauscht. Er hat inzwischen aufgehört, mit dem Twink zu flirten, und starrt uns mit ausdrucksloser Miene entgegen. Kilian neben ihm hat sich den blonden Typen geschnappt und küsst ihn gerade ziemlich intensiv, aber Emilio achtet gar nicht auf die beiden.

»Du bist ein schlechter Lügner«, behauptet Damien mit einem Grinsen und wendet sich wieder von mir ab. Erneut bin ich es, der ihn festhält.

»Wieso testest du es nicht selbst aus?«, frage ich provozierend, aber auch ehrlich interessiert. »Oder machst du das nur mit Kilian?«

Seine Muskeln versteifen sich unter meiner Handfläche und seine Miene gefriert zu Eis. »Wir vögeln nicht untereinander«, meint er. »Wäre doch sinnlos.«

»Jetzt bist du derjenige, der lügt«, stelle ich trocken fest.

»Kann sein.« Damien macht eine halbe Drehung, damit meine Hand von seiner Schulter rutscht. Ich erwarte, dass er endgültig abhaut, stattdessen macht er einen Schritt auf mich zu. Jetzt steht er unmittelbar vor mir, sodass wir in etwa auf einer Höhe sind.

Mein Atem stockt, als er an meinen Hals greift und an der silbernen Kette zieht, um den Anhänger unter dem Bund meines Shirts nach außen zu drehen. Er ist darauf bedacht, das Kreuz nicht zu berühren.

»Solange du das trägst, bist du ziemlich unattraktiv für mich, Süßer«, behauptet er.

Schnaubend unterdrücke ich ein Lachen, will erwidern, dass ich sicher nicht vorhabe, ihn zu verführen, nur ... Lügen ist immerhin auch eine Sünde. Ich sollte es nicht übertreiben.

Bedächtig ziehe ich die Kette aus und lege sie hinter mir auf den Tresen. Beiläufig streiche ich auch das Armband vom Handgelenk, bevor ich mich Damien wieder zuwende.

»Und was ...«

Er lässt mich meinen Satz nicht beenden, schiebt beide Hände in meinen Nacken und zieht mich zu einem Kuss heran. Mein Keuchen wird von seinen Lippen verschluckt, die fordernd über meine streifen. Ich neige den Kopf und komme seiner

Zunge entgegen, schmecke ihn, lasse zu, dass meine Energie auf ihn überfließt.

Damien stöhnt genussvoll, als der erste Stoß ihn erreicht, rückt näher an mich und vertieft den Kuss, lässt nur kurz von mir ab, um den Kopf auf die andere Seite zu neigen. Sein Griff um meinen Nacken verstärkt sich, als ich mich von ihm abwenden will.

Ein Kribbeln erfasst meinen Körper, ausgehend von den Stellen, die er berührt. Wie kann ich mich nur so machtvoll fühlen, wenn meine Energie gestohlen wird? So ist es auch jedes Mal mit Emilio. Wie ein Rausch. Wie eine Droge.

Mein Verstand hat sich zum Glück noch nicht endgültig verabschiedet, weswegen ich die Hände gegen seine Schultern drücke und ihn wegschiebe.

»Das reicht«, entscheide ich mit rauer Stimme.

Damien, der die Lider noch halb geschlossen hat, verzieht die Lippen zu einem lasziven Lächeln. »Wenn du das sagst, Pfarrerssohn.«

Als er einen Schritt zurückmacht, stoße ich die angehaltene Luft aus. Ich sehe Damien nach, wie er mir den Rücken zukehrt und sich von mir entfernt, dann greife ich meine Sachen vom Tresen und nehme noch einen großen Schluck von dem Bier.

Als ich aufsehe, ist Damien in der Menge verschwunden und Mio und Kilian lehnen nicht mehr an der Wand. Von den Incubi ist keine Spur zu sehen.

Ich verlasse das *Roxas* und ziehe die Jacke enger um meinen Körper, als ich in die dunkle, kalte

Nacht trete. Mein Blick gleitet hoch zu dem beleuchteten Neonschild, das schummriges Licht spendet. Mein Atem wirft kleine Rauchwölkchen. Schon wieder dieses unheimliche, drängende Gefühl eines Déjà-vus.

Jetzt kribbelt etwas ganz anderes als Erregung in meinem Bauch, eine unangenehme Gänsehaut zieht über meinen Nacken. Blind taste ich nach dem Messer in der Innentasche meiner Jacke, umfasse den Griff und biege nach links ein. Mein Auto steht einige Meter weiter auf einem verlassenen Schotterparkplatz. Nur ein paar Schritte.

Ein Schatten taucht aus der Gasse rechts von mir auf, ich ziehe das Messer nicht rechtzeitig heraus, als ich gepackt und nach hinten gezerrt werde. Mein Keuchen bleibt mir im Hals stecken, ich werde grob gegen eine raue Hauswand geworfen und schaffe es endlich, meine Waffe zu zücken.

Der Angreifer setzt auf mich zu, ich halte die Klinge an seine Kehle und starre in Mios dunkle Augen. Ein Grinsen verzieht seine Lippen.

»Hallo«, schnurrt er.

»Fuck«, stoße ich zitternd aus. »Ich hätte dich umbringen können!«

»Dann tu es doch. Ist ohnehin dein Job, oder?«

»Nein«, erwidere ich. Keine Lüge. Mios Rudel steht nicht auf unserer Abschussliste. Noch nicht, zumindest.

»Was spielst du dann für Psychospielchen mit mir und meinen Freunden?«, fragt er.

Ich stoße ein schnaubendes Lachen aus. »Eifersüchtig, weil ich Damien statt dich geküsst habe?«

»Höchstens ein bisschen neidisch.«

Eine weitere Gestalt zeichnet sich in der Dunkelheit ab, mein Kopf ruckt sofort zu ihr und ich verstärke den Druck auf Mios Kehle ein wenig.

»Du auch hier. Großartig«, begrüßte ich Damien.

»Wir jagen immer im Rudel«, behauptet dieser und tritt noch näher. Er neigt den Kopf und mustert mich ehrlich interessiert. »Wer von uns küsst am besten?«

Ich rolle mit den Augen. »Wenn ihr so besessen voneinander seid, fickt euch gegenseitig, Herrgott. Ist doch nichts dabei.«

»Das ist keine Antwort auf meine Frage.«

»Du wirst auch keine erhalten«, erwidere ich und schiele zu Mio, der erstaunlich still ist. Damien wendet sich ebenfalls seinem Kumpel zu.

»Stehst du darauf, ein Messer an die Kehle gehalten zu bekommen?«, fragt er amüsiert.

»Unter anderen Umständen vielleicht«, erwidert dieser knurrend. »Nicht, wenn es wie die Hölle brennt.«

»Gesegnet von einem Priester, Arschloch.« Langsam ziehe ich das Messer zurück und Mio atmet tief durch. Im selben Moment bereue ich meine Worte. Das hätte ich ihnen nicht verraten sollen, oder?

Ich will mich abwenden und gehen, aber Emilio packt meine Schulter und drückt mich zurück gegen die Wand. *Autsch.*

»Wieso hast du Damien nach seiner Prüfung ge-fragt? Was hast du mit dieser Information vor?«, will er wissen.

»Nur persönliches Interesse«, weiche ich aus und sehe demonstrativ zu seinen Fingern, die in meiner Jacke vergraben sind. »Lass mich los.«

»Das kaufe ich dir nicht ab.«

»Wieso nicht? Ich interessiere mich auch für deine *Prüfung*, Emilio. Was hast du getan, um ein Dämon zu werden?«

Mio presst die Kiefer fest zusammen und bevor ich nachtreten kann, wird meine Aufmerksamkeit von etwas anderem abgelenkt. Jemand springt auf das Dach des gegenüberliegenden Gebäudes, macht einen Sprung und landet elegant auf dem Boden.

»Was war die Prüfung deines Vaters, Lan?«, fragt Kilian. Ich erkenne ihn jetzt auch, als er nähertritt und von dem spärlichen Licht beleuchtet wird. Bei-läufig klopft er Staub von den Klamotten. »Nicht der Priester, natürlich. Dein leiblicher Vater wurde ebenfalls zum Dämon, nicht wahr?«

Ich erstarre und merke, wie mir die Gesichtszüge entgleiten. Woher weiß er davon?

Als Antwort auf meine stumme Frage wirft Kilian mir meinen Geldbeutel entgegen, der gegen meine Brust prallt und achtlos im Dreck zu meinen Füßen landet. Damien muss ihn mir während der Knut-scherei aus der Tasche gezogen haben. Wie konnte mir das entgehen?

»Landon Grayson, geborener Heller«, zitiert er aus meinem Personalausweis. »Ein seltener Name. Ich habe einer Freundin im Polizeirevier einen Besuch abgestattet und sie hat die Akte von Michael Heller rausgekramt. Er wird wegen diverser Morde und noch mehr Vergewaltigungen gesucht. Seine kriminelle Laufbahn hat begonnen, nachdem er wie durch ein Wunder einen schrecklichen Arbeitsunfall überlebt hat. Das klingt mir verdammt nach einem Incubus.«

Hart schlucke ich und sehe von Damien zu Kilian und schließlich in Mios Gesicht. Alle drei starren mich ausdruckslos und abwartend an. Ich senke den Blick.

»Er hat meine Mutter und meine kleine Schwester umgebracht«, erzähle ich. Wenn Damien weiter in meiner Vergangenheit gräbt, findet er das ohnehin heraus. »Er hat sie getötet, weil er egoistisch und selbstsüchtig entschieden hat, lieber sie zu opfern, statt seinen eigenen Tod zu akzeptieren.«

»Ja. Wie wir alle«, sagt Mio tonlos. Er tritt einen Schritt von mir zurück und lässt mir damit die Möglichkeit, zu gehen. Ich zögere ein paar Sekunden, bevor ich mir einen Ruck gebe.

»Weißt du, weswegen er dich nicht umgebracht hat, Landon?«, ruft Kilian mir nach, als ich schon halb aus der Gasse raus bin.

Unwillkürlich bleibe ich stehen und werfe einen Blick über die Schulter. Die drei sehen unheimlich aus in dem schummrigen Licht. Wie Racheengel.

»Töte, was du am meisten liebst«, spricht Kilian weiter. »Das war seine Aufgabe. Du zähltest wohl nicht dazu.«

Seine Worte versetzen mir einen Stich, aber ich versuche, mir nichts anmerken zu lassen. »Ja, kann gut sein.« Ich drehe mich vollends zu ihnen herum und entferne mich gleichzeitig rückwärts laufend. »Und der Teufel lässt immer einen zurück, der leidet. Der leidet und hasst und den diese Gefühle jeden Tag ein bisschen mehr umbringen.«

Zwei sterben schnell. Und einer stirbt qualvoll und langsam in seiner eigenen Hölle auf Erden.

KAPITEL 23

EMILIO

»Es tut mir leid.« Die Worte verlassen tonlos meine Lippen, sie werden davongetragen von dem rauschenden Wind, der meine Haare und meine Gefühle zerwühlt.

Ich hocke mich vor die gepflegte Grabstelle und strecke die Hand aus, um die blühenden Hortensien zu berühren. Das waren Lisas Lieblingsblumen.

Wenn ich sterbe, sorg dafür, dass mein Grab nicht traurig und trostlos wird, Emilio. Ich weiß, du hasst Blumen, aber vergiss nicht, mir welche zu bringen.

»Ich habe dir welche mitgebracht, Schwesterherz«, murmele ich. Es ist immer noch komisch, mit einem Stein zu reden. Ich war viel zu lange nicht mehr hier. Bestimmt zwei Wochen. Nach ihrem Tod sind meine Eltern zurück nach Mexiko gezogen, sie haben es nicht ertragen, in dieser Stadt ohne sie weiterzuleben und noch weniger, in meiner Nähe zu sein. Lisas Freundinnen aus der Klinik besuchen ihr Grab, so oft sie können, aber von ihnen sind nicht mehr viele übrig.

Der Krebs ist ein hinterlistiger, heimtückischer Gegner.

Landons Worte von Donnerstagabend haben mich dazu veranlasst, wieder herzukommen. Meine Finger zucken und ich greife nach der angebrochenen Packung Marlboro, die Kilian in meinem Wagen hat liegen lassen.

Ich habe die Zigarette schon zwischen den Lippen, entscheide mich dann doch dagegen, sie anzuzünden.

»Entschuldige«, sage ich zu meiner toten Schwester. »Du hasst es, wenn ich rauche.« Wegen ihr habe ich aufgehört, aber die Gewohnheit kehrt allmählich zurück. So ist das mit Süchten. Man wird sie niemals ganz los.

Ich lächele ein bisschen, als Lisas Augenrollen in meinem Kopf erscheint.

»Du bist so dramatisch, Mio«, würde sie zu meinen Gedanken sagen. *»Hör einfach auf, dir etwas in den Mund zu stecken, das dich früher oder später umbringen wird. Du bist doch kein Baby, das einen Schnuller braucht.«*

Sie war damals die Einzige, die mich *Mio* genannt hat, und ich habe es gehasst. Jetzt, wo sie nicht mehr da ist, stelle ich mich überall so vor, nur um es noch einmal zu hören.

»Es tut mir so leid, Lisa«, wiederhole ich heiser und wische mir die Tränen von den Wangen. Wann habe ich überhaupt angefangen zu heulen?

Sie war meine Person, die ich am meisten auf dieser Welt geliebt habe. Sie war der Deal des Teufels. Und ich habe sie umgebracht für eine zweite verdammte Chance auf mein eigenes Leben.

Das Schlimmste ist unser letzter Augenblick zusammen. So viel Vertrauen und Liebe standen in ihrem Blick. Sie hat sich auf mich verlassen, hat darauf vertraut, dass ich das Richtige tue, und ich habe sie getötet. Mit meinen bloßen Händen sogar.

»Ich komme am Montag wieder vorbei und sehe nach, ob die Hortensien das Wochenende überlebt haben«, verspreche ich Lisa und erhebe mich schwerfällig. Ich zerknülle die Zigarettenpackung in meiner Jackentasche und werfe sie in den Mülleimer auf dem Weg zu meinem Wagen.

Als ich meinen Fiero aufschließe, bemerke ich die zwei Polizeiwagen auf der gegenüberliegenden Seite. Die Blaulichter sind an, die Sirenen aber nicht. Stirnrunzelnd halte ich inne und sehe angespannt herüber.

»Emilio Diaz!«

Ich zucke zusammen und fahre herum. Zwei Polizisten mit erhobenen Waffen steuern auf mich zu. Haben sie sich versteckt und auf einen günstigen Moment gewartet? Aus Reflex hebe ich entwaffnend die Arme, bevor sie darauf kommen, auf mich zu schießen. Wäre schwer zu erklären, warum ich durch ihre Bleikugeln nicht sterbe.

»Wo ist das Problem?«, frage ich ruhig.

»Legen Sie die Hände auf das Autodach«, befiehlt einer der Cops. »Sie sind verhaftet.«

Verdammte Scheiße.

Jeder sollte einen Menschen haben, den er mitten in der Nacht anrufen kann, wenn ihm in der Zelle der örtlichen Polizeistation ein einziges Telefonat gewährt wird.

Gut ist, wenn man die Nummer auswendig kennt. Besser noch, wenn es sich dabei um den Sohn des FBI-Directors höchstpersönlich handelt.

»Unbekannte Nummer?«, geht er mit rauchiger Stimme ran. »Wenn du nicht vögeln willst, rufst du zu einem sehr schlechten Zeitpunkt an.«

»Kilian, ich bins«, sage ich mit einem Räuspern. »Emilio.«

»Oh, *mijo*«, schnurrt er. »Mein Angebot steht noch. Komm rüber in mein Apartment, ich habe ein paar hübsche Jungs hier.«

Ich schnaube und lehne mich mit dem Rücken gegen die Wand. Mein Blick schweift durch die Nische zu den Büros der Polizisten, die mich vor einer Weile festgenommen habe. Der Cop unmittelbar vor mir belauscht mich mit Sicherheit, auch wenn er ganz konzentriert auf seine Unterlagen schielt.

»Ich wurde verhaftet und ich brauche deine Hilfe«, teile ich Kilian mit.

»Was? Wann?« Mit einem Schlag ist die Leichtigkeit aus seiner Stimme gewichen.

»Vor ein paar Stunden. Sie haben mich verhört.« Es zumindest versucht. »Jetzt haben sie mir einen Anruf gestattet, bevor sie mich in die Zelle stecken.«

»Weswegen, verdammte Scheiße?«

»Sie denken, ich habe Grant umgebracht.«

Kilian stöhnt laut und stößt eine Reihe von Flüchen aus.

Ich umfasse den Hörer jetzt mit beiden Händen. »Kannst du mir helfen? Deinen Vater anrufen?«

»Klar. Mach dir keine Sorgen. Du hast ihn ja nicht umgebracht.«

»Nein«, erwidere ich angespannt und atme flach aus. »Danke.«

»Dank mir, wenn du draußen bist. Und, Emilio?«

»Ja?«

»Lass dich nicht einschüchtern. Weder von den Bullen noch von den Insassen. Du weißt, was du bist. Stärker und klüger als alle anderen.«

Verzweifelt schließe ich die Augen und drücke mich enger gegen die Wand. »Nicht, wenn ich keine Energie bekomme«, erwidere ich mit gesenkter Stimme.

»Machst du Witze?« Kilians Lachen klingt hohl. »Such dir einen hübschen Mitgefangenen und mach ihn zu deiner Bitch. Ist doch das reinste Paradies.«

»Du bist ein verdammter Idiot«, murmele ich, weiß aber seine Intention zu schätzen, mich aufzumuntern. »Geh zurück zu deiner Orgie.«

»Der beste Teil dieses Gesprächs«, erwidert er ironisch.

»Bis bald.«

»Ich lasse dich nicht lange warten, versprochen.«

Kilian hält sein Wort. Noch in dieser Nacht holt mich ein Anwalt raus, der auch ein gutaussehender Vampir sein könnte. Trotz der späten Stunde trägt er einen makellosen Anzug, seine Haare sind gemacht und er riecht verführerisch gut nach Aftershave und Männlichkeit.

Wir sprechen ein paar Worte, dann schreit er die anwesenden Polizisten an und eine halbe Stunde später bin ich ein freier Mann.

»Danke«, sage ich perplex, als sich unsere Wege vor dem Polizeigebäude trennen. Ich fühle mich verloren und überfordert, bis ich Kilian sehe, der lässig gegen einen alten Mustang gelehnt dasteht, eine Zigarette zwischen den Lippen.

»Woher hast du den schicken Anwalt aufgegabelt?«, frage ich, als ich mich mit verschränkten Armen neben ihn lehne.

»Hm, ich habe einige mächtige Leute in meinem Repertoire«, sagt er lässig.

»Er wirkte teuer.«

»Keine Sorge. Er lässt sich meistens mit Sex bestechen.«

»Heiß«, kommentiere ich. »Ich würde ihn gerne ficken.«

»Hah. Das klärt eine Frage, die mir schon seit Ewigkeiten unter den Nägeln brennt.«

»Ich bin ein Switch, falls du das wissen möchtest«, erkläre ich ihm.

Kilian drückt seine Kippe aus und läuft um den Wagen herum, um mir die Tür zu öffnen.

»Was soll das denn?«, frage ich amüsiert.

Er pustet mir den Rauch entgegen und legt mir sogar eine Hand auf den Kopf, als ich einsteige. Eine seltsam fürsorgliche Geste. Er schenkt mir ein freches Grinsen. »Jetzt, wo ich weiß, dass du dich ab und zu vögeln lässt, muss ich mich mal ins Zeug legen.«

»Du bist so ein Idiot«, schnaube ich, kann mir aber ein Lachen nicht verkneifen. Scheiße, ich bin so erleichtert, die Nacht nicht in dieser Zelle verbringen zu müssen. Ich schließe die Augen und lehne mich in den Sitz zurück, als Kilian losfährt.

»Danke«, entkommt es mir schließlich heiser.

»Klar. Ich kann dich doch nicht für meinen Mord einsitzen lassen. Die Ehre gebührt ganz mir.«

»Ich meine es ernst.« Ich räuspere mich und fahre mir durchs Haar. »Wirklich. Du bist mir ein besserer Freund als ich dir.«

Kilian schnalzt mit der Zunge. »Mach es nicht dramatischer als es ist, Mio. Wir sind ein Rudel. Natürlich stehen wir füreinander ein.«

Eine Weile ist es still, bis Kilian langsamer wird. »Soll ich dich nach Hause bringen?«

Oh, fuck, diese Sache habe ich aus meinem Bewusstsein verdrängt. »Der Fiero steht noch am Friedhof. Fahr mich dorthin.«

»Okay.« Er wirft mir einen Seitenblick zu. »Du hast deine Schwester besucht?«

Jeder meiner Muskeln spannt sich mit einem Mal an. »Woher weißt du es?« Das habe ich ihnen nie erzählt.

»Als du zum Dämon wurdest, hat Lucifer uns deine Geschichte offenbart. Das ist so üblich. Die Rudel können entscheiden, zu wem du kommst.«

Sie wissen es? *Alle*? Kälte fährt durch meine Brust.

»Dann weißt du, dass ich sie umgebracht habe«, flüstere ich.

»Deine Schwester war todkrank. Leukämie, nicht wahr? Deine Eltern haben sie von einer Behandlung zur nächsten geschleppt. Gegen ihren

Willen. Sie wollte sterben. Du hast ihr einen Gefallen getan.«

Bitterkeit steigt in mir hoch. »Niemand will sterben, Kilian. Sie wollte nur nicht mehr krank sein und ich habe sie brutal aus dem Leben gerissen, nur für meine zweite Chance. Egoistisch und selbstsüchtig, wie Landon gesagt hat.«

»Das bist du nicht. Und genau das ist der Grund, warum wir dich in unserem Rudel haben wollten.« Er drosselt die Geschwindigkeit, biegt auf den Parkplatz ein und stellt sich neben meinen Fiero. »Weil wir jemanden brauchen, der uns erdet.«

Einen Moment länger bleibe ich sitzen, dann beuge ich mich vor, umfasse sein Kinn und drücke ihm einen unschuldigen Kuss auf die Wange. »Danke, Kian.«

»Wow, das war heiß«, kommentiert er trocken.

»Gern geschehen«, erwidere ich amüsiert. »Bis bald.«

KAPITEL 24

KILIAN

»Ich vertraue ihm nicht.«

Augenrollend ziehe ich an meiner Zigarette und schabe unruhig mit den Füßen auf dem Boden. Die Stimme meines Vaters klingt rauschend, als stünde er mitten in einer Windböe.

»Danke, dass du uns trotzdem geholfen hast.«

»Den Mustang will ich zurück.«

Ein Grinsen schleicht sich auf meine Züge. »Meinetwegen.« Kurz zögere ich, seufze dann leise. »Er hat diesen Mann nicht getötet«, stelle ich klar. »Wir haben also das Richtige getan. Emilio gehört nicht ins Gefängnis.«

Einen Moment ist es still, ich höre nur tosenden Wind. Schließlich verstummen die Hintergrundgeräusche, als sei mein Vater in einen Raum hineingegangen. »Weißt du, mein Junge«, dringt seine rauchige Stimme zu mir herüber. »Die Abschreckungstaktik ist manchmal wirkungsvoller als Gerechtigkeit. Es geht darum, der Öffentlichkeit einen Schuldigen zu liefern und ein Exempel zu statuieren.«

»Aber nicht an meinen Freunden«, blaffe ich unfreundlicher als gewollt.

»Er ist nur dein Freund, wenn er dasselbe auch für dich tun würde«, kommt es prompt zurück. »Würde er das?«

Nein. Ich knirsche mit den Zähnen, ohne ihm die Antwort zu geben. Die kennt Vater bereits. Er hat ein erstaunliches Talent, in Menschen zu lesen.

»Weißt du, weswegen ich Damien so sehr mag?«, fährt Dad unbeirrt fort. »Nicht wegen seiner höflichen Manieren oder seiner ruhigen, besonnenen Art. Nein. Nur deswegen, wie er dich ansieht. Er ist derjenige, der dich aus dem Knast holen würde, wenn es niemand anders tut.«

Gerne würde ich ihm sagen, dass Damien mich verraten und mir das Herz gebrochen hat, aber ich bringe es nicht über mich, ihm seine Illusion zu nehmen. Er kann nicht loslassen, bis er weiß, dass ich nicht allein bin. Sein Verantwortungsbewusstsein drängt ihn dazu, obwohl ich ihm alles genommen habe. Die Liebe seines Lebens. Seine Ehefrau. *Meine Mutter.*

Ich darf Dads Mustang noch eine Weile länger fahren. Er hat gesagt, ich soll ihn am Abend zurückbringen, was mir zumindest einen Spielraum von zwei bis vier Tagen gibt. Kommt drauf an, wie seine Arbeitstage laufen und wie viele andere Menschen ihn abfucken.

Für heute ist es gut, dass ich den Mustang fahren und ein paar Geschäfte erledigen kann. Auftragsmörder für die Mafia zu spielen war nicht unbedingt mein Traumberuf, aber man tut, was man kann. Ich brauche ein bisschen Kohle, um den schicken Anwalt zu bezahlen. Leider lässt er sich nicht nur mit Sex besänftigen, sondern verlangt auch noch echtes Geld. Ich häufe lieber keine Schulden bei ihm an, solange mein Rudel auf der Verdächtigenliste der Cops steht.

Ich zähle gerade die Scheine durch, als ein Schatten von hinten auf mich fällt. Unwillkürlich halte ich die Luft an und meine Muskeln spannen sich an, als ich einen flüchtigen Blick über die Schulter werfe.

Ein Lachen entfährt mir, als ich ihn erkenne.

»Stalkst du mich jetzt, Kleiner?«, frage ich neckend und stecke die Kohle in meine Jackentasche, ehe ich mich vollends zu Landon herumdrehe.

»Das ist der Weg zu meinem Zuhause«, behauptet er, bleibt stehen und schiebt unschuldig die Hände in die Hosentaschen. Das kaufe ich ihm keine Sekunde lang ab.

»Nun, *ich* stalke dich lange genug, um zu wissen, dass das nicht stimmt.« Tatsächlich habe ich den Mustang nahe der Universität abgestellt, in einer gehobenen Gegend, in der ich nicht Gefahr laufe, wegen geklauten Reifen dumm dazustehen. Aber sowohl Lans WG als auch sein Atelier liegen in einer ganz anderen Richtung. Er hat also nach mir gesucht und mich irgendwie gefunden.

Die Sonne geht gerade zwischen den Häuserblöcken unter und verleiht diesem unverhofften Treffen etwas beinahe Romantisches.

»Was war das für Geld?«, fragt er neugierig, ohne auf meine Aussage einzugehen. »Bist du Stripper oder nur eine Hure?«

»Weder noch. Auftragsmörder«, verrate ich ernst.
Lan starrt mir sekundenlang in die Augen, als erwarte er ein Grinsen oder etwas anderes, dass das als Scherz abtut, doch es bleibt aus.

Schließlich räuspert er sich. »Verstehe. So verdient man als Dämon also Geld?«

»Nicht jeder kann Priester werden und sich auf Kosten des Staates aushalten lassen, Süßer.« Lässig lehne ich mich mit dem Rücken gegen den Mustang und überkreuze die Knöchel. »Weswegen bist du hier, Lan? Willst du eine Zigarette mit mir rauchen, mir einen Blowjob geben oder einen Mordversuch starten, wie dein Kumpel Grant?«

»Ich wähle die Zigarette.« Er macht ein paar Schritte auf mich zu und ich hole eine Packung Marlboro heraus.

»Erlaubt dein Vater dir das?«, frage ich provozierend, als ich ihm die Kippe anzünde, eine Hand gegen den Wind aufgestellt. Lan hebt den Blick und betrachtet mich zwischen den Wimpern hindurch.

»Nein«, sagt er. »Dann muss ich später eben eine Beichte ablegen.«

»Pff«, mache ich belustigt, aber jetzt spricht Lan wohl die Wahrheit, denn er bleibt ganz ernst.

Der kleine Dämonenjäger macht einen Schritt zur Seite und lehnt sich ebenfalls gegen den Mustang. *Schmaler Grat.* »Schicker Wagen«, kommentiert er. »Kennst du eine Valerie Masters?«

»Ah, das wird also ein Verhör«, erwidere ich trocken. »Nie gehört. Ich merke mir aber auch selten Frauennamen.«

»Hat Gideon nie von ihr erzählt?«

»Du überschätzt unsere Beziehung gewaltig. Ich rede nicht mit Gideon, wenn es sich vermeiden lässt.«

Unzufrieden beißt Lan die Zähne zusammen. Er zieht an der Zigarette und hustet leicht, als er den Rauch entweichen lässt.

»Realisierst du gerade, dass du dir all die Mühe gemacht hast, um mich abzufangen, nur um rein gar nichts von mir zu erfahren?«, errate ich seine Gedanken. Er dreht den Kopf und blitzt mich unbeeindruckt an.

»Du kannst mir sicher ein paar andere Fragen beantworten«, meint er.

»Warum sollte ich das tun?«

»Komm schon.«

Ich wende mich ihm zu, beuge mich vor und umfasse sein Kinn mit den Fingern. Mir entgeht nicht, wie sein Herz einen Satz macht. »Denkst du, du bist besonders, weil du jeden in meinem Rudel geküsst hast?«, frage ich kalt. »Wir stehen auf verschiedenen Seiten des Schlachtfelds, also pass besser auf, bevor du neben deinem Kumpel Grant landest.«

Ich erwarte, dass er sich nach dieser unmissverständlichen Drohung aus meinem Griff windet und zurückweicht, doch Lan überrascht mich, indem er reglos stehen bleibt. Also rühre auch ich mich nicht, weiche seinem Blick nicht aus und harre nur aus.

»Wenn du den Mord nicht gestehst, wird Emilio deswegen in den Knast wandern«, behauptet er.

Ich frage gar nicht, woher er das weiß. Vermutlich haben die Jäger ihre Finger im Spiel. Davon lasse ich mich nicht aus der Reserve locken.

»Dann wird er das«, erwidere ich. »Was sind schon ein paar Jahre Gefängnis?«

»So ein Arschloch bist du nicht. Nicht zu deinem Rudel.«

Jetzt bin doch ich derjenige, der ihn loslässt. Ich ertrage es nicht mehr, ihn zu berühren. »Verpiss dich«, knurre ich und reiße ihm die halb aufgerauchte Zigarette aus den Fingern, um sie am Boden auszudrücken. »Wir sind fertig hier.«

»Kilian, warte.« Lan erdreistet sich wirklich, mich an der Schulter zurückzuhalten, als ich mich von ihm abwenden will. Aus Reflex umfasse ich sein Handgelenk, verdrehe seinen Arm hinter dem Rücken und drücke ihn etwas zu fest mit dem Gesicht voran gegen den Mustang. Er keucht angestrengt.

»Fass mich verdammt nochmal nicht an«, knurre ich verärgert.

»Ich brauche deine Hilfe. Deswegen bin ich zu dir gekommen«, sagt er und dreht den Kopf leicht in meine Richtung. »Bitte.«

Seine Stimme hat einen merkwürdig sanften Unterton bekommen, wie warmer Honig, der etwas mit mir macht. Ich lockere meinen Griff.

»Warum sollte ich dir helfen?«

»Weil du ein netter Mensch bist?«

»Ich bin weder nett noch bin ich ein Mensch.«

»Richtig.« Lan ächzt leise, weswegen ich sein Handgelenk loslasse, ihn aber weiterhin gegen den Wagen drücke. »Ich kann dich bezahlen.«

Einen Moment bin ich verwirrt, dann lache ich abrupt auf. »Womit bezahlen?«, frage ich anzüglich. »Sex?«

»Geld.«

Fuck, was will dieser kleine Dämonenjäger eigentlich von mir? Ich trete endgültig zurück, warte, bis er sich zu mir herumgedreht hat und mich anblinzelt. In seinem Blick steht ehrliche Verletzlichkeit. Na gut, ich verstehe ein bisschen, warum Mio so besessen von ihm ist. Diese blauen Augen bescheren selbst mir weiche Knie.

»Ich suche nach meinem Vater. Meinem *leiblichen* Vater«, erzählt Lan mit leiser Stimme. »Er ist ein Dämon wie ihr. Ein Incubus.«

Ich kneife die Augen zusammen und neige argwöhnisch den Kopf. »Warum fragst du mich?«

»Dein Vater ist beim FBI, du hast Kontakte zu der Polizei. Keine Ahnung. Ich dachte irgendwie, du bist mein richtiger Ansprechpartner.«

Ich unterdrücke den Drang, seine Bitte abzulehnen und denke einen Moment länger darüber nach. »Sein Name war Michael Heller?« Lan nickt und Hoffnung glimmt in seinen Augen auf. »Was hat er zuletzt gemacht? Woran erinnerst du dich?«

»Ich weiß nicht. Ich war noch klein, als ich zum Pater kam.«

»Hmh«, brumme ich. Das sind nicht besonders viel Informationen. »Okay, ich sehe, was sich machen lässt, aber dafür musst du mir eine Frage beantworten.«

Lan hebt eine Augenbraue. »Und die wäre?«

»Was ist in der Nacht passiert, in der wir uns das erste Mal getroffen haben?«

Lan runzelt nachdenklich die Stirn. »Damals im Lemons? Ich weiß es nicht. Du bist mit Grant mitgegangen und ich habe nur noch mitbekommen, dass Mio dich weggebracht hat.«

»Nein, nicht dieser Abend«, erwidere ich ungeduldig. »Damals im Roxas. Unsere erste Begegnung.«

Verwirrt schüttelt Landon den Kopf. »Ich weiß nicht, wovon du redest.«

Frustriert schnaube ich. »Wir sind fertig miteinander, Landon.«

»Nein, warte.« Wieder hält er mich an der Schulter fest. Verzweiflung steht ihm ins Gesicht geschrieben. »Ich sage dir die Wahrheit. Wenn du wissen willst, was Grant im Lemons mit dir gemacht hat, dann lautet die Antwort, dass ich es nicht weiß. Grant und ich haben nicht zusammengearbeitet, er hat herumexperimentiert und auf eigene Faust gehandelt. Euer Rudel stand nicht einmal auf unserer Agenda. Wir sollten euch nur im Blick behalten, nicht mehr.«

Nach seinem Redeschwall presst er die Lippen zusammen, als habe er zu viel gesagt. Ich weiß nicht, ob ich ihm das abkaufen kann. Spielt er ein verdammtes Psychospiel mit mir?

Ohne ein weiteres Wort steige ich in den Mustang und knalle die Tür zu. Nur kann ich mich nicht überwinden, loszufahren und ihn stehen zu lassen. Vermutlich hat Landon recht und ich bin doch zu *nett*.

»Ich kann dir nichts versprechen«, sage ich zu Lan, ohne ihn nochmal anzusehen. »Aber ich werde sehen, was ich herausfinden kann.«

»Danke«, sagt Lan. Er klingt erleichtert. »Bis bald.«

Warum tue ich das überhaupt? Landon Grayson ist der Feind. Das darf ich auf keinen Fall vergessen, ganz egal wie unschuldig und heiß er aussieht.

KAPITEL 25

EMILIO

Ich male wieder. Auf Leinwand. Mit Pinsel und Farbe.

Das erste Mal, seit ich dieses Gemälde von Landon beendet habe und das zweite Mal überhaupt, seit ich zum Dämon wurde.

Es fühlt sich an, als könnte ich endlich wieder frei atmen, als meine Gefühle ungefiltert auf die weiße Oberfläche strömen. Ich bleibe, obwohl unsere Stunde längst rum ist und der Raum sich inzwischen geleert hat. Es ist wie ein Rausch, der mich nicht mehr loslässt.

»Du bist noch da.«

Überrascht hebe ich das Kinn und merke jetzt erst, wie verspannt mein Nacken sich anfühlt. Brummend reibe ich mir über die angespannten Muskeln, als ich zu Lan blicke, der mit schief gelegtem Kopf im Türrahmen steht.

»Was tust du hier?«, frage ich. Keine Ahnung, wie ich ihm begegnen soll. Das letzte Mal hat er Damien geküsst und wir haben ihn in diese Gasse gezogen. Sind wir immer noch Feinde mit gewissen Vorzügen oder einfach nur Rivalen, die sich gegenseitig umbringen wollen?

»Ich habe dein Auto auf dem Parkplatz gesehen und dachte, ich sehe mal nach, was du so treibst«, erwidert Lan, schiebt die Hände in die Jackentaschen und macht unverfänglich ein paar Schritte in den Raum hinein.

Seine blonden Haare sind vom Wind zerzaust und meine Finger zucken von dem Verlangen, sie darin zu vergraben.

Argwöhnisch kneife ich die Augen zusammen. »Du nimmst deinen Job, mich zu beschatten, wirklich ernst, nicht wahr?«

»Komm schon, sei kein Arsch.« Das war kein Nein.

Demonstrativ wende ich den Blick ab. »Lass mich in Ruhe. Ich bin beschäftigt.«

»Ich wollte nur nachsehen, ob du okay bist.« Die plötzliche Sanftheit in seiner Stimme löst ungeahnte Gefühle in mir aus. Fest presse ich die Lippen zusammen und zwinge mich, durchzuatmen. »Ich habe gehört, dass du verhaftet wurdest.«

»Nun, ich bin wieder draußen«, erwidere ich steif, nachdem ich mich gefangen habe. »Noch was?«

»Kann ich sehen, woran du arbeitest?«

Mein Blick gleitet zu der Leinwand, an der ich die letzten Stunden gemalt habe. Die Konturen sind verschwommen, Pinselstriche schwappen übereinander, weil ich nicht genug Geduld hatte zu warten, bis die Farbe trocken ist, dennoch erkennt man das Motiv ohne Zweifel. Einer der Männer hat den Kopf in Ekstase zurückgeworfen und der andere küsst seinen Hals. Einer von ihnen ist blond.

»Nein«, entscheide ich und lege die Malutensilien bedächtig zur Seite. »Ich mache ohnehin Schluss.«

Das Bild ist so gut wie fertig. Ich muss morgen noch die Feinheiten ausarbeiten.

Ich hoffe nur, bis dahin hat meine Kreativität mich nicht im Stich gelassen.

»Wann haben wir uns das erste Mal getroffen?«, fragt er unvermittelt.

Da ist sie, die Frage, die ihm auf der Zunge gebrannt hat. Die Worte kommen schnell und beinahe atemlos über seine Lippen, als habe er sie nur mit Mühe zurückhalten können – bis jetzt.

»Im Roxas«, erkläre ich bedächtig. »Du erinnerst dich sicher besser als ich, was danach passiert ist.«

Stirnrunzelnd neigt er den Kopf. »Das tue ich wirklich nicht. Wann soll das gewesen sein?«

Entweder ist Landon ein sehr guter Schauspieler, oder aber seine Verwirrung ist echt.

»Erinnerst du dich, als ich das erste Mal zur Lerngruppe gekommen bin?«

Lan hebt eine Augenbraue. »Du meinst, als du mich angestarrt und dann einfach abgehauen bist?«

»Jup. Unser Treffen war am Wochenende vorher.«

»Das kann nicht sein. Ich meine, ich kenne dich aus der Uni.«

»Da bist du mir aber nicht aufgefallen«, erkläre ich und packe meine Sachen in die Tasche. »Ich bin ins Roxas, um jemand Hübsches für die Nacht zu finden. Da warst du. Bist mir förmlich in die Arme gelaufen. Ich habe dich mit nach draußen genommen, wo Damien und Kilian schon gewartet haben. Wir haben uns geküsst und dann ... Schwärze.«

Lan runzelt die Stirn und scheint angestrengt nachzudenken, doch ich habe keine Lust mehr auf dieses Spielchen.

»Wie auch immer.« Ich schultere meinen Rucksack und laufe an ihm vorbei Richtung Ausgang. Er trottet mir hinterher.

»Mio, ich meine es ernst. Ich habe keine Ahnung, wovon du redest.«

Mein guter Vorsatz, ihn zu ignorieren, wird zunichtegemacht, als er bis über den Parkplatz hinweg folgt und offenbar auf meine Antwort wartet.

»Lass gut sein, Lan«, sage ich mit einem Seufzen. »Ich vertraue dir nicht und du solltest uns nicht zu nah an dich ranlassen. Es bringt nichts, über diese Nacht zu reden.«

Sein Lachen klingt ein wenig verzweifelt. »Meinst du, für mich ist das leicht? Im Gegensatz zu dir habe ich dich sehr wohl bemerkt. Vom ersten Moment an, als wir uns in der Uni über den Weg gelaufen sind. Und jetzt sollen wir Feinde sein? Das ist nicht fair.«

Abrupt fahre ich zu ihm herum, den Mund schon für eine Erwiderung geöffnet, als Lans Blick an mir vorbei schweift. Er schielt in meinen Wagen und die vorherigen Emotionen verschwinden schlagartig aus seinem Gesicht.

»Es sieht so aus, als würdest du in deinem Auto wohnen.«

Oh, fuck. Das hätte er nicht sehen sollen.

»Ich wohne nicht dort, ich schlafe nur darin«, erkläre ich sachlich.

Irritiert sieht er mir in die Augen. »Was ist passiert?«

»Ich habe ein paar Schichten in der Bar verpasst und konnte die Miete nicht bezahlen. Mein Vermieter hat mir netterweise die Sachen vom Balkon in den Vorgarten geschmissen. Tja. Nicht jeder hat reiche Eltern, die einem eine Wohnung und ein verdammtes Atelier finanzieren.«

Er verdreht über die Spitze nur die Augen. »Du kommst mit zu mir«, entscheidet er.

»Nein. Ich brauche dein Mitleid nicht.«

»Offensichtlich aber einen Schlafplatz. Wie lange bist du schon obdachlos? Wo zur Hölle duschst du?«

»Mein Fitnessstudio-Abo läuft noch ein halbes Jahr«, erkläre ich. »Ich komme schon klar.«

»Vorschlag: Ich nehme dich mit und du erzählst mir im Gegenzug, was du von diesem Abend weißt, okay?« Lan blinzelt hoch in meine Augen, in seinem Blick steht so viel Hoffnung, dass ich schwach werde.

Verdammte Kacke.

Warum hat er nur so eine Wirkung auf mich?

Ely ist alles andere als begeistert darüber, mich zu sehen. Ihr genervter Blick spricht Bände.

»Lan, können wir reden?«, fragt sie deutlich angepisst.

»Schon gut, du kannst auch in meiner Anwesenheit sagen, dass er mich rausschmeißen soll«, erwidere ich freundlich und schiele unauffällig zu dem

Kreuz über meinem Kopf. Es hängt wieder im Eingangsbereich, wo ich es das letzte Mal heruntergerissen habe.

»Eigentlich wollte ich fragen, ob er heute noch vorhat, dich umzulegen«, meint Ely schnippisch in meine Richtung und verschränkt fest die Arme vor der Brust. Einzelne braune Haarsträhnen umrahmen ihr schönes Gesicht und die Röte auf ihren Wangen lässt sie unschuldiger wirken als sonst.

Wieder einmal frage ich mich, ob die Dämonenjäger ihre Mitglieder absichtlich verführerisch aussehen lassen, um uns in die Falle zu locken. Ich tappe jedenfalls jedes Mal herein. Vor allem, wenn es um Landon geht.

»Ich weiß schon, was ich tue«, sagt Landon und greift nach meiner Hand, um mich zu seinem Zimmer zu ziehen. Seine Berührung schießt mir sofort durch den Körper und hinterlässt eine angenehme Gänsehaut. »Verpetz mich nicht, okay? Wir sind Freunde.«

»Dein *Freund* ist ein Mörder, wenn ich dich erinnern darf!«

Lan ignoriert sie geflissentlich, knallt als Antwort nur seine Zimmertür zu und seufzt leise. »Sag mal, kennst du eine Valerie Masters?«

Ich lasse seine Finger aus meinen gleiten und hebe eine Augenbraue. »Wow, deine Verhörtaktik lässt wirklich zu wünschen übrig, Detective.«

»Ist das ein Ja?«

»Nie gehört, tut mir leid.«

Sein Schnauben klingt dezent frustriert. Ich schätze, ich bin nicht der Erste, den er fragt.

»Okay, setz dich«, bietet er an. »Möchtest du was trinken?«

»Nein.« Wie das letzte Mal kuschele ich mich in sein Bett, den Rücken gegen die Wand gelehnt. Lan setzt sich ebenfalls dazu, jedoch mit etwas Abstand zwischen uns. Mein Blick ruht auf ihm, während er im nachdenklichen Schweigen versinkt.

»Du wolltest über diese Nacht sprechen«, greife ich unser Gespräch wieder auf. »Ich weiß nicht viel. Nur, dass ich gemeinsam mit Damien und Kilian in meiner Wohnung aufgewacht bin und verletzt war.«

Lan runzelt die Stirn. »Ich war nie bei dir zuhause. Hatten wir etwa Sex?«

»Sag du es mir.«

»Ich erinnere mich nicht, Mio.«

»Aber an irgendetwas wirst du dich doch erinnern, oder nicht?«

Er blinzelt an mir vorbei, während meine ganze Aufmerksamkeit auf seinem Gesicht liegt. Vielleicht sind es seine symmetrischen Gesichtszüge, die ihn so attraktiv machen. Oder das Muttermal, dass sich verzieht, wenn er lächelt. Seine vollen Lippen, auf denen er gerade so hinreißend kaut.

Aus einem dummen Reflex heraus strecke ich die Hand aus, umfasse sein Kinn und drehe sein Gesicht zu mir, um ihn zu küssen. Er keucht überrascht, wehrt sich aber nicht gegen mich. Ganz im Gegenteil. Seine Zunge schmilzt gegen meine, ergebend beinahe.

Es fließt keine Energie zwischen uns, ich spüre nur seine Wärme in mich sickern. Lan löst sich etwas von mir und greift nach seinem Handgelenk. Ich halte ihn auf, als er das Armband abnehmen will.

»Nicht«, sage ich sanft. »Lass es an.«

Unsicher blinzelt er in meine Augen.

»Ich habe genug Energie«, lasse ich ihn wissen. Ich kann mir schon denken, dass dieses Armband als eine Art Schutz wirkt, auch wenn ich nicht begreife, wie genau das funktioniert.

»Wieso küsst du mich dann?«, fragt er mit rauer Stimme.

Ich zucke mit einer Schulter. »Wieso nicht?« Wieder beuge ich mich vor und wieder protestiert er nicht. Ganz im Gegenteil.

Die weitere Initiative kommt von Lan, der auf meinen Schoß steigt, die Finger in meinem Haar vergräbt.

»Fuck, warum finde ich dich nur so heiß?«, murmelt er gegen meinen Mund, ehe er meinen Kopf nach hinten zieht und die Zunge über meinen Hals fahren lässt. Ich schließe die Augen, weil es sich so gut anfühlt. Als würde er mich mit seinen Berührungen in eine andere Realität katapultieren, trotz der Blockade des Energieflusses.

»Du hast meine Frage nicht beantwortet«, weise ich ihn hin, als er die Hände fest in meinem Nacken verschränkt.

Keuchend lehnt er sich zurück und sieht mir in die Augen. »Du hast mich abgelenkt«, blinzelt er.

»Die Wahrheit ist, dass ich es nicht weiß. Ich erinnere mich an diesen Tag. Wir haben dem Pastor bei seiner Messevorbereitung geholfen, später war ich mit Freunden im Lemons, wir haben Billard gespielt, getrunken und dann ... nichts. Ich bin mit einem Blackout in meinem Bett aufgewacht und dachte einfach, ich hab zu tief ins Glas geschaut.«

»Hast du Drogen genommen?«

»Nein. Das tue ich nie.«

Vielsagend hebe ich eine Augenbraue, was ausreicht, um ihn an den Clubabend zu erinnern, der damit geendet hat, dass wir Bekanntschaft mit Gideon gemacht haben.

»Das war eine Ausnahme«, behauptet er. »Da wollte ich dich beeindrucken.«

»Mit Drogen?«

»Du solltest denken, dass ich cool bin!«

Er sagt das mit so viel Ernsthaftigkeit, dass ich nicht anders kann, als zu lachen. Ich bugsiere ihn rücklings auf die Matratze und beuge mich über ihn. Seine Finger sind wieder in meinem Haar, wir küssen uns erneut.

Ich glaube ihm nicht wirklich. Ich sollte ihm nicht vertrauen. Mein Widerstand bröckelt nur so leicht in seiner Gegenwart. Es war nicht besonders klug, sein Angebot anzunehmen, statt zu Damien zu fahren und dort zu übernachten, aber wo ich schon mal hier bin ...

Ungeniert dränge ich eine Hand unter seinen Pullover und streichele über seine definierten Muskeln, fahre das verführerische V mit den

Fingerspitzen nach, küsse ihn dabei immer wieder. Irgendwann schiebe ich die Finger in die Jeans und reibe über seine Unterwäsche, er beißt in meine Unterlippe und drängt sich meiner Hand verzweifelt entgegen.

»Willst du immer noch, dass ich das Armband anlasse?«, fragt Lan keuchend, als ich an seinem Hals sauge, um den Knutschfleck zu erneuern, den er von mir trägt.

Ich nicke. Dann fällt es mir nicht so schwer, mich zu beherrschen. Dann kann ich mich zumindest für einen kurzen Augenblick wieder wie ein Mensch fühlen. Frei. Unschuldig. Leicht.

Lan zieht mir das Shirt aus, richtet sich halb auf und küsst mich erneut stürmisch. Unkonzentriert und wild, heiß und innig, als wolle er mit mir verschmelzen. Ich streichele ihn wieder über der Unterwäsche, spüre seine pulsierende Härte, rieche seine Erregung, schmecke seine Lust auf meiner Zunge. Er streichelt mit dem Daumen über mein Schlüsselbein, fährt das Tattoo dort nach. Das erste und einzige, das ich selbst designet habe. Ein Schmetterling, dessen Flügel in schwarzer Tinte gefangen sind.

»Das ist mein liebstes«, murmelt Lan, beug sich vor und leckt darüber, saugt dann an meiner Haut.

Ich verliere mich ein bisschen mehr in dem Rausch, wir werden die Klamotten los und ich verreibe sein Vorsperma zwischen uns. Lan stöhnt und kommt meinen Bewegungen entgegen. Ich reibe ihn und mich, spüre seine samtige Härte fest an meiner. Unsere Lippen streifen übereinander, ich schlucke all die lustvollen Laute, die er von sich gibt.

Er ist unter mir, ich stütze den Unterarm auf der Matratze ab, stoße gegen ihn, spüre jeden Zentimeter Haut an Haut.

Noch ein Kuss, der nicht zu enden scheint. Verzweifelt beinahe. Auf der Jagd nach dem Orgasmus, an dessen Klippe wir beide so nah stehen, auf der Suche nach Vertrauen, das wir uns nicht gegenseitig schenken können, nach Nähe, Zuneigung, *Hoffnung*.

Als ich komme und kurz darauf seinen Höhepunkt mit auskoste, fühlt es sich zumindest für einen kurzen Moment so an, als könnte ich all das haben. Mit ihm.

Wäre die Realität nur nicht so unglaublich grausam.

KAPITEL 26

KILIAN

»Der wohnt nicht mehr hier.«

Abrupt fahre ich zu dem älteren Herrn herum, der sich schwerfällig die Treppen nach oben schleppt, Schlüssel klirren geräuschvoll in seinen Fingern. Ein Wunder eigentlich, dass ich ihn nicht habe kommen hören. Ich war zu sehr in Gedanken versunken. Und überrascht darüber, dass vor Mios Haustür sein Name vom Klingelschild gekratzt wurde.

»Emilio Diaz?«, hake ich nach.

Der Alte erklimmt die letzte Stufe und lehnt sich keuchend gegen das Treppengeländer. »Ja. Dein ausländischer Freund, mit dem du dich so gerne lautstark vergnügt hast«, erwidert er schnippisch.

Ich schnaube. Tatsächlich war ich nur ein einziges Mal in Mios Wohnung und an diese Nacht erinnere ich mich nicht. Das war der Abend, als wir auf Landon gestoßen sind. Schon merkwürdig eigentlich, dass wir ausgerechnet zu ihm gegangen sind, obwohl er sich sonst immer strikt dagegen gewehrt hat, irgendetwas von seinem Privatleben mit uns zu teilen.

»Wie lange ist er schon weg?«, frage ich den unhöflichen Nachbarn.

»Kellan hat seine Sachen letzte Woche vor die Tür geschmissen. Irgendwann hat der Kleine sie abgeholt.«

243

»Mh-hm«, mache ich. Warum hat Emilio nicht gesagt, dass er aus seiner Wohnung geflogen ist? Wo zur Hölle hat er die letzten Tage geschlafen? »Danke für die Info«, sage ich und verabschiede mich mit einem Nicken. Bevor ich mich an ihm vorbeidränge, halte ich noch einmal inne und starre stirnrunzelnd zu ihm.

»Sie haben das damals gehört?«, hake ich nach.

Er stößt etwas aus, das einem angewiderten Lachen gleicht. »Wer in diesem Haus nicht? Ihr zwei habt ganz schön Radau gemacht, bevor euer Freund dazu kam.« Er macht eine wegwerfende Handbewegung und greift keuchend nach dem Handlauf, um das weitere Stockwerk zu erklimmen. »Wie auch immer. Es ist gut, dass er weg ist. Unruhestifter können wir nicht gebrauchen.«

Noch mehr Verwirrung flutet mich. Mio und ich waren eine Zeit lang allein? Wo zur Hölle waren dann Damien und Landon? Und was habe ich mit Mio getan, das angeblich die Nachbarschaft in Aufruhr versetzt hat? Habe *ich* ihn verletzt?

Die vielen Fragen schwirren durch meinen Kopf, als ich Mios Wohnblock hinter mir lasse und den Weg zum *Roxas* einschlage. Es liegt ganz in der Nähe. Sind wir deshalb an diesem Abend hierhergekommen? Wessen Idee war das?

Es nervt mich, dass ich nicht weiß, was wirklich passiert ist. Landon wäre der Einzige, der Licht ins Dunkel bringen könnte, aber er beharrt felsenfest, nichts darüber zu wissen.

Mein Handy klingelt und ich gehe sofort ran im Glauben, dass es sich um Emilio handelt. Ich liege falsch. Haley ist am anderen Ende der Leitung.

»Hab Infos für dich«, sagt sie ohne Umschweife. »Passt es gerade?«

»Klar Süße, schieß los.«

»Dein Charme funktioniert bei mir nicht«, meint sie trocken. Nun, manchmal tut er es. Heute offenbar nicht. »Du wirst mich wie üblich bezahlen müssen.«

Ich rolle mit den Augen, was sie zum Glück nicht sehen kann. »Sag schon«, dränge ich. »Weißt du, wo Michael Heller steckt?«

»Unter der Erde. Nachdem er einen Arbeitsunfall wie durch ein Wunder überlebt hat, hat seine Frau das Zeitliche gesegnet. Das hat er offenbar nicht verkraftet, denn er ist zwei Jahre später an einem Herzinfarkt verstorben. Da war sein Sohn schon in einer Pflegefamilie und Heller ein echter Unruhestifter. Er wurde fünfmal verhaftet.«

Das passt nicht zusammen. Irgendjemand ist gestorben, aber sicher nicht Lans Vater. Das klingt eher danach, als wäre er untergetaucht.

»Kannst du mir das letzte Fahndungsfoto von ihm schicken?«, frage ich aus einem Reflex heraus.

Haley zögert, scheint abzuwägen. »Nein, zu riskant«, ist ihr Fazit.

»Komm schon, sei kein Angsthase«, necke ich sie. »Bitte.«

Die junge Polizistin lehnt ab. »Meinetwegen kannst du uns einen Besuch abstatten und es dir kurz ansehen. Und bring irgendetwas Süßes mit, um meine Kollegen abzulenken.«

Ich stimme zu und beende das Gespräch. Auf halbem Weg zum *Roxas* halte ich inne und sehe auf meine Uhr. Die Bar hat sicherlich geöffnet, aber an seinem Sonntagabend ist es trostlos. Mir fällt ein besserer Ort ein, an den ich gehen kann.

Ich habe Mio mal gesagt, dass er in Flammen aufgeht, wenn er eine Kirche betritt, um ihn zu verarschen. Die Wahrheit ist aber, dass in meiner Brust immer eine Mischung aus widersprüchlichen Gefühlen hochsteigt, wenn ich vor den Pforten des Hauses Gottes stehe.

Mein Blick gleitet nach oben zu dem großen, in Stein gemeißelten Kreuzes, das mit verschnörkelten Ranken verziert ist. Mir wird augenblicklich kalt.

»Du hast hier nichts verloren.«

Ein ungewolltes Grinsen kräuselt meine Lippen, als ich die abweisende Stimme des Pastors hinter mir höre. Die Hände in die Jackentaschen vergraben drehe ich mich zu ihm herum. Er trägt seine übliche Robe mit Kollar, ein schweres Buch mit schwarzem Einband fest an seine Brust gepresst.

»Ich bin gekommen, um mich einer Schuld zu bekennen«, sage ich und neige den Kopf. »Nehmen Sie mir die Beichte ab, Vater?«

Er verengt die Augen. »Du bist ein Sohn des Teufels«, murmelt er leise.

»Nein, ich bin der Sohn meiner toten Mutter und meines noch sehr lebendigen Vaters«, erwidere ich ironisch. »Ist es nicht Aufgabe eines Pfarrers, für seine Anhänger da zu sein?«

»Du bist ein Ungläubiger«, spuckt er mit entgegen und nimmt eine Hand von seinem Buch, um sich zu bekreuzigen. Wenn mich nicht alles täuscht, flüstert er dabei leise. »Herr, gib mir Kraft.«

Ich neige den Kopf und mustere ihn ein wenig intensiver. »Gibt es denn etwas, das *Sie* beichten müssen, Vater?«, frage ich provozierend. »Ist Verlangen denn eine Sünde? Körperliche Begierde?«

»Ich verspüre nichts dergleichen!«

»Wenn wir aber unsere Sünden bekennen, so ist er treu und gerecht, dass er uns die Sünden vergibt und reinigt von aller Ungerechtigkeit. Wenn wir sagen, wir haben nicht gesündigt, so machen wir ihn zum Lügner, und sein Wort ist nicht in uns«, zitiere ich aus der Bibel.

Der Pater verengt ungläubig die Augen und ich lächele spöttisch.

»Meine Mutter hat mich jeden Sonntag in die Kirche mitgenommen. Da ist einiges hängengeblieben«, erkläre ich. »Also nein, ich bin kein Ungläubiger. Nur ein Zweifler.«

Etwas in seinem Blick wird kurzzeitig weicher, doch das verschwindet schnell wieder. »Und ein Dämon«, stößt er angewidert hervor.

»Wollen Sie mich oder sich selbst daran erinnern?«

»Geh weg von diesem heiligen Ort, an dem du nichts verloren hast«, weist er mich harsch an und macht einen großen Schritt zur Seite, um mir Platz zu machen. Davon lasse ich mich nicht beeindrucken. Selbst wenn wir allein sind, wird er inmitten der Abenddämmerung auf offener Straße bestimmt nicht versuchen, mich anzugreifen. Eine gute Gelegenheit, ihn aus der Reserve zu locken.

»Wissen Sie, dass es Ihre Schuld ist? Grant würde sicher noch leben, hätten Sie ihm nicht den Auftrag gegeben, meinen Freund zu erstechen.«

Der Pater verzieht das Gesicht. »Das habe ich nicht«, wehrt er sogleich ab.

»Noch schlimmer. Dann haben Sie Ihre Leute offenbar nicht im Griff.«

»Verschwinde von hier, Kilian«, stößt er barsch hervor.

Mein Grinsen wird breiter. »Ich mag es, wenn Sie meinen Namen sagen. Fast so gut wie ihr hinreißender Sohn.«

»Lass Landon aus dem Spiel!«

»Ich meine nicht Landon.«

Das ist es. Die Art, wie seine Gesichtszüge entgleisen, wenn auch nur kurzzeitig, verrät mir alles, was ich wissen muss.

Es war Landons Bitte, die mich dazu gebracht hat, in der Vergangenheit seines Adoptivvaters zu forschen. Es wundert mich nicht einmal, dass er Dreck am Stecken hat. Scheiß auf dieses pseudoharmonische Getue. Er ist wie alle religiösen, angeblich gottesfürchtigen Menschen, die ich bisher kennengelernt habe. Narzisstisch, krank und skrupellos.

Ich entscheide mich, zu gehen, bevor ich etwas tue, das ich später bereue. Auf seiner Höhe bleibe ich nochmal stehen und sehe unverhohlen in sein Gesicht.

»Ich werde ihm schöne Grüße ausrichten, wenn ich ihn das nächste Mal ficke.«

Pater Grayson weicht zurück, fängt sich und perfektioniert seine Maske. Doch ich habe die Risse bereits gesehen. Ich habe *alles* gesehen. »Ich habe keine Ahnung, wovon du sprichst, aber achte gefälligst auf deine Sprache«, blafft er mich an.

Sicherlich doch. »Ich werde Ihre verfickte Kirche niederbrennen, wenn sie meinen Freunden noch einmal zu nahe kommen«, hauche ich. »Merken Sie sich das besser.«

Es hätte mir früher auffallen müssen.

Irgendetwas an Pater Grayson fand ich vom ersten Moment an unglaublich anziehend. Jetzt weiß ich, dass er mich nur an jemand erinnert hat. Vage, aber klar genug, um die Parallelen zu erkennen.

»Kannst du bitte nicht in meiner Wohnung rauchen?«

Damien klingt ein bisschen gereizt, aber vor allem müde, weswegen ich das Feuerzeug zusammen mit der Zigarettenpackung wortlos zurückstecke. Meine Lungen verlangen nach Nikotin, doch lieber will ich bei ihm bleiben, statt nach draußen zu gehen, um meine Sucht zu befriedigen.

»Danke«, sagt er besänftigt und nimmt einen Schluck von der Coke, den Blick aufs Handy gerichtet.

»Was hat er geschrieben?«, hake ich nach.

»Mio geht es gut«, berichtet Damien. »Er hat wohl bei Landon geschlafen.«

Dieser Idiot. Er kann einfach nicht die Finger von dem kleinen Dämonenjäger lassen. »Wieso kommt er nicht hierher?«, frage ich frustriert.

»Du kennst ihn doch.« Damiens Stimme klingt besänftigend, als er das Handy weglegt und sich halb in meine Richtung dreht. »Er regelt die Dinge lieber allein.«

Außer, wenn er im Knast landet. Davon habe ich Damien noch gar nichts erzählt und ich bezweifele, dass Mio es getan hat. Zu gut erinnere ich mich an die Panik in seiner Stimme, als er mich angerufen hat. Das war eine ganz neue Seite.

Nachdenklich reibe ich mir über die stoppeligen Wangen und lasse den Blick durch das vertraute Wohnzimmer schweifen. Schon witzig. Früher war ich ständig hier, es wurde zu meinem zweiten Zuhause. Dann habe ich es eine Zeitlang kaum ertragen, länger als fünf Minuten hier zu sein. Und jetzt will ich gar nicht mehr gehen.

Eine schmale Gratwanderung.

»Emilio hat uns an diesem Abend in seine Wohnung geführt«, erinnere ich mich zurück.

Damien runzelt die Stirn. »Stimmt, wir sind bei ihm aufgewacht. Komisch, oder?«

»Sein Nachbar hat erwähnt, dass du erst später dazukamst«, erzähle ich ihm. »Es waren wohl erst Mio und ich.«

»Was habt ihr getan? Und was habe *ich* in der Zwischenzeit getan?« Damien murmelt die Fragen mehr zu sich selbst als zu mir.

»Tja.« Ich lehne mich in seine Couch zurück, eine Hand in den Nacken gelegt. »Das ist die Eine-Million-Dollar-Frage.«

»Ich wünschte, das wäre alles nicht so kompliziert«, brummt Damien. Auch er lehnt sich zurück und ...

Mein Herz setzt einen Schlag aus, als sein Kopf auf meine Schulter rutscht. Er stützt sich nicht mit seinem ganzen Gewicht gegen mich, als erwarte er, dass ich jeden Moment aufspringe oder ihn wegschiebe.

Was ich nicht tue.

Minutenlang harren wir so aus, bis mein Handyklingeln uns aus dem innigen Moment reißt. Damien weicht zurück und ich räuspere mich, ehe ich rangehe.

»Was ist?«

»Kommst du heute noch vorbei?« Es ist Haley. »Ich mache gleich Feierabend.«

Shit, sie habe ich vergessen. »Ja, warte auf mich. Ich bin in einer halben Stunde da.« Eilig beende ich das Gespräch und erhebe mich. »Ich muss los«, sage ich zu Damien.

Er blinzelt zu mir hoch, etwas Sanftes flackert in seinem Blick auf. »Pass auf dich auf.«

Haley behält recht, man kann ihre Kollegen mit einer Packung *Krispy Kreme* Donuts erfolgreich ablenken. Ich husche an ihren Schreibtisch und gebe auch ihr einen.

»Oreo. Dein liebster.«

»Mhm, herrlich«, stöhnt sie und beißt hinein. Genießerisch verdreht sie die Augen. »Gott, Kilian, manchmal liebe ich dich.«

Auffordernd nicke ich ihr zu und Haley tippt schnell etwas auf ihrem Computer herum.

Ich weiß nicht wirklich, was ich mit einem Foto von Michael Heller anfangen soll, aber es ist im Moment der einzige Strohhalm, an den ich mich klammern kann. Vielleicht hoffe ich auf eine spontane Eingebung, eine Vorahnung oder ähnliches, wenn ich Landons Vater ins Gesicht blicke.

Die junge Polizistin öffnet die Akte Heller und ruft das Fahndungsfoto auf.

Mir gefriert das Blut in den Adern, als ich ihn sehe.

Oh, gottverdammt. Das ist keine leise Vorahnung. Das ist ein Vorschlaghammer, der gerade auf meinen Kopf niedersaust.

Michael Heller ... Landons leiblicher Vater ... das ist ein schlechter Scherz, oder?

KAPITEL 27

EMILIO

Ich ignoriere Kilians Nachricht, was mir ein schlechtes Gewissen bereitet. Immerhin war er sofort zur Stelle, als ich ihn gebraucht habe, und ich frage nicht einmal, wie es ihm geht.

Aber wenn ich ihm antworte und beichte, dass ich schon vor Wochen aus meiner Bude geschmissen wurde, muss ich gestehen, dass ich meine Arbeit in der Bar vernachlässigt habe und wie der letzte Loser in meinem Auto nächtige.

Kilian würde so etwas sicher nicht passieren. Und Damien ebenfalls nicht. Und keiner von beiden würde im Bett seines Feindes übernachten.

»Hey. Du bist nicht zum Frühstück geblieben.« Lan kommt atemlos an meine Seite, seine Schulter streift meine.

»Keine Sorge. Ich habe mein Frühstück bekommen«, erwidere ich. Lan hat sein Armband abgenommen und ich bin früh am Morgen unter die Bettdecke geschlüpft, dann aber gegangen, als er unter der Dusche stand. Seine Lebensenergie pulsiert frisch und kraftvoll durch meinen Kreislauf.

Meine Worte lassen ihm Röte in die Wangen schießen. »Ist das alles, ähm, was du brauchst?«

»So ziemlich, ja.« Ich habe es nicht ausprobiert, mehrere Tage am Stück ohne Nahrung und Wasser auszukommen, weil Essen und Trinken so ein natürlicher, menschlicher Instinkt ist, aber theoretisch ist Lebensenergie das Einzige, wonach mein Körper sich regelrecht verzehrt.

Nach Landons vor allem.

»Also gut, dann hoffe ich, dass du genug hast, denn Ely wird langsam wütend über deine Anwesenheit. Ich denke nicht, dass du heute wieder mit zu mir kannst.«

Das habe ich befürchtet. »Macht nichts.« Vielleicht werde ich meinen Stolz herunterschlucken und Damien um einen Schlafplatz bitten.

Ich will mich von Landon abwenden, um in meinen Vorlesungssaal zu schlendern, als ich seine Finger spüre, die sich in meine schieben. Überrascht stoppe ich in meiner Bewegung und drehe mich zu ihm herum.

Unschuldig sieht er mich an, streckt sich und drückt mir einen Kuss auf die Lippen. »Sehen wir uns in der Mittagspause?«

»Was soll das werden?«, frage ich und deute mit einem Nicken auf unsere ineinander verschränkten Hände.

Lan zuckt mit einer Schulter. »Keine Ahnung. Ab wie viel Mal Sex ist man in deiner Welt zusammen?«

»Ich bin nicht dein fester Freund«, stelle ich klar und entreiße ihm meine Hand. »Ich bin nicht mal *ein* Freund.«

Landon zieht die Augenbrauen zusammen, senkt den Blick und macht einen Schritt rückwärts. »Wenn du das sagst.«

In meiner Brust zerrt ein komisches, drängendes Gefühl. Ich schlucke es herunter und kehre ihm den Rücken zu.

Was glaubt er denn? Wir sind kein Paar. Wenn diese Jäger-Sache nicht zwischen uns stehen würde, vielleicht ... nein, es ist töricht, auch nur daran zu denken.

Das Ding ist nur, dass ich diesen Gedanken den ganzen Montag über nicht aus dem Kopf bekomme. Lans verletzter Blick, sein *»Wenn du das sagst«* spielen sich in Dauerschleife in mir ab. Ich spüre sogar noch den Druck seiner Finger in meinen.

Sind wir das tatsächlich? Ein Paar?

Die Vorstellung löst ein saures Gefühl in meinem Magen aus, weil es niemals dazu kommen kann. Wir leben in unterschiedlichen Welten. Er ist ein Pfarrerssohn und ich bin ein verdammter Dämon, der sich von seiner Lebensenergie ernährt.

Am Abend bin ich zum Probearbeiten in einem Restaurant eingeteilt. Es ist laut und voll und ich vermisse die gemütliche Atmosphäre einer Bar, aber ich muss die Zähne zusammenbeißen und da durch, wenn ich ein geregeltes Einkommen haben will. Zurück zu meinem alten Arbeitsplatz zu gehen wäre ein Traum, doch mein ehemaliger Chef würde mich wohl eher rausschmeißen, statt wieder einzustellen, nachdem ich meine letzten Schichten unentschuldigt vernachlässigt habe.

Gegen halb zwölf mache ich Feierabend und spreche mit Amanda, der Küchenchefin, die mir einen schnellen Arbeitsvertrag aufsetzt und verspricht, mich für die nächsten Wochen einzuteilen.

Zumindest fühlt es sich gut an, einen Plan für die Zukunft zu haben. Ich werde die Abendschichten im Restaurant machen, mein Studium in den Griff bekommen, wieder öfter malen und mich von den Dämonenjägern nicht umbringen lassen. So weit so gut.

Ich wünschte nur irgendwie, Landon hätte auch einen Platz in meiner vagen Zukunftsfantasie.

Ab wie viel Mal Sex ist man in deiner Welt zusammen?

Seine Worte geistern mir immer noch durch den Kopf. Das liegt nur an seinem scheuen Blick, diesen blauen Augen, die mein Herz ganz weich machen. *Zu* weich.

Auf dem Weg zum Fiero entsperre ich mein Handy und will eigentlich Damien schreiben, als ich eine Nachricht von Landon entdecke. Sie kam vor einer guten Stunde bei mir an.

Landon
Wo schläfst du?

Wir haben seit heute früh nicht mehr miteinander gesprochen, obwohl wir einen Kurs bei Peddle zusammen hatten. Mit dieser Frage von ihm hätte ich nicht gerechnet.

Emilio
Ist das eine Einladung?

256

Landon
Komm bei mir vorbei. Ely ist bei einer Freundin.

Ein Lächeln stiehlt sich auf meine Züge, kribbelnde Vorfreude schießt durch meine Wirbelsäule und breitet sich in meinem ganzen Körper aus. Ich würde gerne sagen, dass das der Dämon in mir ist, der nach Energie lechzt, aber das ist es nicht. Heute früh habe ich genug für die nächsten Tage von ihm bekommen. Es ist etwas anderes. Die Vorstellung, ihn zu sehen und seine Stimme zu hören ist im Moment viel verlockender als der Ruf des Dämons.

Gottverdammt. Ich werde mich doch nicht in Landon Grayson verlieben, oder? Lächerlich. Kilian würde mich wohl allein für den Gedanken auslachen – und er hätte recht.

Trotz der Warnsignale und des mulmigen Gefühls in meiner Magengegend fahre ich in Lans Wohnviertel. Ich parke mein Auto einen Block weiter und schlendere durch die Nacht bis zu seinem Gebäudekomplex.

Die innere Stimme der Vernunft rät mir, umzukehren und abzuhauen, aber ich ignoriere sie und drücke auf das Klingelschild. Es summt, ich betrete das Treppenhaus und jogge nach oben. Seine Tür ist nur angelehnt.

»Hey«, sage ich laut und schiele ins Innere. Dunkelheit schlägt mir entgegen, die nur von den

Kerzen auf dem Sims oberhalb der Couch durchbrochen wird.

Prüfend fahre ich den Türrahmen entlang und strecke zuerst eine Hand hindurch, um festzustellen, ob ich reinkomme. Ich weiß immer noch nicht, wie dieser Hexentrick funktioniert, aber scheinbar wurde er nicht erneuert, weswegen ich auch ohne ausdrückliche Einladung des Gastgebers eintreten kann.

»Lan?«, rufe ich fragend, als ich ihn nirgends entdecke. Vorsichtig mache ich ein paar Schritte in die Wohnung hinein und sehe mich um. »Was soll das werden?«, frage ich, langsam verunsichert.

Mein Blickfeld wackelt ein bisschen und ich höre meinen Herzschlag überdeutlich in meinen Ohren widerhallen, als meine Realität auf diesen Moment zusammenschrumpft. Etwas stimmt hier nicht. Mein Körper realisiert es eher als mein Verstand. Ich will herumfahren, als etwas Hartes mich am Hinterkopf trifft.

Ein Keuchen entfährt mir, ich stolpere nach vorne und falle durch die Wucht des Aufpralls auf die Knie. Es fühlt sich an, als würde eine Erschütterung durch sämtliche Knochen gehen, mir wird kurzzeitig schwarz vor Augen, aber ich bleibe bei Bewusstsein.

Abrupt springe ich zurück auf die Beine, drehe mich herum und sehe in das Gesicht eines unbekannten Mannes, der einen Baseballschläger drohend über meinen Kopf schwingt. Das große

Holzkreuz, das unübersehbar an seinem Hals hängt, verrät mir alles, was ich wissen muss.

Ein animalisches Knurren dringt aus meiner Brust, ein Schwall Kälte und Zorn fluten mein Innerstes und nehmen einen Teil der Menschlichkeit mit sich. Blitzschnell weiche ich seinem nächsten Hieb aus, ducke mich weg und ramme ihm meine Schulter in den Bauch. Er fliegt durch den Raum und landet krachend gegen die Wand.

Ich bewege mich so schnell, dass ich selbst kaum realisiere, wie ich den Abstand in Sekundenbruchteilen überwinde und nach dem Schläger greife, den der Typ fest umklammert hält. Es ist ein Leichtes, ihn dem Fremden aus der Hand zu reißen.

»Wo ist Landon?«, frage ich grollend, auch wenn es offensichtlich ist, dass ich in eine verdammte Falle getappt bin.

Wie ein überaus dummer Wolf, der dem Schaf zur Schlachtbank folgt.

Der Typ antwortet mir nicht, hält sich schützend den Arm über den Kopf, doch ich zögere damit, ihm den Schädel zu zertrümmern, wie er es bei mir versucht hat. Es kommt mir unfair vor, weil ich ihm körperlich so deutlich überlegen bin. Ein ungleicher Kampf.

Meine Zurückhaltung wird mir zum Verhängnis, denn offenbar ist er nicht allein. Ich bemerke die andere Person erst, als sie mir einen Taser in den Rücken rammt. Elektrischer Strom fließt rasend durch meinen Körper und lässt meine sämtlichen Muskeln zucken. Keuchend sinke ich auf die Knie, der Schläger fällt aus meinen Händen scheppernd auf den Boden.

Wieder übernimmt der dämonische Teil in mir die Oberhand und zwingt mich trotz der Schmerzen zurück in eine aufrechte Position. Mit weiterhin zuckenden Muskeln drehe ich mich herum und sehe zu Ely, die mit verbissener Miene vor mir steht. Sie will ihren Taser erneut zum Einsatz bringen, als ich danach greife. Sie aktiviert noch den Knopf und ein weiterer Ruck geht durch meinen Körper, aber dieses Mal bin ich darauf vorbereitet und sinke nicht zusammen.

Mit Leichtigkeit entreiße ich ihr das Ding und pfeffere es quer durch den Raum.

»Ich würde ich wirklich ungern umbringen, Ely«, presse ich hervor. »Also geh mir verdammt nochmal aus dem Weg.«

Die junge Frau ist blass geworden, sie stolpert unsicher einen Schritt zurück. Offenbar ist sie davon ausgegangen, dass ich zusammensacke und bewegungsunfähig bin, aber es benötigt schon ein paar mehr Volt, um mich umzuhauen. Vor allem, wenn ich vollgepumpt bin mit der Lebensenergie ihres Mitbewohners.

»Ich bräuchte hier mal etwas Unterstützung!«, ruft Ely über die Schulter in die Wohnung, während sie weiter vor mir zurückweicht. Ich setze gemächlich einen Schritt vor den anderen Richtung Tür, die immer noch sperrangelweit offensteht. Ich müsste nur von hier verschwinden, einen ruhigen

Platz finden und mich kurz ausruhen, bevor ich mein Rudel zusammentrommele.

Doch ich zögere, und das nur, weil ich sehen will, wer Ely zur Hilfe kommt. Ist es Landon oder bestand seine Aufgabe nur darin, mein Vertrauen zu gewinnen und mich herzulocken? Das würde mich wirklich brennend interessieren.

Es ist nicht Lan, sondern eine weitere Frau, die aus Elys Schlafzimmer stürmt, die Bibel aufgeschlagen, ein Kreuz in der anderen Hand, das sie wie eine Waffe vor sich trägt. Wow, sie ist wunderschön. Ihre ebenmäßigen Züge und die braunen Haare lassen sie wie die Verkörperung von Schneewittchen aussehen.

»Wer bist du denn?«, frage ich mit schmeichelnder Stimme. »Von dir würde ich mir gerne einen Pflock ins Herz rammen lassen. Das Kreuz wird dich aber nicht sonderlich weit bringen.«

Sie kneift verärgert die Augenbrauen zusammen, ihre vollen Lippen flüstern biblische Worte, die ich kaum hören kann. Aber ich spüre plötzlich ein Brennen unter meiner Haut. Meine Kehle wird eng. Alles in mir brodelt und die Wut gewinnt die Oberhand.

Wieder bin ich blitzschnell, als ich nach vorne schieße und ihr die Bibel aus den Händen schlage. Jetzt stehen wir uns so nah, dass ich die Sommersprossen auf ihrer Nase ausmachen kann. Süß, irgendwie, würde sie nicht gerade versuchen, mich umzubringen.

»Nichts für ungut, Schneewittchen«, säusele ich. »Netter Trick.«

»Gefällt dir das hier besser, Dämon?« Scheiße, wie viele Jäger treiben hier ihr Unwesen? Haben sie die ganze Kavallerie auflaufen lassen?

Über die Schulter sehe ich zu einem jungen Mann, der mir eine Knarre mit Schalldämpfer an den Rücken hält. An die Stelle meines Herzens. Ich kenne ihn – er geht auf meine Uni. Er ist Teil von Lans Lerngruppe. *Sam.*

Mit einem überheblichen Grinsen hebt er den Lauf der Waffe ein Stück und zielt auf meinen Kopf. »Ich wollte schon immer mal wissen, wie ein Dämon ohne Gehirn funktioniert.«

Ich wirbele herum und greife nach seinem Handgelenk, er drückt ab und ein Schuss löst sich, der haarscharf an meinem Ohr vorbeisaust.

»Wie vorlaut bist du jetzt noch?«, frage ich provozierend, während ich ihm die Waffe aus der Hand reiße.

Zu spät realisiere ich, dass Sam nur ein Ablenkungsmanöver ist. Die wahre Gefahr geht von Schneewittchen aus – die mir etwas Hartes, Spitzes in den Nacken rammt.

Meine Muskeln erschlaffen augenblicklich und ich krache zu Boden. Mein Geist ist einen weiteren Moment hellwach und klar, in dem ich nur noch denke, wie sehr ich bereue, mich jemals auf Landon Grayson eingelassen zu haben, bevor ich in bittere Schwärze eintauche.

KAPITEL 28

EMILIO

Wie sich herausstellt, war Elys Taser nur ein Vorgeschmack auf das, was mich erwartet.

Strom ist überraschend effektiv, trotz meiner dämonischen Selbstheilungskräfte. Er bringt mich nicht um, aber er verzehrt meinen Körper und zerstört mich von innen heraus.

Ich bin gute zwei Tage hier. Vielleicht sind es auch zwei Jahre oder nur zwei Minuten. Ich habe aufgehört, mir einzubilden, noch ein Zeitgefühl zu haben.

Als ich nach der paralysierenden Attacke von Schneewittchen aufgewacht bin, saß ich gefesselt in einer Art Bunker. Keine Fenster, nur kahle Wände, die aus Metall zu bestehen scheinen. In der Mitte des Raumes sitze ich an einen Stuhl – und eine Autobatterie – gebunden. Sie muss irgendeinen Mechanismus haben, denn jedes Mal, wenn ich glaube, genug Kraft aufbringen zu können, um einen Fluchtversuch zu starten, wird mir ein Stromstoß durch den Körper gejagt. Immer ein klein bisschen heftiger als zuvor.

Meine Kräfte schwinden. Ich bin müde und hungrig und am Verdursten, was alles nur Anzeichen dafür sind, dass mein Körper sich nach Lebensenergie sehnt. Wenn ich die Augen schließe, spüre ich Lans Lippen an meiner Haut, die Reibung zwischen uns, die Hitze. Doch dann blinzele ich und finde mich zurück in der Kälte.

Wie lange kann ich so überleben? Wann wird mein Körper kapitulieren – wird er es jemals oder bleibe ich einfach gefangen in dieser Hölle?

Als zum ersten Mal die schwere Eisentür mir gegenüber aufgeht, bin ich wütend und erleichtert zugleich. Blinzelnd fokussiere ich die Person und schnaube abfällig, als ich sie erkenne.

»Schön, dass Sie mir einen Besuch abstatten«, höhne ich und balle die Hand zur Faust. Meine Arme sind flach an die Lehne des Stuhls gefesselt, sodass mir nicht viel Spielraum für irgendeine andere Bewegung bleibt.

»Hallo, Emilio«, sagt Pater Grayson bedächtig und macht ein paar Schritte auf mich zu.

Er ist in voller Montur gekommen – mit Robe, Kollar und Bibel in der Hand. Fehlt nur noch der gottverdammte Heiligenschein.

Trotz des Taubheitsgefühls, das inzwischen meinen ganzen Körper eingenommen hat, grinse ich ihm kalt ins Gesicht. »Trauen Sie sich jetzt in die Höhle des Löwen, nachdem Sie mich kaltgestellt haben?«

Er räuspert sich. »In der Tat mussten wir dich ein wenig auspowern, bevor wir loslegen können.«

Was für eine nette Umschreibung für Folter.

Blinzelnd fokussiere ich ihn. Meine Kehle fühlt sich trocken an, jedes Wort ist rau und schwer, aber ich kann mir die nächste Spitze dennoch nicht verkneifen. »Was haben Sie jetzt mit mir vor? Ein langsamer Tod? Ist das die Strafe dafür, dass ich Ihren Adoptivsohn gefickt habe?«

Der Pater kneift verärgert die Augen zusammen. »Achte auf deine Wortwahl, Emilio«, erwidert er scharf. »Und nein, dich umzubringen ist nicht unser Ziel, Junge. Wir tun das alles nur, um deine Seele zu retten.«

Mein kaltes, spottendes Lachen hallt dumpf in dem Bunker wider. »Da sind Sie ein paar Monate zu spät dran.«

»Du bist kein schlechter Mensch«, beharrt Pater Grayson, umrundet mich lauernd und stellt sich schließlich hinter mich. Ich habe nicht mehr die Kraft, den Kopf zu ihm zu drehen. »Wir müssen den Dämon nur aus dir rauskriegen.«

Ist er verrückt? Das geht nicht. Ich *bin* der Dämon. Der Mensch in mir ist gestorben, er ist qualvoll ertrunken in stürmischen Wellen, mitgerissen von der Strömung, unfähig, sich zu retten.

»Das wird nicht funktionieren«, murmele ich, als ich seine Finger spüre, die meine Schläfe abtasten.

»Irgendwann wird es das«, antwortet er selbstsicher.

In dem Moment, als er beginnt, ein Gebet aufzusagen und mein ganzer Körper von innen heraus in Flammen aufgeht, wird mir bewusst, dass ich nicht der erste Dämon auf seinem Stuhl bin.

Und vermutlich nicht der Letzte sein werde.

Ich weiß nicht, was passiert ist. Ich erinnere mich an Schreie und an Schmerzen, an das Brennen und Ziehen und an die unglaubliche Erschöpfung.

Hat dieser durchgeknallte Pfarrer tatsächlich einen Exorzismus bei mir durchgeführt? Er hat es zumindest versucht.

Jetzt bin ich nicht mehr auf dem Stuhl gefesselt. Ich spüre harten Untergrund, auf dem ich liege, meine Umgebung riecht nach kaltem, rostigem Metall.

Erschrocken schrecke ich hoch, japse panisch nach Luft und fasse mir an den Kopf. Wo zur Hölle ...

Eine Zelle. Sie ist nicht viel größer als die Untersuchungszelle, in die die Cops mich nach meiner vorläufigen Festnahme geführt hatten, und genauso trostlos eingerichtet. Eine Pritsche, ein Waschbecken mit Toilette, kein Fenster. Nur eine schwere, verriegelte Eisentür vor mir.

Unmittelbar neben mir steht eine ungeöffnete Wasserflasche, nach der ich sofort greife. Meine Finger zittern, als ich den Verschluss aufschraube und sie mit einem Zug leere. Die Erleichterung währt nur kurz, als ich merke, dass das kein bisschen weiterhilft. Ich brauche dringend Energie.

Stöhnend richte ich mich weiter auf, versuche, auf die Beine zu kommen, gebe dieses Unterfangen jedoch schnell wieder auf. Scheiße. Das wird nichts. Ich fahre mir mit einer Hand übers Gesicht und schließe die Augen.

Wie viele Tage sind inzwischen vergangen? Damien oder Kilian ... sie werden doch nach mir suchen, oder? Andererseits habe ich mich nicht bei Damien gemeldet und Kilians letzten Nachrichten ignoriert. Das verursacht mir jetzt ein schlechtes Gewissen. Er war extra an meiner Wohnung, um nach mir zu sehen. Er hat mich aus dem Knast geholt, obwohl ihm das keinerlei Vorteile gebracht hat.

Shit, ich muss irgendeinen Weg finden, hier raus zu kommen. Wäre ich nur nicht so verdammt müde.

Ein Rütteln an der Eisentür lässt mich aufhorchen. Ich blinzele und presse die Hände flach auf den Boden, mobilisiere meine Kräfte, um auf die Beine zu kommen, aber es gelingt mir nicht.

Die Tür wird aufgeschoben, ein Schwall frischer Luft flutet meine Zelle und ein angenehm herbes, männliches Parfum weht zu mir herüber. Meine Sinne sind sofort geschärft, ein Funken Wärme erleuchtet mein Innerstes. Ich kenne diesen Geruch.

»Du hast fünf Minuten«, höre ich Schneewittchen zischen. »Keine Sekunde länger.«

»Danke. Du hast was gut bei mir.«

Diese Stimme ... sie schießt angenehm durch meinen ganzen Körper, noch bevor ich ihn tatsächlich sehe. Lan schlüpft durch den Spalt, ehe die Tür mit einem dumpfen Knall zugezogen wird. Mühsam hebe ich den Kopf und begegne seinem unschuldigen Blick.

»Hey«, haucht er und drückt sich gegen die Wand. »Du bist wach.«

Ich antworte ihm nicht.

»Okay, ich weiß, du bist wütend.«

Nein. Zum jetzigen Zeitpunkt bin ich einfach nur *hungrig*.

»Ich schwöre, ich wusste nicht, dass sie dich herbringen«, spricht er weiter. »Es tut mir so leid. Ely hat mein Handy geklaut und dir diese Nachrichten geschrieben ... ich hätte das niemals getan. Das musst du mir glauben.«

Ich schweige weiterhin. Lan beißt sich auf die Unterlippe und sieht mich von oben bis unten an.

»Hast du Schmerzen? Was kann ich tun?« Er traut sich endlich, seinen sicheren Posten an der Tür zu verlassen und auf mich zuzutreten. In zwei Schritten hat er die Distanz überwunden und kniet sich vorsichtig vor mich. Ich sehe, wie er schluckt, und mein Blick bleibt an seinem Hals hängen. Die Art, wie sein Adamsapfel sich bewegt, ist so gottverdammt sexy.

Der Dämon in mir erwacht ein wenig mehr, ich beuge mich in Lans Richtung und er versteht, kommt mir noch näher und streicht mit dem Daumen sacht über meinen Kiefer. Ein Stöhnen entkommt mir, als allein bei dieser kleinen, harmlosen Berührung der Energiefluss angeregt wird.

Landon rutscht auf den Knien näher, neigt den Kopf und beginnt, meinen Hals zu küssen. Ein heißkalter Schauer überkommt mich, neue Kraft pulsiert durch meinen Körper, kribbelt und brennt in meinen Venen. Auf angenehme Weise, nicht wie der Strom es getan hat.

»Es tut mir so leid«, flüstert Lan. Endlich kommt auch in mich Bewegung, ich umfasse seine Hüften und ziehe ihn rittlings auf meinen Schoß, Lan bewegt sich aufreizend auf mir, seine Finger graben sich in mein Haar. Ich schmecke salzige Tränen auf seinen Lippen, auf meinen. Schmerz und Lust vereinen sich zu einer bittersüßen Symphonie. »Bitte, Emilio, es tut mir leid.«

Ich weiß nicht, was er von mir hören möchte. Ich für meinen Teil bin nur darauf konzentriert, meine Kräfte aufzutanken, in der wenigen Zeit, die uns bleibt. Leider löst Lan sich von mir und lehnt sich zurück, um mir in die Augen zu sehen. Verzweiflung und etwas wie Angst stehen in seinem Blick.

»Ich bringe dich hier raus, versprochen«, murmelt er.

»Gib mir mehr«, verlange ich knurrend, umfasse sein Gesicht, doch Lan schiebt meine Hände weg und erhebt sich von meinem Schoß. Blitzschnell richte ich mich ebenfalls auf, atme tief durch und spüre die Kraft durch meine Venen pulsieren. Gott, fühlt sich das gut an.

»Ich kann nicht. Das wäre zu auffällig.«

»Lan.« Mit einem Ruck schieße ich vor und drücke ihn mit Wucht gegen die nächste Wand. Er keucht schmerzerfüllt.

»Nein. Lass das«, verlangt er, wehrt mich ab, aber ich umfasse seine Handgelenke und fixiere seine Hände über dem Kopf. Seine Augen weiten sich, sein Atem stockt. »Emilio. Nicht. Hör auf.«

»Fick dich«, stoße ich hervor. »Du hast mich in eine Falle gelockt. Du hast mich geküsst und gefragt, ob wir zusammen sind, nur um mich deinem Vater für seine kranken Experimente auszuliefern.«

»Ich wusste nicht ...«

»Sei ruhig«, unterbreche ich ihn und presse meine Lippen harsch auf seine, dränge meine Zunge in seinen Mund. Er drückt sich gegen mich, will den Kopf wegdrehen, dennoch fließt Energie. Ihm gefällt das hier, auch wenn er es vermutlich nie zugeben würde.

Ich gebe seine Handgelenke frei, lasse die Finger stattdessen über seine Wangen und seinen Hals gleiten. Drücke ein wenig fester zu.

»Stopp«, verlangt Lan erneut und schiebt mein Gesicht weg.

»Ich werde deine Jägerfreunde alle umbringen«, raune ich ihm zu. »Stell dich gut an, wenn du nicht Teil davon sein willst.«

Er schnaubt und drängt mich endgültig von sich. Ich taumele ein bisschen, obwohl er nicht besonders viel Kraft aufwendet. Ein schlechtes Zeichen. Ich habe nicht annähernd genug Energie, um dieser Zelle zu entkommen und alle Jäger, die sich mir in den Weg stellen, umzulegen.

»Kilians Machosprüche stehen dir nicht«, meint er trocken und fügt dann sanfter hinzu: »Ich komme wieder, sobald ich kann.«

»Lass mich jetzt nicht allein.« Meine Stimme bricht und ich wende das bisschen Energie an, das ich noch aufbringen kann, um ihn erneut an die Wand zu pinnen. Er keucht leise und stemmt die

Hände gegen meine Brust. Durch die Wimpern hindurch sieht er zu mir auf.

Seine Lippen öffnen sich – vermutlich zu einem Protest, den ich jedoch nicht zu hören bekomme, da die Tür in dem Moment ein Stück aufgeschoben wird.

»Hey, brauchst du Hilfe?«, fragt Schneewittchen.

»Schon gut, Valerie!«, gibt Lan atemlos zurück und sieht mir eindringlich in die Augen. »Wir sind hier fertig.«

Valerie streckt den Kopf in meine Zelle und mustert uns mit gerunzelter Stirn. »Gott, bitte sag mir nicht, dass du ihm Energie gegeben hast. Das war nicht abgesprochen.«

Meine Muskeln spannen sich an, aber ich halte Landon nicht auf, als er sich an mir vorbeidrückt. Mein Blick gleitet zu Valerie, die ein Messer fest umklammert und mich misstrauisch mustert, als würde sie jeden Moment mit einem Angriff rechnen.

Es ist verlockend, einen Fluchtversuch zu wagen und der Tortur ein Ende zu setzen, aber ich muss auf eine bessere Chance warten. Darauf vertrauen, dass Landon tatsächlich zurückkommt.

»Lan«, halte ich ihn ein letztes Mal auf, bevor er Valerie nach draußen folgen kann. Unsere Blicke kreuzen sich feurig. »Wenn mein Rudel kommt, und das werden sie, dann solltet ihr besser nicht mehr hier sein.«

Er schluckt merklich. »Ich weiß.«

Meine Schultern sacken nach unten, als die Tür sich mit einem lauten *Ramsch* schließt und von außen verriegelt wird. Ich habe das mit mehr Selbstvertrauen gesagt, als ich fühle.

Die Wahrheit ist, dass ich nicht weiß, ob Damien und Kilian kommen werden. Die Jäger haben es irgendwie geschafft, Gideons Rudel auszulöschen. Was hält sie davon ab, mich ebenfalls umzubringen – bevor mein Rudel überhaupt mitbekommt, dass ich weg bin?

KAPITEL 29

KILIAN

Diese Jäger haben sich verdammt nochmal mit dem falschen Rudel angelegt.

»Wir wissen noch nicht, ob sie Emilio wirklich entführt haben«, sagt Damien beschwichtigend, woraufhin ich ihm einen mörderischen Blick über die Schulter zuwerfe.

»Er meldet sich seit Tagen nicht, wurde in der Bar gefeuert und ist nicht zur Uni erschienen. Und alle Jäger, die wir kennen, sind ebenfalls spurlos von der Bildfläche verschwunden. Ja, Dami, sicherlich reiner Zufall.«

Mein Freund beißt die Zähne zusammen angesichts meines harschen Tonfalls. Vielleicht auch wegen der Verwendung seines Spitznamens. So habe ich ihn schon lange nicht mehr genannt.

»Ich meine nur, dass wir nicht wissen, ob er freiwillig mit ihnen mitgegangen ist.«

Ist das sein verdammter Ernst? Verärgert fahre ich herum und wäre fast in ihn hereingekracht, da Damien mir so dichtauf folgt. Er stemmt jetzt sogar die Hand gegen die Tür hinter mir, die ich soeben aufgerissen habe, um sie geräuschvoll wieder zu schließen.

Ich bin eigentlich nur in seine Wohnung gekommen, um zu erfahren, ob er etwas von Emilio gehört hat. Hat er nicht. Und langsam bin ich es leid, nur abzuwarten und nichts zu tun.

»Wieso zur Hölle sollte er das tun?«

»Landon und er stehen sich offensichtlich sehr nahe. Wir wissen nicht, was er ihm erzählt hat.« Es regt mich noch mehr auf, dass er so ruhig bleibt.

»Was schlägst du also vor?« Ich schlucke das bittere Gefühl herunter. »Wir sollen einfach still dasitzen und abwarten, bis sie uns eine Leiche an denselben Pfahl pinnen, wie ich es bei Grant getan habe? Dann sind wir nicht besser als Gideon.«

»Das sage ich nicht. Aber du bist blind vor Wut. Du musst es realistisch betrachten.«

»Ich habe dich noch nie geschlagen, doch gerade bin ich kurz davor«, knurre ich. Damien verpasst mir einen Stoß, der so überraschend kommt, dass ich zurückstolpere.

»Rede nicht so mit mir.« Die Kälte in seiner Stimme jagt mir einen Schauer über den Rücken. Die ungewohnte Autorität bringt mich sofort runter, ich atme tief durch und besinne mich.

»Es tut mir leid«, ringe ich mir ab. »Ich würde dir nie wehtun.«

Damiens Miene verliert ein wenig an Härte. »Ich weiß. Wir müssen einen Plan fassen, um Emilio zu finden und sicherzustellen, dass es ihm gut geht. Wenn das nicht der Fall ist, werden wir ihn rausholen. Er ist genauso Teil meines Rudels wie deiner. Natürlich werde ich ihn nicht hängen lassen.«

Das beruhigt mich ungemein, aber offenbar haben wir unterschiedliche Vorstellungen von Handeln. Ich will sofort etwas tun. *Jetzt.*

»Was schlägst du also vor?«, hake ich nach.

»Wir besuchen Pater Grayson bei seiner Messe und folgen ihm. Wenn jemand etwas weiß, dann ist er das.«

»Wir können nicht bis Sonntag warten, Damien.«

»Und was willst du stattdessen tun?«

»Wir unterhalten uns mit dem Typen, der die Jäger besser kennt als wir.«

Damien verzieht das Gesicht und schüttelt sofort den Kopf. »Nein. Auf keinen Fall werden wir Gideon besuchen.«

Wir statten Gideon einen Besuch ab. Damien war strikt dagegen, aber er wollte – Zitat: *mich Idioten auch nicht allein gehen lassen.*

Damien war lange genug Teil von Gideons Rudel, um alle Verstecke, Lieblingsorte und Treffpunkte zu kennen. Nachdem wir zwei Bars erfolglos abgeklappert haben, finden wir Gideon in einem Stripclub. Ein edler Laden mit wunderschönen Frauen, die sich an den Stangen räkeln.

»Oh Gott. Ihr«, begrüßt Gideon wenig erfreut mit einer unbeeindruckt erhobenen Augenbraue. Wir setzen uns links und rechts neben ihn, zwei Frauen sind sofort auf dem Weg zu uns. Damien schüttelt abwehrend den Kopf und die Dame verzieht sich wieder, ich jedoch stelle die Beine weiter auseinander und lasse zu, dass sie beginnt, ihre Hüften auf mir zu kreisen.

»Erzähl uns, was du über die Jäger weißt«, kommt Damien gleich zum Punkt. Ich bin noch damit beschäftigt, die hübsche Brünette zu

275

betrachten, die mir ein kokettes Lächeln zuwirft. Meine Hand auf ihrer Hüfte löst keinerlei Energiefluss aus. Nicht einmal ein kleines Kribbeln. Enttäuschend.

»Was geht euch das an?«, fragt Gideon zurück. »Kümmert euch um euren eigenen Scheiß.«

»Nun. Emilio gehört zu unserem Rudel und du hast ihn beinahe umgebracht«, gebe ich scharf zurück. »Du bist uns etwas schuldig.«

Die Frau auf mir zögert unwillkürlich, weswegen ich ihr schnell ein paar Scheine in den Slip stecke und sie ziehen lasse. Besser, wir haben keine ungewollten Zuhörer.

»Er war nur Mittel zum Zweck.« Gideon macht eine wegwerfende Handbewegung. »Selbst schuld, wenn er zum Schoßhündchen der Jäger wird.«

»Hey, wir wollen alle die Jäger aus dem Weg räumen«, erwidert Damien beschwichtigend. Offenbar versucht er es auf die diplomatische Weise. »Wieso können wir in dieser Sache nicht zusammenhalten?«

Gideons spöttisches Schnauben spricht mir so ziemlich aus der Seele. Ich würde diesen Wichser lieber umbringen, statt mit ihm zusammenzuarbeiten. Was er Damien alles angetan hat ...

»Lasst mich in Ruhe, bevor ich mich vergesse«, sagt er scharf. »Ihr verweichlichte Loser seid mir keine Hilfe. Ihr hättet diesen Emilio sterben lassen sollen, statt einen Deal mit Lucifer zu schließen, nur um ihn zu retten.«

Auf meinen verbissenen Gesichtsausdruck lacht er nur dreckig. »Ja, ich bekomme alles mit. Und ich sage euch, dass ihr gegen die Jäger keinerlei Chance habt. Wisst ihr auch, warum? Weil sie mit Gott an ihrer Seite kämpfen. Habt ihr diesen Aspekt jemals bedacht? Der liebe Herr eilt ihnen zur Hilfe, wenn sie in Not sind. Der Teufel tut dasselbe nicht für uns. Er ist egoistisch, machthungrig und ein notorischer Bastard. Ich habe nur so lange überlebt, weil ich genauso bin wie er.« Der Dämon erhebt sich von seinem Stuhl und wirft uns einen abfälligen Blick zu. »Und wenn ihr klug seid, werdet ihr Emilio sich selbst überlassen und verdammt nochmal fliehen.«

Mein Herz klopft unnatürlich schnell und laut. Er wird gleich gehen und diese ganze Unterhaltung war umsonst. Wir müssen ... »Kennst du eine Valerie Masters?«

Es ist dieselbe Frage, die Lan mir vor nicht allzu langer Zeit gestellt hat. Eine spontane Eingebung, aber die Art, wie Gideons Muskeln sich anspannen und seine ganze Körperhaltung sich verändert, zeigt mir, dass ich einen Nerv getroffen habe.

Mir sagt der Name nichts, doch wenn Landon ihn mir gegenüber erwähnt hat, muss er irgendeine Bedeutung haben. Ich denke, ich habe sie soeben gefunden.

Blitzschnell fährt der Dämon zu mir herum, beugt sich vor und packt mich am Kragen. Damien links neben mir reagiert ebenso schnell, huscht an meine Seite und hält Gideon die Klinge eines Messers an den Hals.

»Fass ihn nicht an«, knurrt er warnend.

Kurz huscht ein spöttischer Ausdruck über Gideons Gesicht, doch seine Miene verhärtet sich schnell wieder. »Nimm ihren Namen nicht in den Mund«, grollt er.

»Ach, sieh mal an.« Ich hebe eine Augenbraue. »Mio ist wohl nicht der Einzige, der sich in einen Jäger verknallt hat.«

»Sie ist keine Jägerin! Sie ist ...« Er bricht abrupt ab und beißt sichtlich die Zähne zusammen.

»Hey! Sofort aufhören!«, ruft eine autoritäre Stimme von weiter hinten. Ich fürchte, wir haben das Sicherheitspersonal auf den Plan gerufen. Es ist verdächtig still geworden.

Gideon verengt die Augen. »Findet Valerie und bringt sie mir lebend zurück. Dann reden wir nochmal über eine gemeinsame Zusammenarbeit.«

Damien drückt ihm das Messer fester an die Kehle. »Zu allererst lässt du ihn los.«

»Oh, Damien, tu nicht so, als könntest du mir wirklich ein Haar krümmen«, säuselt der Dämon mit einem Seitenblick zu ihm.

»Willst du es darauf ankommen lassen?«, gibt Damien kalt zurück. Verdammt, es ist ziemlich heiß, wenn er so mörderisch klingt.

Gideon lässt meinen Kragen los und klopft mir gutmütig auf die Brust. Ich traue dem Ganzen nicht. »Süß, wirklich. Habt ihr nicht schon einmal auf die harte Tour lernen müssen, dass diese Obsession miteinander gefährlich ist?«

Wovon zur Hölle spricht er?

»Wir wollen nur wissen, ob du irgendwelche Verstecke der Jäger kennst, in denen wir mit der Suche beginnen können«, bittet Damien beschwichtigend.

Gideon rollt mit den Augen. »Was denkt ihr denn? Sie werden sich auf sicherem Terrain bewegen.«

»Also ... einer Kirche?«, rate ich. Das würde durchaus Sinn ergeben.

»St. Sebastian Church«, schlägt Gideon vor. »Dort haben sie zumindest den Großteil meines Rudels umgebracht.«

Endlich haben wir einen ersten Anhaltspunkt. Ich will ihm danken, aber mein Stolz steht mir im Weg, weswegen ich nur nicke.

»Gibt es ein Problem hier?« Gideon wirbelt zu dem Typen herum, der mit einer Hand am Kolben seiner Waffe pirschend auf uns zukommt.

»Nein«, erwidert der Dämon kalt. »Geh mir aus den Augen, bevor ich diesen verdammten Club niederbrenne.«

Damien und ich tauschen einen Blick und wir verständigen uns stillschweigend, besser abzuhauen, bevor die Situation eskaliert. Zwei weitere Männer des Sicherheitspersonals stellen sich uns in den Weg, ich ramme einem meinen Ellenbogen ins Gesicht und Damien schlüpft weniger gewalttätig an dem anderen vorbei.

Der Typ vor mir zückt seine Waffe, ich packe sein Handgelenk und drücke ihn mit meinem Körpergewicht gegen die nächste Wand. Das reicht aus, damit er schmerzerfüllt aufschreit und die Knarre fallen lässt.

»Hey!« Damien packt meinen Arm und zerrt mich zurück. »Weg hier!«

Wir entfernen und von dem Stripclub und rennen noch ein paar Blocks weiter, bis wir die Polizeisirenen nicht mehr hören, die sich dem Schauplatz nähern. Atemlos lehne ich mich gegen die Hauswand und sehe zu Damien, der keuchend neben mir lehnt.

»Was meinte Gideon damit?«, hake ich nach. »Dass unsere Obsession gefährlich ist?«

Damien blinzelt mich an. »Ich habe keine Ahnung.«

Zweifelnd runzele ich die Stirn, als er sich abstützt und eine Hand in meinen Nacken legt. Einen bittersüßen Moment glaube ich, dass er mich küssen wird, aber er zieht mich nur mit sich.

»Komm, weiter. Wir müssen einen Einbruch planen.«

»St. Sebastian Church also«, erwidere ich abschätzig.

»Ganz genau.«

Ich zwinge mich zu einem Lächeln und versuche zu ignorieren, dass Gideon erwähnt hat, dass der Großteil seines Rudels dort gestorben ist. Und die Tatsache, dass Damien mich gerade angelogen hat.

KAPITEL 30

EMILIO

Landons Energie bleibt mir nur für einen viel zu kurzen, flüchtigen Augenblick.

Offenbar hat Schneewittchen – *Valerie* – uns verraten, denn ich lande wieder auf dem Stuhl, an die Autobatterie angeschlossen, bevor ich den Pater zu sehen bekomme. Ich kann nicht sagen, wie viel Zeit danach vergeht. Stunden, *Tage*?

»Wie überaus unklug von dir.« Schritte klingen durch den Bunker.

Ich habe die Augen geschlossen und versuche, die letzten Kraftreserven in mir zusammenzukratzen und zu sammeln. Es gelingt mir nicht. Es fühlt sich an, als würde meine Energie wie Wasser durch die Finger fließen.

Pater Grayson tritt nun hinter mich, ich spüre seine Hände an meiner Stirn. Ein warnendes Knurren entkommt meiner Kehle. Zumindest das kriege ich noch hin.

»Scht, schon gut, Emilio. Wir sind nah dran. Du wirst dich besser fühlen, sobald der Dämon deinen Körper verlassen hat, mein Sohn.«

Es dauert einen Moment, bis ich realisiere, dass ich nicht länger auf dem Stuhl gefesselt bin. Offenbar war ich eine Zeitlang bewusstlos, denn jetzt liege ich wieder auf der Platte. Das bedeutet, dass die eine Tortur vorbei ist und von der nächsten abgelöst wird. Dem Exorzismus.

Ich spüre kalten Stein unter meinen Handflächen, als ich sie gegen die kühle Oberfläche presse. Blinzelnd öffne ich die Augen, lege den Kopf weiter in den Nacken und sehe zu Pater Grayson, der sich über mich beugt. Ein träges Lächeln umspielt meine Lippen.

»Ja. Ich spüre es bereits«, lüge ich.

»In der Tat?«

»Ich fühle mich wieder wie ich selbst.«

Seine Augen leuchten hoffnungsvoll auf, während ich meinem Dämon ein wenig mehr die Führung übergebe und ihn durch jeden Winkel meines Körpers gleiten lasse. Die Berührung des Paters an meiner Stirn reicht aus, um den Energiefluss anzuregen. Himmlisches Leben fließt durch mich hindurch. Es ist nur ein Funken, ein Tropfen auf dem heißen Stein, aber es verursacht mir extrem Genugtuung, zuzusehen, wie der Pater realisiert, was vor sich geht, und abrupt zurückweicht.

Entsetzen und dann Wut flackern in seinem Blick auf. Ich lache kalt auf.

»Was? Berühren Sie mich, Pater. Das gefällt uns. Mir und meinem Dämon.«

Seine Miene gefriert, er tritt wieder näher an mich heran, unterlässt es jedoch, mich anzufassen. »Du sprichst mit fremden Zungen.«

»Nein. Der Dämon und ich sind untrennbar miteinander verbunden. Ich bin er und er ist ich«, vertraue ich ihm bedächtig an. »Sie können ihn nicht entfernen, ohne mich zu töten. Wieso also all der Aufwand?«

»Es gibt eine Möglichkeit. Wir müssen sie nur finden.«

»Sicher.« Ich schließe die Lider wieder und atme tief durch. »Wie viele meiner Art sind schon in diesem Bunker gestorben, Pater? Wie oft waren Sie erfolglos?«

»Wir waren nur nicht so erfolgreich, wie wir gerne wären«, widerspricht er altklug. Ich spüre seine Präsenz noch dicht bei mir, er stützt die Hände neben meinem Kopf auf der Steinplatte ab. »Jeder Versuch hat uns etwas gelehrt. Und wir haben die Welt von Dämonen befreit.«

»Incubi«, verbessere ich ihn. »In der Regel töten wir Menschen nicht, wissen Sie. Wir entführen sie auf sexuelle Abenteuer und rauben ihnen ein bisschen ihrer Energie. Nichts, was ihnen ernsthaft schadet.«

»Ihr verführt sie zur Sünde.«

»Wirklich, vorehelicher Sex ist eine Todsünde in Ihrer Welt?«

»Das sind die Regeln des Herrn, mein Junge. Das ist nicht *meine* Welt, sondern die unsere.« Er hebt die Hand, ich spüre sie jetzt über meinem Gesicht schweben.

All meine Muskeln spannen sich an in Erwartung des Schmerzes, der jeden Moment einsetzen wird.

»Im Namen Jesu Christi befehle ich dir, Dämon, aus diesem Jungen zu weichen!«, donnert die autoritäre Stimme des Paters durch den Bunker, hallt wie ein Echo an den Wänden wider und brennt auf meiner Haut. Kriecht darunter, als würde er mit bloßer Hand nach meinem Herz greifen und ziehen und zerren.

Ich beiße die Zähne zusammen, um nicht zu schreien. Es ist, als würde etwas tief in mir nach außen kehren wollen, während mein Körper es festhält wie ein Hochsicherheitsgefängnis. Und dann schreie ich doch.

»Vater unser im Himmel, geheiligt werde dein Name«, murmelt der Pater. »Dein Reich komme. Dein Wille geschehe.«

Das Brennen wird schlimmer, allumfassender. Ich schmecke Blut auf meiner Zunge.

»Wie im Himmel so auf Erden. Unser tägliches Brot gib uns heute. Und vergib uns unsere Schuld ...«

»Fuck!«, unterbreche ich ihn, will mich gegen die Fesseln wehren, aufspringen, irgendetwas tun, aber ich kann nicht. Mein Körper ist wie gelähmt.

»Wie auch wir vergeben unsern Schuldigern«, schließt der Pater. Der Schatten über meinem Gesicht verschwindet, als er zurücktritt. Ich öffne die Augen, blinzele, sehe aber nur rot und schwarz durch mein Blickfeld pulsieren.

»Schon gut. Wir machen eine Pause.« Es hört sich an, als würde der Pater etwas unter Wasser tauchen, einen Schwamm auswringen und damit auf mich zukommen. Mit einem nassen Lappen wischt er mir den Schweiß von der Stirn. Weihwasser, natürlich. Es verstärkt die Schmerzen um ein Vielfaches.

In den vergangenen Runden habe ich ihn an dieser Stelle angefleht, aufzuhören, doch dieses Mal schweige ich. Allmählich klären sich die Konturen und ich kann wieder schärfer sehen. Gott, ich wünschte, Landon wäre hier. Die Sehnsucht nach ihm schmerz fast noch mehr als dieser verdammte Lappen auf meiner Stirn.

»Ich vermisse Ihren Sohn«, flüstere ich heiser. Wenn er mit mir spricht, habe ich zumindest kurz Zeit, um durchzuatmen, bevor er mit seiner Folter weitermacht.

Pater Grayson zögert einen Moment. »Landon?«

»Natürlich. Oder haben Sie noch einen anderen Sohn, den ich verführen kann?«

Er räuspert sich und verschwindet aus meinem Blickfeld. Seine Schritte entfernen sich nicht allzu weit.

»Landon hat einen großen Fehler begangen«, sagt er düster. »Er hätte nicht zu dir kommen dürfen.«

»Er hat sich Sorgen gemacht«, widerspreche ich ihm. »Können Sie ihm das verdenken? Immerhin haben Sie ihn auf mich angesetzt. Wir haben uns angefreundet. Er hat aus Nächstenliebe gehandelt. Ist es nicht das, was Sie predigen?«

»Das hatte nichts mit Nächstenliebe zu tun. Landon hat egoistische Ziele verfolgt, die nicht mit unserem Glauben konformgehen.« Der Pater tritt wieder zu mir, eine lange Nadel in der Hand. Das ist neu. Der Anflug von Panik erfasst meinen Geist.

»Er hat dafür gesorgt, dass ich nicht sterbe, damit Sie Ihre kleinen Experimente weiterführen können«, halte ich dagegen. Hauptsächlich, um die Unterhaltung fortzuführen und ihn abzuhalten, zu tun, was auch immer er mit diesem Ding vorhat.

»Landons Aktion hat unseren Fortschritt zurückgeworfen.« Der Pater zieht die Spritze auf und schnipst leicht gegen die Nadel. Dann sieht er wieder mich an. »Deswegen musste ich ihn bestrafen und bei dir zu drastischeren Mitteln greifen. Das ist für keinen von euch gut ausgegangen.«

Alles in mir versteift sich, ich halte den Atem an und sogar mein Herz setzt einen Schlag aus. Heiße, brodelnde Wut schießt durch mich. »Sie haben ihn *bestraft*?«, echoe ich ihn tonlos. »Was meinen Sie damit?«

»Das ist nicht von Bedeutung.« Der Pater führt die Spritze zu meinem Arm, aber ich schöpfe aus dem letzten Winkel meines Körpers neue Kraft. Abrupt zerre ich an meinen Fesseln und sprenge leichthin die Handschellen, richte mich keuchend auf und gebe mir noch einen Ruck, um von dieser verdammten Steinplatte zu springen. Kraft pulsiert wild durch meinen Körper, als hätte mir irgendjemand einen Schub verpasst.

Ich höre den Pater erschrocken japsen, er ruft nach Hilfe, aber seine Stimme kommt mir weit entfernt vor. Das Blut rauscht in meinen Ohren, ich richte mich gemächlich auf und strecke meine tauben Glieder, bewege die Finger und den Nacken, um wieder zu mir selbst zu finden.

Ganz langsam drehe ich mich zu ihm herum. »Ich muss zu Landon«, stoße ich hervor. Meine Stimme klingt knurrend, grollend. Gar nicht wie ich selbst. »Und wenn ich feststelle, dass Sie ihm auch nur ein Haar gekrümmt haben, werde ich diesen ganzen verdammten Ort niederbrennen.«

Als ich Landon das letzte Mal gesehen habe, war ich wirklich kurz davor, ihm in sein hübsches Gesicht zu schlagen, ihn schmerzhaft fest gegen die Wand zu pressen und ihn festzuhalten. *Für immer.* Aber die Vorstellung, dass jemand anders ihm wehgetan hat, macht mich verrückt. Das kann ich nicht zulassen.

Mit festen, selbstsicheren Schritten stapfe ich auf die verschlossene Tür zu. Ich bin so sicher, dass ich sie mit Leichtigkeit aufreißen kann. Irgendwie hat sich in mir ein Schalter umgelegt. Die letzten Kraftreserven sind aktiviert und ich nutze sie, um meinen Freund zu beschützen.

Zwei laute Schüsse halle durch den Bunker, ich spüre erst eine, dann die zweite Erschütterung durch meinen Körper donnern. Sie bringen mich zum Wanken. Der Schmerz ist kaum wahrnehmbar, ich merke nur das warme, klebrige Blut, das meinen Rücken benetzt.

Unbeeindruckt drehe ich mich zum Pater herum, der die Pistole mit zitternden Fingern auf mich gerichtet hält. Sein Gesicht ist blass geworden.

»Ich könnte hier wirklich Unterstützung gebrauchen!«, ruft er noch einmal laut.

»Jetzt machen Sie mich wütend«, knurre ich, renne los und bin in Sekundenbruchteilen bei ihm. Leichthin schlage ich ihm die Knarre aus der Hand, weiche dem Messer aus, das er aus einer Kutte zieht, und bringe ihn zum Fall.

Der Pater keucht, rollt sich unter meiner Faust weg, die ich in seine Visage rammen will, und greift nach dem Eimer Weihwasser. Er schleudert ihn in meine Richtung und ich zische verärgert, als das Wasser sich in meine Klamotten saugt und höllisch auf meiner Haut brennt.

Ich wische mir mit dem Ärmel übers Gesicht und komme keuchend auf die Beine. Auch der Pater hat sich aufgerappelt und weicht stolpernd zurück, unsere Blicke kreuzen sich.

»Ihre Unterstützung lässt auf sich warten«, bemerke ich grinsend und überbrücke die Distanz in einem Wimpernschlag. Ich bin siegessicher und bereit, ihm die Lichter auszupusten, aber ich habe eine wichtige Sache vergessen.

Die Spritze.

Er hat sie unter seiner Kutte versteckt und muss nur die Hand ausstrecken, als ich nah genug bin. Er bohrt sie in meinen Bauch, tiefer und tiefer, bis in meine Eingeweide. Kälte flutet meinen Kreislauf, mein Körper versagt rasend schnell und ich sinke kraftlos auf den Boden. Ich huste und spucke Blut, verliere die Kontrolle über meine Muskeln und kann nicht einmal mehr atmen.

Das wars. *Game Over.*

Und in diesem Moment meiner Niederlage öffnet sich die schwere Metalltür des Bunkers mit einem lauten Krachen.

KAPITEL 31

KILIAN

Ich habe ein imposantes Gebäude mit Kronleuchter, Wandgemälden und eindrucksvollen Türmen erwartet. Doch die St. Sebastian Church ist eine heruntergekommene Ruine im Norden der Stadt. Weit weg vom Strand, dem Tourismus und der Sonnenseite.

Eine kurze Internetrecherche hat ergeben, dass bereits seit den frühen Zweitausender-Jahren hier keine Gottesdienste mehr stattfinden, das Gebäude aber wegen seines Denkmalschutzes nie abgerissen oder erneuert wurde.

Ein paar Beiträge auf *Reddit* haben von Ritualmorden und Teufelsaustreibungen berichtet, die angeblich in der Kirche stattfinden, einige andere wilden Theorien besagen, dass an genau dieser Stelle die Verbindung zu Hölle und Himmel besonders dünn ist.

Ich spüre nichts davon, als wir unter dem Absperrband hindurchschlüpfen und ich den Blick durch das Innere schweifen lassen.

»Vielleicht hat Gideon uns verarscht«, sage ich düster. Mein Atem hinterlässt kleine Rauchwölkchen, obwohl es nicht so kalt ist. »Dieser Ort ist offensichtlich verlassen.«

Damien legt den Zeigefinger an die Lippen und signalisiert mir damit, still zu sein. Ich sehe ihn einen Moment zu lange an, bevor ich mich zusammenreiße und ihm eilig folge. Gerade wäre ein wirklich guter Zeitpunkt, um sich zu konzentrieren. Wenn Emilio hier ist, haben wir vermutlich nur diese eine Chance, um ihn rauszuholen.

Wir laufen durch die Reihen der alten Sitzbänke auf den Altar zu. Mein Blick gleitet zum oberen Podest, aber ich kann niemanden ausmachen, der uns beobachtet. Es fühlt sich nur plötzlich so an, als lägen fremde Augen auf uns.

Der große Kelch neben dem Altar ist mit Wasser befüllt, an seinen Seiten stecken zwei weiße Kerzen in verrosteten Halterungen. Damien lässt die Hand kurz darin eintauchen und zieht sie sofort zischend heraus.

»Weihwasser«, informiert er mich.

»Kipp es weg«, weise ich ihn an. Er gehorcht, nimmt den Kelch vorsichtig an sich und lässt die Flüssigkeit auf den Boden fließen. Einen Moment ist nur das leise Plätschern zu hören, während die letzten Strahlen Sonnenlicht durch das lange, halb zersplitterte Mosaikfenster fallen. Es spiegelt sich in Damis dunklem Haar. Er hebt den Kopf und begegnet meinem Blick.

»Ich habe ein ungutes Gefühl«, flüstert er.

Seine Offenbarung lässt meine eigene Anspannung wachsen.

»Dann sind wir hoffentlich richtig hier«, erwidere ich und nicke bekräftigend. »Komm schon, sehen wir uns um.«

Damien schließt sich mir an, als ich mich in Bewegung setze. Unsere Schultern streifen einander. Ich bin versucht, mich an ihn zu schmiegen, widerstehe dem Drang jedoch. »Ich passe auf dich auf«, sage ich nur flüsternd.

Sein leises Lachen klingt heiser. »Um mein Leben mache ich mir keine Sorge, Kian.«

Wir lassen den Altar hinter uns und kommen zu einem langen Flur, der offenbar zu den Beichträumen führt.

»Das brauchst du auch nicht. Ich sorge dafür, dass du nicht verletzt wirst.« Er dreht den Kopf in meine Richtung und ich starre ihn ohnehin die ganze Zeit an. Das sanfte Braun seiner Augen lässt mich schwach werden.

»Wie früher?«, fragt er tonlos.

»Wie *immer*«, korrigiere ich ihn. Dann packe ich abrupt seinen Arm und ziehe ihn zur Seite, bevor er von einem Pfeil durchlöchert wird. Damien keucht überrascht und ich sehe einen maskierten Schützen am Ende des Ganges. Er lässt seinen Bogen gerade sinken und verschwindet um die Ecke.

»Das ist doch wohl ein schlechter Scherz«, knurre ich, ziehe eine Pistole aus dem Hosenbuch und werfe sie Damien hin, bevor ich eine weitere aus der Innentasche meiner Jacke hole und dem Angreifer folge. »Sind wir jetzt zurück im Mittelalter?!«, rufe ich lockend.

Als ich um die Ecke biege, werde ich von dem nächsten Pfeil fast in die Stirn getroffen. Ich weiche gerade noch rechtzeitig aus und stolpere gegen die abgeplatzte Marmorwand.

»Nicht cool«, kommentiere ich, mobilisiere meine dämonischen Kräfte und beschleunige mein

Tempo. Der Typ hat gerade noch Zeit, einen weiteren Pfeil einzuspannen, kommt aber nicht dazu, ihn abzuschießen. Mit einem Ruck greife ich nach dem Bogen, durchbreche ihn in der Mitte und werfe ihn achtlos zur Seite. Dann packe ich den Schützen, nehme ihn in den Schwitzkasten und ziehe ihm mit der freien Hand die Sturmmaske vom Kopf. Er keucht angestrengt und zappelt in meinem Griff.

»Schlechte Waffenwahl, Kleiner«, lasse ich ihn wissen. »Ich gebe dir noch eine Chance. Wenn du klug bist, haust du ab, bevor ...«

Er lässt mich nicht einmal ausreden, als er schon ein Messer hervorzieht und es mit voller Wucht in meinen Oberschenkel rammt. Verdammt. Das hat wehgetan!

»Falsche Entscheidung«, raune ich ihm wütend zu, stoße ihn von mir und während er stolpert und fällt, ziehe ich aus seinem Köcher einen weiteren Pfeil und ramme ihm die Spitze in den Hals. Er geht röchelnd und blutend zu Boden.

»Kilian!«, Damien kommt schlitternd am Ende des Gangs zum Stehen und betrachtet die Szene einen Herzschlag lang. Dann schüttelt er energisch den Kopf. »Komm mit. Ich habe den Eingang gefunden.«

»Eingang wozu?«, frage ich, wende mich achtlos von dem Schützen ab und jogge Damien hinterher. Entweder wird er sterben oder seine Leute finden ihn rechtzeitig, bevor er an seinem eigenen Blut erstickt. Das liegt jetzt nicht mehr in meiner Macht.

Mit einem Stöhnen ziehe ich das Messer aus meinem Bein und stecke es mir in den Hosenbund, auch wenn es unangenehm brennt, den Griff zu berühren. Die Wunde verschließt sich zum Glück bereits wieder.

»Hier geht es runter zum Taufbecken.« Damien hält vor einer Tür an und schiebt sie weiter auf. Das Schild daneben ist zerkratzt und die Buchstaben abgeblättert, aber die Tür scheint vollkommen neu zu sein. Und ausbruchsicher. Sie besteht aus Stahl und hat mehrere Sicherheitsschlösser.

»Sie stand einfach offen?«, hake ich nach.

»Der Schrank da war halb davor geschoben«, erklärt Damien und deutet mit einem Kopfnicken zu dem Metallschrank, der jetzt links von uns steht.

Ich schlucke. »Das riecht nach einer Falle.«

»Ja.«

Es steht nicht zur Debatte, jetzt umzudrehen, wenn die Jäger uns in ihr Domizil locken wollen, dann werden wir es eben von innen heraus niederbrennen.

»Weißt du noch, wie man mit der Knarre umgeht?«, frage ich Damien flüsternd. Ich habe es ihm mal gezeigt, aber er hat selbst nie geschossen. Mein Freund blickt jetzt auf die Waffe in seinen Händen, als würde er sie zum ersten Mal sehen. Sacht greife ich nach seinen Fingern und positioniere sie neu.

»Gut festhalten, den Daumen auf die Sicherung. Bügel nach unten drücken und abfeuern, wenn du soweit bist«, erkläre ich es im Schnelldurchlauf. »Los gehts.«

Sein Ausdruck verhärtet sich und er nickt bekräftigend.

Ich gehe zuerst und jogge die Treppen herunter. Die Wunde an meinem Oberschenkel zieht leicht, aber ich ignoriere das und mache mich bereit für den nächsten Angriff. Mit angehaltenem Atem komme ich am Treppenende an, meine Sinne sind geschärft und meine Muskeln angespannt.

Nichts passiert.

Meine Augen gewöhnen sich schnell an die schummrige Dunkelheit, ich erkenne einen breiten Durchgang und eine Abzweigung, die sowohl nach links als auch nach rechts führt. Im Gegensatz zu oben sind die Böden überraschend sauber, beinahe blank poliert.

Ein lautes Krachen lässt uns beide zusammenzucken. Ich werfe einen Blick zurück und bemerke, dass die Tür oben zugefallen ist. Vielmehr wurde sie *zugeschlagen*. Durch die darauffolgende Stille tönt ein leises Ruckeln, ein Klirren und Summen.

»Was zur Hölle ist …«

Noch bevor ich meinen Satz beenden kann, geht die Sprinkleranlage über unseren Köpfen an und lässt es Weihwasser regen.

Fuck.

Wir werden durchnässt, Wasser saugt sich in meinen Haaren und Klamotten fest, aber viel schlimmer ist das unerträgliche Brennen auf meiner Haut. Es lässt jegliche Nerven in mir unangenehm vibrieren.

Damien packt meine Schulter und zieht mich zurück auf die Treppe, wo das Wasser nicht hinkommt. Ich keuche und streiche mir die nassen Haare aus dem Gesicht.

»Diese verdammten Wichser«, fluche ich.

»Alles okay?«

Die Augen zusammengekniffen drehe ich mich zu Damien herum, der nicht halb so mitgenommen aussieht, wie ich mich fühle.

»Wieso macht dir das so wenig aus?«

»Der Trick ist, den Dämon zurückzudrängen. Ihm tut das weh, nicht dem menschlichen Teil in dir«, verrät er und sieht an mir herunter. »Außerdem bist du verletzt.«

»Das ist nichts«, wehre ich ab.

»Komm her, ich gebe dir ein bisschen Energie.«

Ich will protestieren, aber als Damien mein Kinn mit zwei Fingern umfasst und mich zu sich zieht, vergesse ich, was ich sagen wollte. Wie automatisch schließen sich meine Lieder, als er sanft an meiner Unterlippe saugt und mir Lebensenergie durch die Verbindung schickt. Das fühlt sich himmlisch an.

Viel zu schnell löst er sich wieder von mir. »Und jetzt dräng den Dämon zurück und konzentrier dich auf dein menschliches Ich.«

Das ist unmöglich. Der Dämon und ich sind verwoben und verankert wie ein altes Ehepaar. Ich will mich nicht einmal von ihm zurückziehen. Damien wartet meinen Protest gar nicht ab, greift nach meiner Kapuze und zieht sie mir tief in die Stirn. »Die

Anlage wird nicht ewig laufen. Wir müssen das nur kurz durchstehen, okay?«

»Okay«, sage ich heiser. Ich wünschte, er würde mich nochmal küssen. Nicht, weil ich seine Energie brauche, sondern weil es sich so gut angefühlt hat. Zuversichtlich, irgendwie.

Tief durchatmend nehme ich mir noch einen Moment, um mich zu sammeln und auf den Schmerz vorzubereiten, der unweigerlich kommt. Dann stoße ich mich ab und laufe geradewegs durchs Weihwasser.

KAPITEL 32

KILIAN

Ich laufe voraus und entscheide mich für den linken Weg, Weihwasser prasselt immer noch auf unsere Köpfe, aber das Brennen ist leichter zu ertragen, da ich darauf vorbereitet bin.

Die alte Beschilderung an den Wänden verrät, dass wir uns auf den richtigen Weg zum Taufbecken befinden und mein Instinkt sagt mir, dass wir dort fündig werden. Es hat sicherlich etwas Symbolisches, einen Dämon an dem Ort umzubringen, an dem früher Gläubige von ihren Sünden reingewaschen wurden.

Der Flur macht eine leichte Biegung, ich dränge mich enger an die Wand, ohne mein Tempo zu drosseln. Meine Sicht wird durch die Kapuze, die ich tief in die Stirn gezogen habe, beeinträchtigt, sodass ich viel zu spät merke, dass wir nicht länger allein sind. Genauer gesagt spüre ich es erst, als haarscharf an meinem Kopf ein Pfeil vorbeisaust.

»Holy shit«, fluche ich, ducke mich weg und bremse abrupt ab. Damien wäre fast in mich hineingekracht. »Was haben diese Jäger mit Pfeil und Bogen?!«

»Vorsicht.« Damien und ich stoben auseinander, um kein allzu leichtes Ziel abzugeben, und ich wage es, die Kapuze zurückzuschieben. Der Regen brennt auf meinem Gesicht, aber immer noch besser, als von einem Pfeil durchbohrt zu werden.

Drei Schützen haben sich am Ende des Ganges formiert, sie alle tragen schwarze Kleidung und Sturmmasken wie der Typ von vorhin. Synchron spannen sie Pfeile in ihre Bogen und feuern sie in unsere Richtung.

Ich weiche aus, stolpere und wanke. Ich will den Dämon in mir aktivieren, der mit besseren Reflexen und Schnelligkeit gesegnet ist, aber sobald ich ihn zum Vorschein hole, wird das Brennen nahezu unerträglich.

»Letzte Chance für einen Rückzieher!«, rufe ich selbstbewusster, als ich mich fühle. »Ich habe einen von euch schon mit einem solchen Pfeil zur Strecke gebracht. Er erstickt vermutlich gerade an seinem eigenen Blut. Wollt ihr die nächsten sein?«

Keine Reaktion, wie ein Kommando greifen sie in ihre Köcher und schießen eine weitere Salve auf uns ab.

»Ich fürchte, deine Sprüche beeindrucken sie nicht besonders«, ruft Damien mir zu und macht einige Schritte rückwärts.

»Vielleicht hören sie dem mehr zu«, erwidere ich trocken, greife nach meiner Waffe und schieße dreimal. Meine Treffsicherheit lässt zu wünschen übrig, keiner von den Schützen rührt sich von seiner Position. Schlimmer noch – hinter uns huschen weitere Dämonenjäger, die ihrerseits Pistolen tragen. Sie kesseln uns von beiden Seiten ein und wir haben keine Chance, auszuweichen.

»Hey, woah, ganz ruhig!«, bitte ich und hebe kapitulierend die Hände. »Wir wollen nur unseren Freund holen. Dann verschwinden wir von hier.«

Auch sie tragen Masken, sodass ich nicht einmal ausmachen kann, ob es Männer oder Frauen sind. Ob Lan unter ihnen ist? Unwahrscheinlich. Landon ist das hübsche Aushängeschild, dass uns anlocken und verführen soll. Und es hat verdammt nochmal geklappt.

»Legt die Waffen nieder!«, verlangt die Person mit der Knarre, die in der Mitte steht. Laut der tiefen Stimme offenbar ein Mann, auch wenn seine Statur schmächtig wirkt.

»Schon gut.« Ich nicke Damien auffordernd zu und knie mich dann vorsichtig hin, um die Pistole auf den Boden zu legen. Damien tut es mir gleich und stellt sich mit dem Rücken an meinen, damit er die Bogenschützen im Blick behalten kann, während ich mich dem Sprecher zuwende.

»Wo ist Emilio?«, will ich wissen. »Lebt er noch?«

Der Typ nimmt eine Hand von seiner Pistole, um sie beschwichtigend zu heben. Es wirkt fast so, als wolle er mir ein Friedensangebot machen.

»Wir beantworten eure Fragen, wenn ihr euch widerstandslos gefangen nehmen lasst.«

Ich öffne den Mund zu einer Antwort, aber Damien reagiert schneller als ich. Er missachtet seinen eigenen Ratschlag und holt seinen Dämon dicht an die Oberfläche, macht einen unmenschlichen Sprung an die Decke und schlägt mit der Hand gegen den Sprinklerkopf direkt über unsren

Köpfen. Er bricht aus einer Verankerung und der Weihwasserregen stoppt abrupt gemeinsam mit dem brennenden Schmerz.

Gott sein Dank.

Ein siegessicheres Lächeln zeichnet sich auf meinen Zügen ab. »Vergiss es«, sage ich zu dem Typen, wirbele herum und sprinte zu den Bogenschützen, während Damien sich um die Kerle mit den Knarren kümmert.

Innerhalb von Sekunden habe ich die Distanz überbrückt, noch bevor sie auch nur einen weiteren Pfeil abschießen können. Der Person links entwende ich den Bogen und schlage ihr damit gegen den Kopf, den nächsten knocke ich mit einem Faustschlag aus und der letzte erleidet dasselbe Schicksal wie sein Freund oben.

Adrenalin und Siegesgefühl durchfluten mich, als ich mich zu Damien herumdrehe. Er war sogar noch schneller als ich, die Typen liegen bewusstlos in dem Flur und er schlendert lässig zu mir. Mit Leichtigkeit wirft er mir die Pistole hin, die er dem Sprecher abgenommen hat.

»Für deine Sammlung.«

Ich lächele. »Danke.«

»Geht es dir gut?«

»Ja. Und dir?«

Damien verzieht kurz das Gesicht, nickt aber. »Halb so will. Das Weihwasser brennt noch unangenehm.«

»Du hast die gesamte Anlage ausgeschaltet, oder?«, hake ich nach.

Zumindest hat das Regnen nicht nur in diesem Teil des Flurs, sondern im ganzen Stockwerk aufgehört.

»Scheinbar.« Damien runzelt die Stirn und ich muss ebenfalls zugestehen, dass die plötzliche Stille besorgniserregend ist. »Beeilen wir uns besser.«

Er setzt sich bereits in Bewegung, als ich eine Hand auf seine Brust lege und ihn aufhalte. Mit angehaltenem Atem lausche ich, höre meinen eigenen Herzschlag in meinen Ohren dröhnen, aber da ist auch noch etwas anderes.

Entfernte Schreie.

»Andere Richtung«, bemerke ich.

Damien ist blass geworden, da er im selben Moment realisiert, dass das Emilio war. Er ist definitiv hier unten – und erleidet gerade furchtbare Schmerzen.

Wir setzen uns gleichzeitig in Bewegung und stürmen den Weg zurück, den wir soeben so mühsam bestritten haben. Wir passieren die Treppe und biegen jetzt nach rechts ab. Unsere Schritte werden hektischer, ich stolpere fast über meine eigenen Füße. Der Gedanke daran, dass Mio uns so nah ist und wir ihm nicht helfen können, macht mich ganz krank.

Wir biegen ein letztes Mal nach links ab, ich komme schlitternd zum Stehen und starre auf das, was sich uns bietet. Heilige Scheiße. Ist das Pater Grayson? Mit Emilio?

Eine schwere Eisentür trennt uns von ihnen, aber an der Wand ist ein großer Monitor angebracht, der offenbar in Echtzeit die Ereignisse von drinnen überträgt. Der Pater beugt sich gerade über Mio und drückt ihm einen nassen Waschlappen an die Stirn. Mio zischt vor Schmerzen.

Vor dem Bildschirm steht ein verlassener Schreibtischstuhl, als wäre jemand überstürzt abgehauen.

»Wir müssen da rein!«, sage ich aufgebracht, mache einen Satz vor und zerre an der Eisentür. Daneben gibt es ein Tastenfeld, an dem ein Code eingegeben werden muss.

»Warte. Ich helfe dir.« Damien tritt zu mir, greift ebenfalls nach der Klinke und gemeinsam zerren wir an der Tür.

»Ich vermisse Ihren Sohn«, dringt Emilios schwache Stimme durch die Kamera. Die Kraftlosigkeit in ihr lässt mich ungeduldiger werden, verzweifelter.

»Es ist zu spät.«

Damien und ich wirbeln gleichzeitig herum, als eine sanfte Stimme direkt hinter uns erklingt. Eine bildhübsche Frau mit schwarzen Haaren und vollen, roten Lippen tritt auf uns zu. Sie hält einen Dolch fest, doch scheint nicht vorzuhaben, uns damit zu bedrohen. Generell macht sie überhaupt nicht den Eindruck, als hätte sie Angst vor uns.

»Euer Freund ist schon weg«, vertraut sie mir an.

»Er ist da drin!«, beharre ich und mach eine vage Handbewegung zu dem Monitor.

Ihr sanftes Kopfschütteln hätte mich beinahe in die Knie gezwungen. Wir waren doch so nah … »Das ist nur eine Aufnahme.« Sie tritt vor an den Computer, bewegt die Maus und stoppt das Video. Stattdessen klickt sie auf *Live-Übertragung* und wir können sehen, dass der Raum komplett verwüstet, aber leer ist.

In mir sackt alles zusammen.

»Was habt ihr mit ihm gemacht?«, frage ich tonlos. Damien, der halb hinter mir steht, hält den Atem an, als wir auf ihre Antwort warten.

»Ich wollte nicht, dass das passiert. Nichts davon«, verrät sie uns und senkt kurz den Blick, bevor sie das Kinn wieder tapfer anhebt. »Jemand war schneller als ihr und hat ihn rausgeholt. Ich weiß nicht, wer es war. Eigentlich sollten wir alle abhauen, aber einige Fanatiker haben hier auf euch gewartet – und offenbar mit ihrem Leben bezahlt.«

Ich kneife die Augen zusammen. »Und was tust du dann hier?«

»Ich will euch informieren, bevor ihr mehr Chaos und Verwüstung anrichtet.« Sie klingt aufrichtig, aber ihre Worte machen mich misstrauisch. »Wir alle sollten unsere Kämpfe weise wählen.«

»Hast du eine Ahnung, wer wir sind, kleine Jägerin?«

Sie schnaubt. »Ich hatte schon mit schlimmeren Dämonen zu tun, Hübscher. Ihr macht mir keine Angst.«

In dem Moment, bei dem verhärteten Ausdruck in ihren braunen Augen, macht es klick. »Verstehe,

Valerie Masters«, schnurre ich. Keine Ahnung, was das alles zu bedeuten hat, aber wenn jemand Gideons Aufmerksamkeit fesselt, dann sicher eine Frau wie sie.

Sie bestätigt meine Vermutung nicht, doch das leichte Zucken ihrer Gesichtsmuskeln verrät sie.

»Jedenfalls«, meint sie. »68-78-15-45. Das ist der Code für die Tür.«

Abrupt fahre ich herum, gebe ihn ein und tatsächlich springt die Tür auf. Gemeinsam mit Damien betreten wir die weitläufige Fläche, in dessen Mitte eine Platte aus glattpoliertem Stein aufgebaut ist. Getrocknetes Blut klebt an dem Boden, zerbrochene Handschellen und zerrissene Fesseln liegen quer über den Raum verteilt, genauso wie Staub und Asche.

»Fuck«, kommentiere ich. »Wir sind zu spät, Damien.«

Mein Freund legt mir tröstend eine Hand auf die Schulter und drückt leicht zu. »Wir finden ihn, okay?«

Nein, das glaube ich nicht. Wir sind verdammt nochmal *zu spät.*

Und als ich herumwirbele und nach draußen sprinte, wird mir zu allem Übel bewusst, dass wir unsere Chance verpasst haben, Valerie Masters zu schnappen. Von ihr ist keine Spur mehr zu sehen. Sie ist weg und uns bleibt nichts anderes übrig, als unsere Waffen einzusammeln, all die Leichen hinter uns zu lassen und nach Hause zu gehen.

EPILOG

KILIAN

Wir finden ihn, okay?

Gestern noch habe ich nicht daran geglaubt. Ich war so verzweifelt, wütend, hilflos.

Jetzt, am nächsten Tag, fühle ich Damiens Zuversicht mehr. Uns bleibt ohnehin nichts anderes übrig, als weiterzumachen.

»Meinst du, Gideon hatte seine Finger im Spiel?«, fragt Damien mich, als wir gemeinsam in seiner Küche sitzen und Kaffee trinken.

Keiner von uns hat ein Auge zugetan, wir lagen nebeneinander im Bett und haben geschwiegen. Ich war versucht, die Arme um ihn zu schlingen und mich an ihn zu kuscheln, doch ich habe es gelassen.

Was genau sind wir jetzt, nachdem wir uns über die letzten Wochen wieder angenähert haben? Ist es so wie früher, vor ... *davor*?

Es ist wirklich nicht der richtige Zeitpunkt, sich darüber den Kopf zu zerbrechen. Wir haben wichtigere Dinge zu tun.

»Unwahrscheinlich. Warum sollte er uns in die St. Sebastian Church schicken, wenn er dort zuerst einbricht? Nein. Irgendetwas anderes ist passiert.« Ich starre einen Moment in meinen Kaffee, bevor ich mir auf die Lippe beiße und zu Damien blinzele. »Landon vielleicht?«

»Daran habe ich auch schon gedacht«, gesteht Damien. »Wenn das so ist, dann ist Mio in Sicherheit und wird zurückkommen.«

Das wäre zu schön, um wahr zu sein. Andererseits: Muss alles immer schieflaufen? Vielleicht hat Damien recht und Emilio wird jeden Moment wohlbehalten durch diese Tür spazieren. Womöglich hat er unsere Rettung gar nicht gebraucht.

»Wir müssen Landon finden«, entscheide ich und erhebe mich vom Barhocker. »Kommst du?«

»Wir sollten uns aufteilen.« Damien senkt den Blick und fährt mit dem Zeigefinger gedankenverloren den Rand seiner Tasse entlang. »Ich kann mich in Emilios Uni nach Jägern umsehen und du klapperst Bars und Cafés ab?«

Resignation lässt meine Schultern nach unten sinken. Irgendwie habe ich gedacht, dass wir zusammen losziehen, aber sein Vorschlag ergibt Sinn. Es entsteht eine merkwürdige Pause, in der ich nicht weiß, wie ich mich verabschieden soll.

»Also ... schreib mir, wenn was ist«, sage ich holprig und mache auf dem Absatz kehrt.

»Kilian, warte.«

Seltsame Erleichterung durchfährt mich, als Damien mich aufhält. Erwartungsvoll drehe ich mich herum, als er aufsteht und auf mich zuläuft.

»Vergiss deine Waffen nicht.«

»Ich habe mein Messer, das genügt.« Sicherheitshalber taste ich meine Jacke ab und finde den vertrauten Griff.

»Was ist mit deinem Bein? Willst du es nochmal neu verbinden?«

Ein ungewolltes Lächeln schleicht sich auf meine Züge. Seine überfürsorgliche Ader habe ich fast vermisst. »Ist nur eine Stichwunde. Mir geht es gut.«

»Sei vorsichtig.«

»Du auch.«

Wieder diese peinliche Stille, nur stehen wir uns jetzt gegenüber und starren einander an. Ich löse die Anspannung, indem ich mich einfach herumdrehe und gehe.

Ich statte zuerst einem kleinen Frühstückscafé nahe der Uni einen Besuch ab, das regelmäßig in Elys Storys verlinkt wurde. Natürlich habe ich kein Glück, keiner von den Jägern ist da, dennoch setze ich mich an einen Tisch und beobachte die Gäste für eine Weile.

Gerade als ich meinen zweiten Orangensaft bestelle, klingelt mein Handy. Ich gehe ran, ohne auf die Nummer zu achten.

»Ja?«

»Kilian. Hier ist Margot. Es tut mir so leid.«

Die Worte versetzen mich augenblicklich in Panik, alles in mir wird kalt und eisig, dabei kann ich die Stimme nicht einmal zuordnen.

»Margot?«, echoe ich.

»Die Assistentin deines Vaters«, hilft sie mir auf die Sprünge.

Richtig, ich erinnere mich. Sie arbeitet schon seit Ewigkeiten als seine Sekretärin. Ich habe sie nicht mehr gesehen, seit ich zum Dämon wurde. Eine schlimme Vorahnung erfasst mich und breitet sich rasend schnell in jedem Winkel meines Körpers aus.

»Dein Vater ist im Krankenhaus«, spricht sie die Worte gepresst aus. »Er wurde angeschossen.«

Sie lassen mich nicht zu meinem Dad.

Ich fühle mich wie lethargisch, als ich durch die Gänge der Klinik tigere, unruhig darauf wartend, irgendeine Neuigkeit zu erfahren. Es wimmelt nur so von FBI-Agenten und Polizisten, die jeden durchleuchten und durchsuchen, der in den Flügel kommt. Offenbar wissen sie noch nicht, wer meinen Vater angeschossen hat oder wieso.

Ich will losziehen und diese Person eigenhändig ausfindig machen und qualvoll sterben lassen, aber ich schaffe es nicht, die Schockstarre abzuschütteln.

Die Ärzte sagen, sein Zustand sei kritisch. Das heißt nichts Gutes. Er ist immer noch im OP.

Irgendwann kommt Margot und nimmt mich in den Arm. Das ist das erste Mal, dass ich wieder etwas fühle.

»Oh, mein Junge«, sagt sie mitfühlend. »Sieh nur, wie groß du geworden bist.«

»Er wird sterben, oder?«, frage ich mit erstickter Stimme.

Daraufhin nimmt sie mein Gesicht in die Hände und mustert mich fest. »Dein Vater ist ein knallharter Hund, okay? Er wird nicht so leicht aufgeben.«

»Ich kann ihn nicht verlieren«, murmele ich tonlos.

Sie umarmt mich erneut und ich wäre fast zusammengebrochen. Aber ich reiße mich zusammen, gebe sie frei und warte weitere quälende Stunden, die sich anfühlen wie ein ganzes Leben.

In diesem Schwebezustand zwischen Hoffnung und Verzweiflung schießen mir tausende Gedanken durch den Kopf. Ich erinnere mich an die letzte Unterhaltung mit meinem Vater zurück. Habe ich ihm gesagt, dass ich ihn liebe? Dass er mein größter Held ist? Vermutlich nicht.

Und dann denke ich an Emilio und was meine letzten Worte an ihn waren. Ich habe sie noch auf dem Handy und weiß dank der blauen Häkchen, dass er sie gelesen hat.

Kilian
  Benimm dich nicht wie ein Pussy und antworte auf meine Nachrichten, motherfucker.

Er hat nie darauf reagiert, was heißt, seine letzten Worte an mich waren ein ehrliches *Danke, Kian.*

Das ist nicht fair. Wir sind noch nicht quitt.

Er muss verdammt nochmal zurückkommen.

»Wenn das ein kleiner Trost für dich ist«, sagt Margot nach einer langen Weile, in der wir nur stumm nebeneinandersaßen. »Die Ermittlungen gegen deinen Freund wurden eingestellt. Ich weiß nicht, ob Jackson noch die Möglichkeit hatte, dir davon zu berichten.«

Misstrauisch runzele ich die Stirn. »Der Mord an diesem Grant?«, hake ich nach. »Emilio ist nicht mehr der Hauptverdächtige?«

»Nein, der Fall wurde als Cold Case geschlossen. Es gibt nicht genug Beweise für irgendetwas.«

Das ist doch Irrsinn. Der Mord wird zu den Akten gelegt, obwohl nicht einmal richtig ermittelt wurde? Selbst für korrupte Polizisten ist das eine Nummer zu groß. »Wie hat mein Dad das denn geschafft?«, frage ich sie tonlos.

»Oh, ich denke nicht, dass Jackson etwas getan hat.« Sie senkt unwillkürlich ihre Stimme. »Er war selbst überrascht darüber. Wie wir alle. Aber, nun ja. Gut für deinen Freund, nicht wahr?«

»Ja«, erwidere ich tonlos und starre beunruhigt auf das glatte Linoleum vor mir.

Was zur Hölle hat das alles zu bedeuten?

Ich verlasse das Krankenhaus in den späten Abendstunden, nachdem seine Operation vorüber ist.

Er ist noch nicht über den Berg. Das ist das Einzige, was die Ärzte mir gesagt haben.

Ich ertrage die ganzen FBI-Trottel und Cops nicht länger, die mich mustern, als sei ich ein Schwerverbrecher. Ich meine, sie haben recht, aber ich bin nur wegen meines Vaters da, nicht zum Verhör.

Ich musste da raus, ich brauche neue Energie und vor allem …

Vor allem muss ich Damien sehen.

311

Wir treffen uns in einer Seitengasse vor dem *Lemons*. An genau diesem Ort wurde er vor nicht allzu langer Zeit von Grant niedergestochen. Schon merkwürdig, wie viel in der Zwischenzeit passiert ist.

»Hast du was gefunden?«, fragt er hoffnungsvoll, als ich in den Lichtkegel trete.

»Nein«, erwidere ich bedächtig. »Ich wurde abgelenkt.«

Seine Schultern sacken nach unten. »Ich war auch nicht erfolgreich. Jetzt bleibt nur noch das Lemons übrig. Dort wimmelt es doch normalerweise so von Jägern.«

Ich will ihm von meinem Vater erzählen, aber als ich sein Gesicht im harschen Licht der Straßenlaterne betrachte, will ich lieber was ganz anderes sagen.

Ich will nicht, dass meine letzten Worte an ihn irgendwann eine Lüge sind. Ich gebe immer vor, so ein tougher Kerl zu sein, aber für das Wichtigste fehlt mir oft der Mut. Für die Wahrheit.

»Damien«, setze ich an, lecke mir über die Lippen und trete einen Schritt näher an ihn heran. Mein Herz klopft plötzlich unnatürlich schnell und laut. »Ich habe immer bereut, wie die Dinge zwischen uns geendet sind.«

Seine Augen weiten sich überrascht, er blinzelt mich an, schweigt.

»Ich weiß nicht, was damals passiert ist«, gestehe ich. »Wir haben gestritten, du hast diesen Kerl gefickt und dann war plötzlich Funkstille zwischen uns.«

Er senkt den Blick, verschränkt die Arme vor der Brust. Ich schlucke hart, zwinge mich aber, keinen Rückzieher zu machen. Mir ist schlecht und kalt, doch für ein einziges Mal in meinem Leben will ich kein Feigling sein.

»Ich will nicht, dass es vorbei ist«, sage ich mit heiserer Stimme. »Du bist die erste Person, die ich geliebt habe. Die ich liebe. Immer noch.«

»Hör auf«, flüstert er und tritt einen Schritt zurück.

Neuer Schmerz flammt in meiner Brust auf, er kribbelt bis in meine Fingerspitzen, als ich die Hand nach ihm ausstrecke. »Dami.«

»Nein!« Er wehrt meinen Arm ab. »Das geht nicht. Wir können nicht zusammen sein.«

»Warum?« Ich balle die Hand zur Faust und schlucke trocken. »Bitte verrate mir, wieso du das damals getan hast.«

»Ich empfinde nicht dasselbe für dich, okay?« Er sagt das, ohne mich anzusehen, umrundet mich mit festen Schritten und verlässt die Gasse.

Das wars. Er lässt mich einfach so stehen. *Einfach so.*

Fühlt sich so Sterben an? Warte, nein, das habe ich schon einmal durchlebt und diese Situation hier ist zehnmal *schlimmer.*

Tja, ja, ich erinnere mich, warum ich aufgehört habe, die Wahrheit zu sagen. Weil sie verdammt nochmal wehtut. Mehr als alles andere, was ich in den letzten achtundvierzig Stunden durchlebt habe.

Langsam drehe ich mich herum und sehe zu Damien, der seinen Schritt verlangsamt und zögert. Am Ende der Gasse bleibt er stehen, das Licht der Laterne fällt in seinen Rücken und hält sein Gesichtsausdruck verborgen.

»Kilian, ich ...«

Ich werde niemals hören, was er mir noch zu sagen hat.

Alles geht ganz schnell. Hinter ihm taucht ein Schatten auf und ich reagiere nicht schnell genug, weil ich mich wie gelähmt und betäubt fühle. Das Nächste, was ich sehe, ist der dunkle Fleck, der sich auf Damiens Brust abzeichnet. Er hustet, spuckt Blut und fasst sich an die Stelle, an der die Spitze eines Messers aus ihm herausragt. Die Klinge wird schwungvoll herausgezogen und Damien fällt auf die Knie.

Ich starre in Emilios Gesicht, sehe seine Augen aufblitzen und bemerke den kalten Zug um seinen Mund.

Das ist der Moment, in dem ich mich endlich in Bewegung setze. Ich sprinte nach vorne und komme schlitternd vor Damien zum Stehen, knie mich zu ihm und packe seine Schultern.

»Dami ... fuck ... scheiße, hey, bleib bei mir!« Panisch presse ich die Hände gegen seine Brust, frisches, warmes Blut läuft über meine Finger. Ich suche nach der Energie in mir, will sie ihm schicken, will ihm *alles* geben, was ich habe, aber ich schaffe es nicht, mich zu konzentrieren. Alles in mir ist schwach und schmerzhaft und unendlich leer. »Damien, bitte«, flehe ich.

Er stöhnt nur schmerzerfüllt als Antwort.

Mein Kopf schießt hoch zu Emilio, der das Messer sinken lässt und bedächtig zurücktritt. Seine Miene ist immer noch eine emotionslose Maske.

Was zur Hölle passiert hier gerade?!

»Emilio!«, rufe ich verzweifelt, wütend, hilflos. *Bittend.*

Er reagiert nicht darauf, wendet sich ab und verschwindet in der Dunkelheit, aus der er gekommen ist. Er geht einfach und lässt mich zurück in dieser trostlosen Gasse, während Damien zu meinen Füßen verblutet.

ENDE Band 1

Natürlich ist das nur ein vorläufiges Ende für kurze Dauer, denn schon im September 2024 folgt der zweite (und abschließende) Band der Beautiful-Monsters-Dilogie.

Du willst keine Infos mehr verpassen? Dann folge mir doch gerne auf Instagram unter @katyraze. Dort bekommst du alle News, Cover, Release-Daten und Teaser immer zuerst!

DANKE!

Incubi, Harem, Gay Romance, Fantasy, Himmel und Hölle ... das ist ganz schön viel auf einmal.

Es ist auch eine Geschichte, die ich immer schreiben wollte und für die ich mich nie bereit gefühlt habe – bis Mio, Damien und Kilian in meinem Kopf aufgetaucht sind. Sie haben mich quasi an die Hand genommen und mich in ihre Geschichte eingeführt. Danke, Jungs!

Und ein riesiges Dankeschön an dich, dass du dich auf dieses Abenteuer eingelassen hast. Ich hoffe, du hattest Spaß, konntest mitfiebern und freust dich schon auf den nächsten Band. In der Zwischenzeit freue ich mich riesig über eine Bewertung zu diesem Buch. Lass mich gerne wissen, wie es dir gefallen hat!

Bis (ganz) bald,
    Katy